COLLECTION ANNE

Anne quitte son île

De la même auteure

LUCY MAUD MONTGOMERY

Anne quitte son île

Traduit de l'anglais par
Hélène Rioux

ÉDITIONS QUÉBEC/AMÉRIQUE

425, RUE SAINT-JEAN-BAPTISTE, MONTRÉAL (QUÉBEC) H2Y 2Z7 (514) 393-1450

Données de catalogage avant publication (Canada)

Montgomery, L. M. (Lucy Maud)
[Anne of the Island. Français]
Anne quitte son île.
(Collection Anne ; 3)
Traduction de : Anne of the Island.
Publ. à l'origine dans la coll. : Collection Littérature d'Amérique.
    ISBN 2-89037-746-6
    I. Titre. II. Titre : Anne of the Island. Français III. Collection.
PS8526.055A6514 1994   C813'.52   C94-940999-5
PS9526.055A6514 1994
PR9199.3.M6A6514 1994

*Les Éditions Québec/Amérique bénéficient du programme de
subvention globale du Conseil des Arts du Canada.*

Titre original : *Anne of the Island*
Première édition au Canada : L.C. Page & Company Inc. 1915

Dépôt légal : 3ᵉ trimestre 1994
Bibliothèque nationale du Québec
Bibliothèque nationale du Canada

Mise en page : Andréa Joseph

Table des matières

1

L'ombre du changement

« La moisson est terminée et l'été s'est envolé »,
déclama Anne Shirley en contemplant rêveusement les
champs rasés. Avec Diana Barry, elle était allée cueillir
des pommes dans le verger de Green Gables et toutes deux
se reposaient maintenant dans un coin ensoleillé, où des
mousses de chardons dérivaient dans la Forêt hantée telles
des flottilles légères portées par une brise embaumant la
fougère, tout empreinte encore de la douceur de l'été.

Mais tout autour d'elles, le paysage parlait de l'automne. La mer, au loin, faisait entendre ses rugissements
caverneux, les champs s'étalaient, nus et desséchés, rutilant
de gerbes d'or, la vallée du ruisseau qui descendait de Green
Gables regorgeait d'asters d'un mauve sublime et le Lac aux
miroirs était d'un bleu incomparable : non pas le bleu
changeant du printemps ni l'azur pâle de l'été, mais une
teinte claire, constante, sereine, comme si l'eau, après être
passée à travers toutes les humeurs et les émotions, s'était
établie dans une tranquillité qu'aucune rêverie volage ne
venait troubler.

« L'été a été merveilleux », commenta Diana avec un
sourire, faisant tourner sa nouvelle bague à son annulaire
gauche. « Et c'est comme si le mariage de Mlle Lavendar
était venu le couronner. M. et Mme Irving doivent
maintenant être arrivés sur la côte du Pacifique. »

« J'ai l'impression qu'ils voyagent depuis assez longtemps pour avoir fait le tour du monde », soupira Anne.

«Je n'arrive pas à croire qu'ils ne sont mariés que depuis une semaine. Tout a changé. Mlle Lavendar est partie, ainsi que M. et Mme Allan. Comme le presbytère a l'air désolé avec ses volets clos. En passant devant hier soir, j'ai soudain eu le sentiment que tout le monde y était mort. »

«Jamais nous n'aurons un pasteur comme M. Allan », renchérit lugubrement Diana. «Je présume qu'il viendra toutes sortes de candidats cet hiver et qu'un dimanche sur deux il n'y aura pas de sermon du tout. Et puis, votre absence à Gilbert et à toi rendra la vie affreusement terne. »

«Mais Fred sera là, lui », insinua malicieusement Anne.

«Quand Mme Lynde doit-elle emménager ? » s'informa Diana comme si elle n'avait pas entendu la remarque d'Anne.

«Demain. Je suis contente qu'elle vienne s'installer, mais ce sera un autre changement. Hier, nous avons vidé la chambre d'amis, Marilla et moi. Crois-le ou non, cela m'a fait horreur. Je sais bien que c'est ridicule, mais j'avais vraiment la sensation de commettre un sacrilège. Cette vieille chambre d'amis m'était toujours apparue comme un lieu sacré. Enfant, je croyais qu'il n'existait pas de pièce plus merveilleuse au monde. Tu te rappelles quel irrésistible désir j'avais de dormir dans le lit d'une chambre d'amis ? Jamais pourtant je n'aurais osé dormir dans celle de Green Gables, Grand Dieu, non ! Ç'aurait été bien trop terrible ! J'aurais été si intimidée que je n'aurais pu fermer l'œil. Je n'ai même jamais *marché* dans cette pièce quand Marilla m'envoyait y chercher quelque chose ; non, je la traversais sur la pointe des pieds et en retenant mon souffle, comme dans une église, et je poussais un soupir de soulagement en sortant. Les portraits de George Whitefield et du duc de Wellington, suspendus de chaque côté du miroir, m'observaient en fronçant sévèrement les sourcils tout le temps que j'étais là, surtout si j'avais l'audace de jeter un coup d'œil dans la glace, qui était la seule de toute la maison où je pouvais apercevoir mon reflet non déformé. Je me suis toujours demandé comment Marilla avait le courage d'y faire le ménage. Et la voilà à présent non seulement nettoyée mais vidée de ses meubles. George Whitefield et le duc de Wellington ont été relégués dans le couloir du haut. Ainsi passe la gloire dans ce monde », conclut Anne avec un rire où se glissait une petite note de regret. Car il n'est jamais agréable de voir redescendre sur terre ce qu'on avait juché sur un piédestal, même quand on a soi-même dépassé l'âge de sanctifier ainsi les choses.

« Je m'ennuierai tellement quand tu seras partie », gémit Diana pour la centième fois. « Et quand je pense que tu t'en vas la semaine prochaine ! »

« Mais nous sommes encore ensemble », l'interrompit Anne avec bonne humeur. « Nous ne devons pas laisser la semaine prochaine nous voler notre plaisir de celle-ci. La perspective de mon départ me déplaît à moi aussi : mon foyer et moi sommes de si bons amis. Et c'est toi qui parles de t'ennuyer quand c'est moi qui devrais me lamenter. Tu resteras ici avec tant de vieux amis *et* Fred tandis que moi, je serai seule au milieu d'étrangers, sans connaître un chat ! »

« Excepté Gilbert *et* Charlie Sloane », dit Diana en imitant le ton plein de sous-entendus d'Anne.

« Charlie Sloane m'apportera certes un grand réconfort », admit Anne d'un air sarcastique, sur quoi les deux insouciantes jeunes filles éclatèrent de rire. Diana savait exactement ce qu'Anne pensait de Charlie Sloane; pourtant, malgré les confidences échangées, elle n'était pas arrivée à saisir l'opinion qu'Anne avait de Gilbert Blythe. Pour dire la vérité, Anne elle-même l'ignorait.

« Tout ce que je sais, c'est que la pension des garçons se trouvera à l'autre bout de Kingsport », poursuivit Anne. « Je suis contente d'aller à Redmond et je suis sûre de m'adapter à ma nouvelle vie après quelque temps. Mais je sais que pendant les premières semaines, je serai malheureuse. Je ne pourrai même pas me consoler en pensant à mes visites de fin de semaine, comme c'était le cas lorsque j'étudiais à Queen's. J'aurai l'impression qu'il me faudra attendre mille ans pour venir à Noël. »

« Tout change, ou est sur le point de changer », remarqua tristement Diana. « Il me semble que les choses ne seront plus jamais comme avant, Anne. »

« Nous sommes arrivées à une croisée de chemins, j'imagine », constata Anne avec sagesse. « C'était inévitable. Crois-tu, Diana, que devenir adulte soit vraiment aussi merveilleux que nous avions l'habitude de l'imaginer quand nous étions enfants ? »

« Je l'ignore. Certains aspects le sont », répondit Diana, en caressant de nouveau sa bague avec ce petit sourire qui avait le don d'exaspérer Anne, laquelle se sentait alors mise à l'écart d'un monde auquel son inexpérience lui interdisait l'accès. « Mais il y a aussi tant de choses incompréhensibles. Je me sens parfois si terrifiée à l'idée de vieillir que je donnerais tout pour retrouver mon état de petite fille. »

« J'imagine que nous nous habituerons avec le temps », dit Anne avec bonne humeur. « L'imprévu diminuera à mesure que nous vieillirons bien que, tout compte fait, je crois que c'est l'imprévu qui donne tout son piment à la vie. Nous avons dix-huit ans, Diana. Dans deux ans, nous en aurons vingt. Quand j'avais dix ans, vingt ans m'apparaissait comme un âge très avancé. Le temps de le dire, tu deviendras une mère de famille consciencieuse et respectable, et moi je serai tante Anne, cette charmante vieille fille qui te rendra visite aux vacances. Tu garderas toujours une petite place pour moi, n'est-ce pas, ma chérie ? Pas la chambre d'amis, bien sûr – quand on est une vieille fille, on ne peut aspirer à cet honneur. Je serai aussi humble qu'Uriah Heep*, et un petit coin confortable en haut du porche ou près du salon me suffira amplement. »

---

* N.D.L.T. : Uriah Heep, personnage de David Copperfield, de Dickens.

«Tu racontes n'importe quoi, Anne!» s'exclama Diana en riant. «Tu épouseras quelqu'un de splendide, un homme riche et beau, et alors aucune chambre d'amis à Avonlea n'arrivera jamais à être assez bien pour toi et tu lèveras le nez sur tous tes amis de jeunesse.»

«Ce serait vraiment dommage; mon nez est plutôt joli, mais j'aurais peur de le gâter en le levant ainsi», plaisanta Anne en tapotant cet appendice bien proportionné. «Je ne possède pas suffisamment d'attraits pour prendre le risque d'abîmer ceux que j'ai; alors, même si je devais épouser le roi de l'île des Cannibales, je te donne ma parole de ne jamais lever le nez sur toi, Diana.»

Riant de nouveau, les jeunes filles se séparèrent, Diana pour retourner à Orchard Slope et Anne pour se rendre au bureau de poste. Une lettre l'y attendait, et lorsque Gilbert la rejoignit sur le pont du Lac aux miroirs, elle resplendissait de ce qu'elle venait d'y lire.

«Priscilla Grant ira à Redmond, elle aussi», s'écriat-elle. «N'est-ce pas magnifique? J'espérais qu'elle viendrait, mais elle doutait que son père y consente. Il a cependant donné son accord et nous logerons ensemble. Je pense que je pourrais affronter une armée avec ses drapeaux – ou tous les professeurs de Redmond rassemblés en une seule phalange cruelle – avec une amie comme Priscilla à mes côtés.»

«Je suis convaincu que nous nous plairons à Kingsport», dit Gilbert. «On m'a affirmé que c'est un vieil endroit très sympathique possédant le plus beau parc naturel au monde. D'après ce que l'on m'a dit, le paysage y est grandiose.»

«Je me demande s'il est possible que ce soit plus beau qu'ici», murmura Anne en jetant un regard circulaire qui exprimait l'attachement et le ravissement de ceux dont le chez-soi demeurera toujours le lieu le plus charmant du monde, quelles que soient les contrées idéales existant sous d'autres cieux.

Ils s'appuyaient sur le garde-fou, savourant avec volupté l'enchantement du crépuscule; ils se trouvaient à l'endroit précis où Anne était grimpée après le naufrage de son doris le jour où Elaine dérivait vers Camelot. À l'ouest, le soleil couchant déteignait encore sur le ciel, mais la lune se levait et, dans sa lumière, l'étang ressemblait à un grand rêve argenté. Les souvenirs plongèrent les deux jeunes gens dans un sortilège doux et subtil.

«Tu es très calme, Anne», prononça finalement Gilbert.

«J'aurais peur, en parlant ou en bougeant, que toute cette beauté s'évanouisse comme un silence brisé», souffla Anne.

Gilbert mit tout à coup sa main sur la gracieuse main blanche reposant sur la rampe du pont. Ses yeux noisette devinrent plus sombres et il entrouvrit ses lèvres encore enfantines pour parler du rêve et de l'espoir qui emplissaient son âme. Anne retira sa main et se détourna vivement. Le charme du crépuscule était rompu pour elle.

«Je dois retourner chez moi», s'écria-t-elle avec une insouciance quelque peu excessive. «Marilla avait la migraine cet après-midi et je suis sûre que les jumeaux ont encore inventé d'invraisemblables sottises. Je n'aurais vraiment pas dû m'absenter si longtemps.»

Elle ne cessa de bavarder de choses et d'autres tout le long du chemin jusqu'à Green Gables. Le malheureux Gilbert eut à peine la chance de placer un mot. Anne se sentit plus que soulagée lorsqu'ils se séparèrent. Au fond de son cœur, depuis le bref moment de révélation dans le jardin du Pavillon de l'Écho, Gilbert revêtait pour elle une signification nouvelle et mystérieuse. Quelque chose d'étranger s'était introduit dans l'ancienne et parfaite camaraderie des jours d'école; quelque chose qui menaçait de tout gâcher.

«C'est la première fois que je suis contente de voir partir Gilbert», songea-t-elle en remontant seule le sentier, remplie à la fois de rancune et de tristesse. «Notre amitié sera gâchée si ces bêtises continuent. Elle ne doit pas l'être, je ne le permettrai pas. Oh! Pourquoi les garçons ne peuvent-ils se conduire de façon raisonnable!»

Elle éprouvait toutefois une sorte de malaise: était-il strictement «raisonnable» qu'elle continue à sentir sur sa main la chaude pression de celle de Gilbert, aussi distinctement qu'elle l'avait sentie pendant cette fugitive seconde sur le pont? Il fallait aussi avouer que cette sensation était loin d'être déplaisante – elle était même très différente de celle éprouvée à la suite de la démonstration similaire que Charlie Sloane lui avait faite lorsqu'elle était allée, après une danse, s'asseoir avec lui lors d'une fête qui avait eu lieu à White Sands trois soirs auparavant. Anne frissonna à ce souvenir désagréable. Mais tous les problèmes reliés à ses soupirants présomptueux s'envolèrent de son esprit quand elle pénétra dans l'atmosphère terre à terre de la cuisine de Green Gables où pleurait à chaudes larmes un garçonnet de huit ans.

«Que se passe-t-il, Davy?» s'inquiéta Anne en le prenant dans ses bras. «Où sont Marilla et Dora?»

«Marilla est allée mettre Dora au lit», sanglota Davy, «et j'pleure parce que Dora a dégringolé l'escalier de la cave la tête la première et qu'elle s'est tout éraflé le nez.»

«Il ne faut pas pleurer pour ça, mon chéri. Je comprends que tu aies du chagrin pour elle, mais tes larmes ne lui seront d'aucun secours. Elle ira mieux demain. Cela n'a jamais aidé personne de pleurer, mon petit Davy, et…»

«J'pleure pas parce que Dora est tombée dans la cave», l'interrompit Davy, coupant court avec une amertume croissante au sermon bien intentionné d'Anne. «J'pleure parce que j'étais pas là pour la voir tomber. J'manque toujours tout le plaisir.»

«Oh! Davy! s'écria Anne, réprimant un éclat de rire plutôt déplacé dans la circonstance. «Cela t'amuserait de voir la pauvre petite Dora dégringoler un escalier et se blesser?»

« D'abord, elle s'est pas fait très mal », rétorqua Davy
d'un ton de défi. « Bien sûr que j'aurais eu de la peine si
elle était morte, Anne. Mais les Keith sont pas si faciles à
tuer. Ils sont comme les Blewett, j'imagine. Herb Blewett
est tombé du grenier à foin mercredi dernier, et il est passé
par la chute aux navets pour atterrir dans l'écurie, dans la
stalle où ils gardent un cheval sauvage terrible et féroce, et
il a roulé jusque sous ses sabots. Et il s'en est sorti vivant,
avec seulement trois côtes fracturées. Mme Lynde dit qu'il
existe des gens qu'on peut pas tuer, même avec une hache.
Est-ce que Mme Lynde arrive demain, Anne ? »

« Oui, Davy, et j'espère que tu te montreras toujours
très poli et gentil avec elle. »

« J'serai poli et gentil. Mais est-ce qu'elle me mettra
au lit des fois, Anne ? »

« Peut-être. Pourquoi ? »

« Parce que », déclara résolument Davy, « si elle me
met au lit, j'dirai pas mes prières devant elle comme j'le
fais devant toi, Anne. »

« Pourquoi ? »

« Parce que j'pense que ce serait pas convenable de
parler à Dieu devant une étrangère, Anne. Dora pourra les
réciter à Mme Lynde si elle veut, mais pas moi. J'attendrai
qu'elle soit partie pour les faire. Est-ce que j'peux, Anne ? »

« Oui, si tu es sûr de ne pas les oublier, Davy. »

« Tu parles que j'les oublierai pas. J'trouve ça très
amusant d'réciter mes prières. Mais ce le sera beaucoup
moins d'les dire tout seul que devant toi, Anne. J'comprends pas pourquoi tu veux partir et nous laisser. »

« Ce n'est pas exactement que je le veuille, Davy,
mais je sens que je dois le faire. »

« Si tu veux pas, t'as pas besoin d'y aller. T'es une
grande personne. Moi quand j'serai grand, j'ferai jamais
rien que j'ai pas envie de faire, Anne. »

« Toute ta vie il te faudra faire des choses dont tu
n'auras pas envie. »

« Jamais », déclara catégoriquement Davy. « Tu parles !
Maintenant j'dois faire des choses qui me tentent pas, aller
me coucher par exemple quand Marilla et toi m'envoyez et
que j'veux pas. Mais vous pourrez plus l'faire quand j'serai
grand, et il y aura personne pour venir me donner des
ordres. Ce sera l'bon temps ! Au fait, Anne, Milty Boulter
raconte que sa mère dit que tu vas à l'université pour te
trouver un homme. Est-ce que c'est vrai, Anne ? J'veux
savoir. »

Pendant une seconde, Anne se sentit bouillir de rage.
Puis elle se mit à rire, songeant que la vulgarité des pensées
et des paroles de Mme Boulter ne devait pas la toucher.

« Non, Davy, ce n'est pas vrai. Je m'en vais pour étudier, me développer et apprendre toutes sortes de choses. »

« Quelles choses ? »

« Toutes les choses imaginables », répondit-elle.

« Mais si tu voulais vraiment attraper un homme,
comment tu t'y prendrais ? J'veux savoir », insista Davy, sur
qui, c'était clair, le sujet exerçait une certaine fascination.

« Tu ferais mieux de demander cela à Mme Boulter »,
répondit Anne sans réfléchir. « Elle en connaît sans doute
plus que moi sur le sujet. »

« J'lui demanderai la prochaine fois que j'la verrai »,
acquiesça gravement Davy.

« Davy ! Si jamais tu fais ça ! » cria Anne en prenant
conscience de son étourderie.

« Mais c'est toi qui viens de m'le conseiller », protesta
Davy, blessé.

« Il est temps d'aller dormir », décréta Anne, ce qui
était une façon comme une autre de se tirer d'embarras.

Une fois Davy couché, Anne alla se promener à l'île
Victoria et s'assit seule, baignant dans la pâle clarté de la
lune pendant que le ruisseau et la brise s'amusaient à lui
jouer un duo. Anne aimait ce ruisseau depuis toujours. Par
le passé, combien de rêves avait-elle tissés auprès de l'eau
scintillante ? Elle oublia ses prétendants transis, les discours
corrosifs que lui avaient tenus des voisins grincheux, et

tous les problèmes reliés à sa jeune existence. En pensée, guidée par l'étoile du soir, elle naviguait sur des océans vers les lointaines plages éblouissantes de terres mythiques abandonnées, traversant des Atlantides et des Élysées perdus jusqu'à la terre du Désir de cœur. Et elle était plus riche dans ces rêves que dans la réalité; car le visible passe, alors que l'invisible est éternel.

2

Plaisirs de l'automne

La semaine suivante passa très vite, Anne étant prise par toutes ces innombrables «choses de dernière minute», ainsi qu'elle les appelait. Visites d'adieu à faire et à recevoir, certaines agréables et d'autres pas, selon que les personnes qui les faisaient ou les recevaient sympathisaient avec les aspirations d'Anne ou pensaient au contraire que le fait d'aller à l'université la gonflait d'orgueil et qu'il était de leur devoir de lui rabaisser un peu le caquet.

La S.A.V.A.* organisa une fête d'adieu en l'honneur d'Anne et de Gilbert un soir chez Josie Pye. On choisit cet endroit en partie parce que la maison de M. Pye, très vaste, convenait à merveille, et en partie parce que, soupçonnait-on, prêter leur maison était le seul rôle pouvant être confié aux jeunes filles de la famille Pye. On s'y amusa beaucoup, car celles-ci se montrèrent très affables et, contrairement à leurs habitudes, ne dirent ou ne firent rien pour perturber l'atmosphère. Josie fit preuve d'une amabilité exceptionnelle – au point de condescendre à mentionner à Anne que sa nouvelle toilette lui allait bien.

«C'est vrai, tu es presque jolie dans cette robe, Anne», ajouta-t-elle.

«Comme c'est gentil à toi de me le dire», répondit Anne, une lueur espiègle dans les yeux.

_____

* N.D.L.T. : Société d'amélioration du village d'Avonlea.

Son sens de l'humour s'était développé, et les paroles
qui l'auraient blessée à quatorze ans la faisaient presque
sourire maintenant. Josie soupçonna Anne de se moquer
d'elle derrière son regard malicieux; mais elle prit sa
revanche en chuchotant à Gertie, comme elles descendaient l'escalier : «Tu verras qu'Anne se donnera des airs
encore plus hautains lorsqu'elle fréquentera l'université.»

Toute la vieille bande assistait à la fête, pleine de
gaieté, de bonne humeur et de l'insouciance de la jeunesse : Diana Barry, les joues roses et creusées de fossettes,
accompagnée du fidèle Fred; Jane Andrews, sérieuse,
raisonnable et correcte en tout; Ruby Gillis, plus belle et
rayonnante que jamais dans une blouse de soie crème, des
géraniums rouges piqués dans ses cheveux d'or; Gilbert
Blythe et Charlie Sloane, essayant tous deux de se tenir
aussi près que possible de la fuyante Anne; Carrie Sloane,
pâle et mélancolique parce que, disait-on, son père ne
permettait pas à Olivier Kimball de la fréquenter; Moody
Spurgeon MacPherson, arborant comme toujours sa figure
lunaire et ses oreilles impossibles; et Billy Andrews qui
passa toute la soirée assis dans un coin, gloussant quand on lui
adressait la parole, et contemplant Anne Shirley, un
sourire de plaisir éclairant sa large face constellée de
taches de rousseur.

Bien que mise au courant de la fête, Anne ne savait
pas qu'à titre de fondateurs de la Société, Gilbert et elle
feraient l'objet d'un discours de remerciement et se
verraient offrir des «gages de respect», dans son cas un
recueil des pièces de Shakespeare, et un stylo dans celui de
Gilbert. Elle s'attendait si peu aux choses aimables
énoncées dans le discours, lu par Moody Spurgeon de sa
voix la plus solennelle et la plus officielle, que les larmes
noyèrent complètement l'éclat de ses grands yeux gris. Elle
avait travaillé avec acharnement et loyauté pour la
S.A.V.A. et cela lui réchauffait le cœur de voir ses efforts
reconnus avec tant de sincérité. Et tout le monde était si
sympathique, amical et joyeux – même des Pye on n'eut

rien à redire –, qu'à ce moment précis, Anne aima le monde entier.

Si elle profita au plus haut point de toute la soirée, la fin lui gâcha quelque peu son plaisir. Gilbert commit une nouvelle fois l'erreur de lui murmurer des paroles sentimentales pendant qu'ils soupaient sur la véranda au clair de lune ; pour le punir, Anne fit des grâces à Charlie Sloane et l'autorisa même plus tard à la raccompagner chez elle. Elle découvrit cependant que la vengeance ne blesse personne autant que celui qui tente de l'infliger. Gilbert partit avec Ruby Gillis, et Anne put les entendre rire et bavarder joyeusement pendant qu'ils s'attardaient dans l'air immobile et frais de l'automne. Il était clair qu'ils s'amusaient énormément, alors que Charlie Sloane l'ennuyait à mourir ; il parla sans arrêt et jamais, même sans le faire exprès, il ne prononça une seule parole valant la peine d'être entendue. Anne répondit « oui » ou « non » à intervalles irréguliers en songeant combien Ruby était ravissante ce soir-là, combien les yeux de Charlie étaient globuleux sous la clarté de la lune – encore plus qu'à la lumière du jour – et que le monde, d'une certaine façon, n'était pas aussi plaisant qu'elle l'avait cru plus tôt dans la soirée.

« Je suis tout simplement épuisée, voilà », se dit-elle quand, soulagée, elle se retrouva seule dans sa chambre. Et elle en était sincèrement convaincue. Mais comme une source secrète et inconnue, la joie rejaillit dans son cœur le soir suivant quand elle aperçut Gilbert qui marchait à grandes enjambées dans la Forêt hantée et traversait le vieux pont de bois de son pas rapide et assuré. Il ne passerait donc pas sa dernière soirée avec Ruby Gillis !

« Tu sembles fatiguée, Anne », remarqua-t-il.

« Je le suis, et plus encore, je suis de mauvaise humeur. Éreintée parce que j'ai passé toute la journée à coudre et à préparer mes bagages. Mais de mauvais poil parce que six femmes sont venues me faire leurs adieux, et chacune d'elles s'est arrangée pour me dire quelque chose qui m'a semblé ravir à la vie toutes ses couleurs, la laissant grise, lugubre et morne comme un matin de novembre. »

« Ce ne sont que de vieilles chattes malveillantes », s'écria élégamment Gilbert.

« Mais non, pas du tout », répondit sérieusement Anne. « Et c'est bien là le problème. Si elles avaient été malveillantes, cela ne m'aurait pas dérangée. Mais ce sont toutes d'excellentes personnes, animées de sentiments bons et maternels, qui m'aiment et que j'aime ; c'est pourquoi ce qu'elles m'ont dit, ou suggéré, m'a atteinte à ce point. Elles m'ont laissé voir qu'elles me trouvaient insensée d'aller à Redmond et d'essayer d'obtenir ma licence, et depuis je me demande si elles n'ont pas raison. Mme Peter Sloane a soupiré en disant qu'elle espérait que je sois assez forte pour passer au travers ; à ce moment-là, je me suis vue comme une malheureuse victime de dépression nerveuse à la fin de ma troisième année ; Mme Eben Wright a mentionné que cela devait coûter horriblement cher, quatre années à Redmond ; je me suis aussitôt sentie impardonnable, pour une telle folie, de dilapider ainsi l'argent de Marilla ; Mme Jasper Bell a dit qu'elle espérait que je ne laisserais pas l'université me gâter, comme c'est arrivé à certains ; j'ai alors senti au fond de moi qu'à la fin de mes quatre années d'études, je serais devenue une créature insupportable, croyant tout connaître et remplie de mépris envers Avonlea et ses habitants ; Mme Elisha Wright m'a laissé entendre que les filles de Redmond, en particulier celles qui vivaient à Kingsport, étaient incroyablement élégantes et fières et qu'à son avis, je ne me sentirais pas très à l'aise parmi elles ; je me suis donc vue comme une pauvre paysanne mal fagotée, ignorée et humiliée, traînant mes galoches à travers les salles classiques de Redmond. »

Elle cessa de parler, mi-riant, mi-soupirant. Comme elle était dotée d'une nature sensible, toute désapprobation la troublait, même quand elle était exprimée par des personnes dont elle respectait à peine l'opinion. À ce

moment, la vie lui avait paru insipide et son ambition
s'était éteinte comme une chandelle mouchée.

«Je ne peux croire que tu accordes de l'importance à
leurs paroles», protesta Gilbert. «Tu sais pourtant que
bien qu'elles soient d'excellentes créatures, elles ont une
vision très étroite de la vie. Elles ne peuvent accepter
qu'on fasse une chose qu'elles n'ont jamais tentée elles-
mêmes. Tu es la première fille d'Avonlea à aller à l'université; et tu sais qu'on considère toujours les pionniers
comme des lunatiques.»

«Je le sais. Mais ressentir et savoir sont deux choses
très différentes. Mon bon sens me répète tout ce que tu
peux me dire, mais il arrive que le bon sens n'ait aucun
pouvoir sur moi et que la folie s'empare de mon être. En
vérité, après le départ de Mme Elisha, j'avais à peine le
courage de continuer à faire mes bagages.»

«Tu es tout simplement fatiguée, Anne. Allez, oublie
tout ça et viens te promener avec moi. Nous allons faire
une randonnée dans le bois au-delà du marais. Il pourrait
s'y trouver quelque chose que je désire te montrer.»

«Comment ça, "il pourrait"?»

«Il s'agit d'une chose que j'ai vue là au printemps.
Viens. Nous ferons semblant d'être encore deux enfants
qui vont au gré du vent.»

Ils partirent joyeusement. Se rappelant que la soirée
précédente s'était mal terminée, Anne se montra très gentille avec Gilbert; et celui-ci, devenant sage, veilla à n'être
rien de plus que le camarade d'école d'autrefois. Mme Lynde
et Marilla les regardèrent s'en aller par la fenêtre de la
cuisine.

«Ces deux-là finiront par se fréquenter», prononça
Mme Lynde avec approbation.

Marilla sourcilla légèrement. Au fond de son cœur,
elle l'espérait aussi, mais cela allait à l'encontre de ses idées
d'entendre Mme Lynde traiter ce sujet en potin banal.

«Ce ne sont encore que des enfants», répliqua-t-elle
brièvement.

Mme Lynde rit de bon cœur.

« Anne a dix-huit ans ; moi, à son âge, j'étais déjà
mariée. Les vieilles femmes comme nous, Marilla, ont trop
tendance à croire que les enfants ne grandissent jamais,
voilà. Anne est une jeune femme, Gilbert est un homme
et, comme chacun peut le constater, il vénère le sol qu'elle
foule. C'est un bon parti, et Anne ne peut espérer mieux.
J'espère pour elle qu'elle évitera les idylles romantiques à
Redmond. Je n'approuve pas ces universités mixtes, voilà
ce que je pense. Je ne crois pas », conclut-elle d'un ton
doctoral, « qu'à ces universités les étudiants fassent autre
chose que de flirter. »

« Ils doivent bien étudier un peu », rétorqua Marilla
avec un sourire.

« Vraiment très peu », renifla Mme Rachel. « Je pense
pourtant qu'Anne étudiera. Elle n'a jamais été portée au
flirt. Mais elle n'apprécie pas Gilbert à sa juste valeur,
voilà. Oh ! Je connais bien les jeunes filles ! Charlie Sloane
est fou d'elle lui aussi, mais je ne lui conseillerais jamais
d'épouser un Sloane. Les Sloane sont bien sûr de bonnes
gens, honnêtes et respectables. Mais quoi qu'on dise ou
fasse, ce sont des Sloane. »

Marilla hocha la tête. Un étranger pouvait rester perplexe en entendant cette déclaration, mais elle comprenait. Tous les villages connaissent une famille comme
celle-là ; ces personnes peuvent être bonnes, honnêtes et
respectables, elles n'en sont pas moins des *Sloane* et le
resteront jusqu'à la fin des temps.

Gilbert et Anne, heureusement inconscients du fait
que leur avenir était ainsi fixé par Mme Rachel, flânaient à
travers les ombres de la Forêt hantée. Au-delà, les collines
moissonnées prenaient une teinte ambrée dans le soleil
couchant, sous un ciel pâle, rose et bleu. Les lointains
massifs d'épinettes, d'un bronze brûlé, projetaient leurs
ombres effilées sur les prés avoisinants. Mais autour d'eux,
une petite brise fredonnait la chanson de l'automne dans
les branches des sapins.

« Cette forêt est véritablement hantée à présent, hantée par les vieux souvenirs », remarqua Anne en se penchant pour cueillir une gerbe de fougères d'un blanc cireux et givré. Il me semble que les fillettes que nous étions, Diana et moi, sont encore en train de jouer ici et qu'elles s'assoient près de la Source des fées au clair de lune pour donner rendez-vous aux fantômes. Tu sais que je ne peux jamais marcher sur ce sentier au crépuscule sans ressentir un peu de ma frayeur d'antan et frissonner ? Nous avions créé un fantôme particulièrement terrifiant, celui de l'enfant assassiné qui se glissait derrière nous et nous touchait de ses doigts glacés. Je t'avoue que jusqu'à ce jour, je ne peux m'empêcher d'imaginer ses petits pas furtifs qui me suivent quand je me promène ici à la tombée de la nuit. Je n'ai pas peur de la Dame blanche, de l'homme sans tête ou du squelette, mais j'aurais préféré n'avoir jamais imaginé l'existence du spectre de ce bébé. Si tu savais combien Marilla et M#me## Barry étaient fâchées en apprenant cela », conclut Anne en éclatant de rire à ce souvenir.

Les bois entourant les abords du marais étaient pleins de coins mauves, qui semblaient tissés avec des fils de la Vierge. Après une austère plantation d'épinettes noueuses et un vallon chauffé par le soleil et bordé d'érables, ils trouvèrent enfin la « chose » que Gilbert cherchait.

« Ah ! Le voici ! » s'écria-t-il avec satisfaction.

« Un pommier ! Ici ! » s'exclama Anne, ravie.

« Oui, un véritable pommier portant des pommes, ici, au milieu des pins et des bouleaux, à un mille du premier verger. J'étais venu me promener dans ces parages un jour au printemps dernier quand je l'ai découvert. Un pommier en fleurs, tout blanc. J'ai donc décidé de revenir à l'automne pour voir s'il avait produit des fruits. Et regarde, il en est chargé. Elles ont l'air bonnes aussi, fauves comme des reinettes mais avec une joue rouge sombre. La plupart des jeunes arbres donnent des pommes vertes et peu appétissantes. »

« Je suppose qu'il s'est mis à pousser voilà des années à partir d'un pépin tombé là par hasard », murmura rêveusement Anne. « Et comme il a grandi, et s'est développé et a tenu bon, tout seul de son espèce au milieu d'étrangers ! Tu savais bien ce que tu voulais, brave pommier ! »

« Cet arbre tombé recouvert d'un coussin de mousse pourrait servir de trône dans une forêt. Assieds-toi, Anne. Je vais grimper chercher des pommes. Elles ont toutes poussé très haut. Le pommier devait étirer ses branches pour recevoir un peu de soleil. »

Les pommes se révélèrent succulentes. Sous la peau sombre, la chair était très blanche, à peine veinée de rouge ; et en plus d'avoir goût de pomme, elle avait une certaine saveur sauvage, délicieusement acide, que jamais n'aurait un fruit cultivé dans un verger.

« La pomme fatale du Paradis terrestre ne pouvait avoir meilleur goût », commenta Anne. « Mais il est temps de rentrer. Regarde, c'était le crépuscule il y a trois minutes et maintenant la lune s'est levée. Quel dommage de n'avoir pu saisir l'instant de la transformation. Ce sont là des moments insaisissables, j'imagine. »

« Je te propose de faire le tour du marais pour revenir par le Chemin des amoureux. Es-tu toujours d'aussi mauvaise humeur qu'au moment de partir, Anne ? »

« Non. Ces pommes ont constitué une véritable manne pour mon âme affamée. J'ai l'impression que je vais me plaire à Redmond et y passer quatre années splendides. »

« Et après ces quatre années ? »

« Eh bien ! il y aura un autre tournant de la route », répondit Anne avec insouciance. « Je n'ai aucune idée de ce qui pourra se passer – et je ne veux pas le savoir. C'est plus agréable ainsi. »

Le Chemin des amoureux était un endroit vraiment charmant ce soir-là, immobile et mystérieusement sombre sous la clarté pâle de la lune. Aucun des deux n'avait envie de parler et ils marchèrent dans un silence complice.

« Si Gilbert était toujours comme ce soir, tout serait si facile et si simple », se dit Anne.

Gilbert la regardait s'éloigner. Svelte et délicate dans sa robe claire, elle lui rappelait un iris blanc.

« Je me demande si je pourrai un jour arriver à me faire aimer d'elle », songea-t-il avec un pincement au cœur, soudainement découragé.

3

Le grand départ

Charlie Sloane, Gilbert Blythe et Anne Shirley quittèrent Avonlea le lundi matin suivant. Anne avait espéré qu'il ferait beau. Diana devait la conduire à la gare et elles souhaitaient que cette randonnée ensemble soit plaisante étant donné qu'elles n'en feraient pas avant un certain temps. Mais quand Anne alla se coucher le dimanche soir, un vent d'est de mauvais augure soufflait autour de Green Gables. Le présage se réalisa. En se réveillant, Anne entendit la pluie cogner contre sa fenêtre et vit, dehors, la surface grise de l'étang marquée de cercles qui allaient en s'élargissant; la brume enveloppait la mer et les collines, et tout le paysage avait une apparence sombre et désolée. Anne s'habilla dans cette aube morne, car il fallait partir tôt pour attraper le train qui assurait la liaison avec le bateau; elle combattit les larmes qui, contre sa volonté, lui montaient aux yeux. Quittant cette maison qui lui était si chère, elle avait l'intuition que son foyer ne lui servirait plus désormais que de refuge pendant les vacances. Les choses ne redeviendraient jamais comme elles étaient avant; revenir à Green Gables aux vacances, ce ne serait pas y vivre. Et comme elle chérissait ce lieu, la petite chambre au-dessus du porche recelant ses rêves d'adolescente, le vieux pommier Reine des Neiges à la fenêtre, le ruisseau du vallon, la Source des fées, la Forêt hantée et le Chemin des amoureux, et les mille et un petits recoins où

ses souvenirs d'enfance étaient tapis! Lui serait-il possible
de trouver ailleurs un bonheur comparable?

Ce matin-là, le déjeuner se déroula plutôt tristement
à Green Gables. Sans doute pour la première fois de sa vie,
Davy ne put avaler une bouchée, pleurant à chaudes
larmes au-dessus de son bol de gruau. Personne ne semblait d'ailleurs avoir beaucoup d'appétit, à l'exception de
Dora qui enfourna sa portion sans sourciller. Tout comme
l'immortelle et très sage Charlotte* qui «continua à
couper le pain et le beurre» après qu'on eut porté le corps
de son amant passionné près de sa fenêtre, Dora faisait
partie de ces heureuses créatures que rien ne trouble.
Même si elle n'avait que huit ans, il en fallait beaucoup
pour perturber sa placidité. Elle avait évidemment de la
peine de voir partir Anne, mais était-ce une raison pour ne
pas apprécier un œuf poché sur une rôtie? Pas du tout. Et
constatant que Davy était incapable de manger le sien, elle
les engloutit tous les deux.

Diana arriva à l'heure fixée avec le cheval et le
boghei, vêtue de son imperméable et le visage rose et
luisant. L'heure des adieux avait sonné. Mme Lynde
émergea de ses quartiers pour venir faire à Anne une
chaleureuse accolade et l'inciter à veiller sur sa santé quoi
qu'elle fît.

Brusque et les yeux secs, Marilla lui tapota la joue en
disant qu'elle s'attendait à recevoir de ses nouvelles quand
elle serait installée. Un observateur non averti aurait pu
sauter à la conclusion que le départ d'Anne lui importait
peu – à moins de l'avoir attentivement regardée dans les
yeux. Après avoir embrassé Anne d'un air guindé, Dora
réussit à faire jaillir de ses yeux deux petites larmes déco-
ratives; mais Davy, qui n'avait cessé de sangloter dans
l'escalier du porche arrière depuis qu'ils s'étaient levés de
table, refusa obstinément de dire au revoir. En voyant

---

* N.D.L.T. : Charlotte, personnage des *Souffrances du jeune Werther*
de Goethe, célèbre pour sa force de caractère.

Anne se diriger vers lui, il bondit sur ses pieds, se sauva par l'escalier et se cacha dans un placard d'où il ne voulut pas sortir. Ses gémissements étouffés furent les derniers sons qu'Anne entendit en quittant Green Gables.

La pluie tomba tout au long du chemin jusqu'à Bright River; c'était en effet à cette gare qu'elles devaient se rendre, car le train de Carmody n'assurait pas la liaison avec le bateau. Charlie et Gilbert se trouvaient déjà sur la plate-forme lorsqu'elles arrivèrent, et le train sifflait. Anne n'eut que le temps de prendre son billet et de faire enregistrer sa malle; elle embrassa Diana en vitesse et se hâta de monter à bord. Si seulement elle avait pu retourner à Avonlea avec Diana! Elle était sûre que le mal du pays allait la tuer. Oh! et si seulement cette sinistre pluie pouvait s'arrêter. On aurait dit que l'univers entier pleurait l'été disparu et les joies enfuies. Même la présence de Gilbert ne lui apporta aucun réconfort car Charlie Sloane se trouvait là lui aussi, et si un Sloane pouvait encore être toléré par beau temps, il devenait absolument insupportable sous la pluie!

Mais lorsque le bateau quitta le port de Charlottetown, les choses prirent une meilleure tournure. Il cessa de pleuvoir et on commença à voir des rayons de soleil percer les nuages; les flots gris prirent un éclat cuivré et le brouillard qui entourait les plages rouges de l'Île se teinta d'or, ce qui laissait finalement prévoir une belle journée. De plus, Charlie Sloane fut rapidement si affligé du mal de mer qu'il dut descendre, ce qui permit à Anne de rester seule avec Gilbert sur le pont.

« Une chance que les Sloane souffrent du mal de mer aussitôt qu'ils vont sur l'eau », songea impitoyablement Anne. « Je suis sûre que je ne pourrais jeter un regard d'adieu à "mon île" avec Charlie à mes côtés qui ferait semblant d'éprouver des sentiments aussi romanesques que les miens. »

« Eh bien! Nous voilà partis », constata plus prosaïquement Gilbert.

«Oui, et je me sens comme le Childe Harold de Byron ; seulement ce n'est pas ma "terre natale" que je contemple », dit Anne en clignant vigoureusement des yeux, «puisque je suis née en Nouvelle-Écosse. Mais selon moi, la terre natale, c'est celle qu'on aime le plus, et dans mon cas, c'est cette bonne vieille Île-du-Prince-Édouard. Je n'arrive pas à croire que je n'y ai pas toujours vécu. Les onze années que j'ai passées avant d'y venir me font l'effet d'un cauchemar. Il y a déjà sept ans que j'ai fait la traversée sur ce bateau – le soir où Mme Spencer m'a ramenée de Hopetown. Je me revois encore, affublée de cette affreuse robe de tiretaine et coiffée de ce vieux chapeau de marin, explorant les ponts et les cabines avec une curiosité émerveillée. La soirée était magnifique ; et comme les plages rouges de l'Île luisaient dans le soleil ! Et me voilà en train de traverser le détroit en sens inverse. Oh ! Gilbert, j'espère vraiment me plaire à Redmond et à Kingsport, mais j'ai la certitude que non ! »

«Où donc est passée ta philosophie, Anne ? »

«Elle est submergée par une immense vague d'ennui et de nostalgie. Il y a trois ans que j'attends d'aller à Redmond et maintenant que mon rêve se concrétise, je voudrais que cela ne soit pas vrai. Mais qu'importe ! Je retrouverai ma bonne humeur et ma philosophie après avoir pleuré un bon coup. Il faut que je pleure, et je devrai attendre d'être dans mon lit ce soir à la pension, où qu'elle se trouve. Alors seulement Anne redeviendra elle-même. Je me demande si Davy est enfin sorti du placard. »

Leur train arriva à Kingsport à vingt et une heures et ils se retrouvèrent dans la clarté blafarde de la gare bondée de voyageurs. Anne se sentait affreusement désorientée, mais un instant plus tard, Priscilla lui sauta au cou ; Priscilla était à Kingsport depuis le samedi.

«Te voilà enfin, ma chérie ! Et j'imagine que tu es aussi fatiguée que je l'étais samedi soir. »

«Fatiguée ! Ce n'est pas le mot, Priscilla. Je suis fatiguée, et gauche, et provinciale, et j'ai l'impression d'avoir dix ans. Par pitié, amène ta pauvre amie éreintée quelque part où elle pourra s'entendre penser. »

« Je t'amène directement à notre pension. Un fiacre nous attend dehors. »

« Quelle chance que tu sois là, Prissy. Sans ta présence, je crois que je m'assoirais sur ma valise, ici et maintenant, et que je pleurerais comme une Madeleine. C'est une véritable consolation de voir un visage familier au milieu de tous ces étrangers. »

« Est-ce Gilbert Blythe que j'aperçois, Anne ? Comme il a vieilli depuis un an ! Il n'était encore qu'un adolescent quand j'enseignais à Carmody. Et bien entendu, voici Charlie Sloane. Il n'a pas changé, lui, de toute façon, il ne le pourrait pas. Il est exactement pareil à ce qu'il était au jour de sa naissance et à ce qu'il sera à quatre-vingts ans. Par ici, ma chère. Nous serons chez nous dans vingt minutes. »

« Chez nous ! » grogna Anne. « Tu veux dire que nous serons dans quelque horrible pension, dans une chambre plus horrible encore avec vue sur une cour minable. »

« Ce n'est pas une horrible pension, Anne. Voici notre voiture. Monte, le cocher prendra ta malle. Ah ! oui, la pension… c'est vraiment un endroit très sympathique et tu en conviendras demain matin quand une bonne nuit de sommeil sera venue à bout de ton cafard. C'est une grande maison de pierre grise de style ancien, rue Saint-John, à quelques pas de Redmond. Les gens bien avaient coutume d'y avoir leur résidence, mais la rue Saint-John n'est plus à la mode et ses maisons en sont réduites à rêver de jours meilleurs. Elles sont si vastes que leurs propriétaires doivent prendre des pensionnaires pour les remplir. C'est du moins ce que les nôtres essaient désespérément de nous faire croire. Elles sont tout simplement délicieuses, Anne – nos propriétaires, je veux dire. »

« Combien y en a-t-il ? »

« Deux. Mlles Hannah et Ada Harvey. Ce sont des jumelles d'une cinquantaine d'années. »

« Il semble que les jumeaux fassent vraiment partie de mon destin », remarqua Anne en souriant. « Où que j'aille, je suis sûre d'en trouver. »

« Oh ! elles ne sont plus des jumelles à présent, ma chérie. Elles ont cessé de l'être à l'âge de trente ans. Mlle Hannah a vieilli, pas très gracieusement, et Mlle Ada est restée à trente ans, avec encore moins de grâce. Je ne sais pas si Mlle Hannah peut sourire ou non ; jusqu'à présent, je ne l'ai jamais surprise en flagrant délit, mais Mlle Ada sourit tout le temps et c'est encore pire. Elles sont cependant gentilles et bonnes et elles accueillent deux pensionnaires chaque année parce qu'avec son sens de l'économie, Mlle Hannah ne peut tolérer de "gaspiller l'espace d'une chambre" – et non pas parce qu'elles en ont besoin, comme Mlle Ada me l'a répété au moins sept fois depuis samedi. Pour ce qui est de nos chambres, j'admets qu'elles donnent dans le couloir ; la mienne a vue sur la cour. La tienne se trouve à l'avant et, de la fenêtre, on peut apercevoir le vieux cimetière Saint-John de l'autre côté de la rue. »

« Quelle horreur ! » frissonna Anne. « Je crois que je préférerais celle qui a vue sur la cour. »

« Oh ! non, pas du tout. Attends et tu verras. Le vieux cimetière est un endroit adorable. Il a été un cimetière pendant si longtemps qu'il ne sert plus à présent et qu'il est devenu un des sites de Kingsport. J'en ai fait le tour hier, juste pour le plaisir. Il est entouré d'un haut mur de pierre et d'une rangée d'arbres gigantesques ; les pierres tombales sont des plus bizarres et tu pourras y lire des inscriptions absolument pittoresques. Tu iras étudier là, Anne, j'en mettrais ma main au feu. Bien entendu, on n'y enterre plus personne maintenant. Mais il y a quelques années, on a érigé un beau monument en mémoire des soldats de la Nouvelle-Écosse tombés en Crimée. Il se trouve juste en face de l'entrée et je t'assure qu'il y a là matière à "laisser vagabonder son imagination", comme tu as coutume de dire. Voici enfin ta malle et les garçons qui viennent nous saluer. Dois-je vraiment serrer la main de Charlie Sloane, Anne ? Ses mains froides et moites me font toujours penser à des poissons. Il faut leur demander de nous rendre visite de temps en temps. Mlle Hannah m'a gravement informée que nous pourrions inviter des jeunes gens deux soirs par semaine à condition qu'ils partent à une heure raisonnable ; et Mlle Ada m'a demandé, en souriant, de veiller à ce qu'ils ne s'assoient pas sur ses beaux coussins. Je lui ai promis de faire attention ; mais Dieu sait où ils pourront s'asseoir, sinon sur le plancher, car des coussins, il y en a partout. Mlle Ada en a même placé un, au motif très sophistiqué, sur le piano. »

À présent Anne riait. Le gai bavardage de Priscilla avait eu sur elle l'effet escompté de lui remonter le moral ; le mal du pays s'était évanoui et ne se manifesta plus jamais avec autant de force, même quand elle se retrouva enfin seule dans sa petite chambre. Elle alla jeter un coup d'œil par la fenêtre. En bas, la rue était sombre et calme. De l'autre côté, la lune brillait au-dessus des arbres du cimetière Saint-John, juste derrière la grosse tête de lion sur le monument. Anne avait peine à croire qu'elle avait quitté Green Gables le matin même. Il lui semblait que beaucoup de temps s'était écoulé, sensation qu'on éprouve toujours après une journée de voyage et de changement.

« Je présume que cette lune est maintenant en train de contempler Green Gables », songea-t-elle. « Mais je refuse d'y penser ; cela engendre la nostalgie. Je vais même laisser tomber ma séance de larmes et la garder pour plus tard. Pour le moment, je me contenterai d'aller calmement et raisonnablement au lit pour dormir. »

4

Philippa, comme une bouffée de printemps

Kingsport est une vieille ville pittoresque, dont l'origine remonte aux premiers jours de la colonie ; elle s'emmitoufle dans une atmosphère surannée comme une vieille dame dans des vêtements à la mode de sa jeunesse. Si elle fait, ici et là, des concessions à la modernité, son cœur reste pur ; elle est remplie de curieuses reliques et auréolée du romantisme de nombreuses légendes du passé. Elle n'était jadis rien de plus qu'un village de frontière quasi sauvage ; à cette époque, les Indiens empêchaient l'existence des colons de sombrer dans la monotonie. À mesure que le temps a passé, elle est devenue la pomme de discorde entre les Britanniques et les Français, occupée par les uns et les autres tour à tour, et émergeant de chacune de ces occupations avec de nouvelles cicatrices qu'y laissaient les peuples en guerre.

Dans son parc, il y avait une tour à la Martello sur laquelle les touristes gravaient leurs noms, un vieux fort français démantelé sur les collines au-delà de la ville, et plusieurs canons archaïques dans les squares publics. Les curieux pouvaient également trouver d'autres sites historiques et parmi ceux-ci, aucun n'était plus pittoresque et ravissant que le vieux cimetière Saint-John situé en plein centre de la ville où, d'une part, les rues étaient bordées de maisons tranquilles et de style ancien et de l'autre les voies publiques étaient agitées et modernes. Tous les habitants de Kingsport éprouvent une sorte de fierté possessive envers ce cimetière car ils peuvent tous prétendre qu'un de leurs ancêtres y est enterré, une dalle bizarre inclinée à sa tête ou encore penchée sur la tombe comme pour la protéger et sur laquelle sont inscrits les faits marquants de la vie du mort. Dans la majorité des cas, ces vieilles pierres tombales ne portent pas la marque d'un art ou d'un talent remarquable. Il s'agit presque toujours de pierre du pays grise ou brune taillée sans délicatesse, et dans quelques cas seulement on s'est efforcé d'y apporter une garniture quelconque. Certaines sont ornées de têtes de mort et à cette décoration barbare est souvent accouplée une tête d'angelot. Plusieurs tombent en ruine. Le temps les a presque toutes rongées, jusqu'à effacer parfois complètement certaines inscriptions alors que d'autres ne peuvent être déchiffrées qu'avec difficulté. L'endroit est touffu et très vert, entouré et traversé de rangées d'ormes et de saules, et sous leur ombre, les dormeurs doivent dormir d'un sommeil sans rêves. Les vents et les feuilles leur chantent pour toujours la sérénade, et la clameur de la circulation ne trouble pas leur repos.

L'après-midi suivant, Anne fit la première de ses nombreuses promenades dans le cimetière. Avec Priscilla, elle était allée le matin s'inscrire comme étudiante à Redmond et il n'y avait rien d'autre à faire ce jour-là. Les deux jeunes filles s'éclipsèrent avec joie, car ce n'était pas très exaltant d'être entouré d'une foule d'inconnus dont la plupart avaient une apparence plutôt étrangère comme s'ils n'étaient pas sûrs eux-mêmes de ce qu'ils étaient.

Les « nouvelles » se tenaient par groupes détachés de deux ou trois et se lorgnaient ; les « nouveaux », plus sages, s'étaient rassemblés dans le grand escalier du hall d'entrée et ils poussaient des cris de joie de toute la vigueur de leurs jeunes poumons, comme pour défier leurs ennemis traditionnels, les étudiants de deuxième dont quelques-uns déambulaient d'une démarche hautaine, contemplant avec dédain ces « barbares » dans les marches. Gilbert et Charlie n'étaient visibles nulle part.

«Je n'aurais jamais cru que la vue d'un Sloane me ferait un jour plaisir», remarqua Priscilla alors qu'elles traversaient le campus, «mais j'accueillerais presque avec bonheur les yeux globuleux de Charlie. Ils me sont au moins familiers.»

«Oh!» soupira Anne, «je ne peux décrire ce que j'éprouvais quand j'étais là à attendre mon tour pour m'inscrire – aussi insignifiante que la plus petite goutte dans le baquet d'eau le plus énorme. C'est déjà suffisamment désagréable de se sentir insignifiant; mais c'est franchement insupportable d'avoir, gravée dans son âme, la conviction qu'on ne sera jamais, qu'on ne pourra jamais être autre chose qu'insignifiant. C'est comme cela que je me sentais, comme si j'étais devenue invisible à l'œil nu et que certains de ces étudiants de deuxième pourraient tout aussi bien me marcher dessus. Je me disais qu'à ma mort, je ne serais ni pleurée, ni honorée, ni chantée.»

«Attends l'année prochaine», la consola Priscilla. «Nous serons alors en mesure d'avoir l'air aussi blasé et sophistiqué que tous ces anciens. C'est évidemment assez terrible de se sentir insignifiant; mais je crois que c'est encore préférable à se sentir grosse et empotée comme moi – comme si je m'étalais sur Redmond au grand complet. Moi, c'est comme ça que je me sentais, parce que, j'imagine, j'avais deux bons pouces de plus que tout le monde dans cette foule. Je n'avais pas peur qu'un ancien m'écrase en marchant, mais qu'on me prenne pour un éléphant, un échantillon surdéveloppé d'insulaire gavé de pommes de terre.»

«Je suppose que nous ne pouvons pardonner au grand Redmond de ne pas être le petit Queen's», suggéra Anne en essayant de rassembler les lambeaux de sa vieille philosophie optimiste pour cacher le vide de son esprit. «En quittant Queen's, nous connaissions tout le monde et nous y occupions une place. Nous nous attendions sans doute inconsciemment à reprendre la vie à Redmond exactement où nous l'avions laissée à Queen's et c'est pourquoi nous avons

maintenant l'impression que le sol cède sous nos pieds. Grâce
à Dieu, ni Mme Lynde ni Mme Elisha Wright ne connaissent ni
ne connaîtront jamais mon état d'esprit actuel. Elles
jubileraient, se feraient un plaisir de me rappeler qu'elles "me
l'avaient bien dit" et seraient convaincues que c'est le commencement de la fin. Alors que c'est au contraire la fin du
commencement. »

« Je retrouve enfin la Anne que je connais. Dans
quelque temps, quand nous nous serons acclimatées et
aurons fait des connaissances, tout ira bien. Anne, as-tu
remarqué la fille qui s'est tenue tout l'avant-midi toute
seule à côté de la porte du vestiaire des étudiantes, très
jolie avec des yeux bruns et une bouche de travers ? »

« Oui, je l'ai remarquée particulièrement parce
qu'elle semblait la seule créature aussi solitaire et démunie
que moi. Moi, au moins, je t'avais. Mais elle, elle n'avait
personne. »

« Moi aussi j'ai trouvé qu'elle avait l'air esseulée. Je
l'ai vue à plusieurs reprises esquisser un mouvement
comme pour se diriger vers nous. Mais elle n'est pas venue
– trop timide sans doute. J'espérais qu'elle vienne nous
parler et j'y serais moi-même allée si je n'avais pas autant
eu l'impression d'être un éléphant. Mais il m'était impossible de traverser ce grand hall avec tous ces garçons
vociférant dans l'escalier. Elle est la plus jolie nouvelle que
j'ai vue aujourd'hui, mais cet avantage est probablement
trompeur et même la beauté est vaine quand on vit sa
première journée à Redmond », conclut Priscilla en riant.

« J'ai l'intention d'aller me promener au vieux cimetière Saint-John après le dîner », annonça Anne. « Je ne
sais pas si un cimetière est un endroit idéal pour se
remonter le moral, mais il semble que ce soit le seul lieu
accessible où il y ait des arbres, et j'ai besoin d'arbres. Je
vais m'asseoir sur une de ces vieilles dalles, fermer les yeux
et m'imaginer que je suis dans les bois d'Avonlea. »

Ce n'est cependant pas ce qu'elle fit car elle trouva là
suffisamment de choses intéressantes pour garder les yeux

ouverts. Elles se rendirent aux grilles d'entrée et passèrent sous l'arche de pierre simple et massive surmontée du grand lion d'Angleterre.

«L'histoire se souviendra d'Inkerman* dont les ronces sont encore ensanglantées, et dont les sommets à tous les vents sont exposés», cita Anne en levant les yeux avec émotion. Elles se retrouvèrent dans un lieu sombre, frais et vert où semblait ronronner la brise. Elles errèrent le long des longues allées verdoyantes, lisant les étranges et interminables épitaphes gravées à une époque où l'on avait davantage de temps qu'aujourd'hui.

«Ci-gît le corps de M. Albert Crawford», déchiffra Anne sur une dalle grise et usée, «pendant plusieurs années gardien de l'artillerie de Sa Majesté à Kingsport. Il a servi dans l'armée jusqu'à la paix de 1763, date à laquelle il a pris sa retraite pour cause de mauvaise santé. Il était un officier courageux, le meilleur des époux, le meilleur des pères, le meilleur des amis. Il est décédé le 29 octobre 1792, à l'âge de 84 ans. Voilà une épitaphe pour toi, Prissy. Il y a certainement là "place à l'imagination". Comme une telle vie doit avoir été remplie d'aventures ! Et en ce qui concerne ses qualités personnelles, je suis sûre qu'on a épuisé le répertoire des éloges. Je me demande si on lui a dit qu'il était tout cela quand il était en vie.»

«En voilà une autre», dit Priscilla. «Écoute. À la mémoire d'Alexander Ross, décédé le 22 septembre 1840 à l'âge de 43 ans. Cette pierre est offerte en témoignage d'affection par celui qu'il a servi fidèlement pendant 27 ans et qui le considérait comme un ami, digne de sa confiance et de son attachement.»

«Une épitaphe très touchante», commenta sérieusement Anne. «Je ne pourrais en souhaiter de meilleure. Nous sommes tous des serviteurs d'une façon ou d'une autre, et si notre fidélité peut être loyalement inscrite sur

---

* N.D.L.T. : Faubourg de Sébastopol, en Crimée. Théâtre d'une sanglante bataille remportée par les Franco-Anglais sur les Russes durant la guerre de Crimée.

notre pierre tombale, il n'est pas nécessaire d'ajouter quoi que ce soit. Voici une petite tombe grise pleine de tristesse, Prissy. "À la mémoire d'un enfant bien-aimé". Et une autre : "Érigé en mémoire de quelqu'un qui est inhumé ailleurs". Je me demande où se trouve cette tombe inconnue. En vérité, Prissy, les cimetières d'aujourd'hui ne seront jamais aussi intéressants que celui-ci. Tu avais raison, j'y viendrai souvent. Je suis déjà conquise. Je vois que nous ne sommes pas seules ici. Il y a une fille au bout de cette allée. »

« Oui, et je crois que c'est celle-là même que nous avons vue à Redmond ce matin. Je l'observe depuis cinq minutes. Elle a commencé à remonter l'allée au moins une demi-douzaine de fois et a fait volte-face chaque fois. Ou bien elle est épouvantablement timide ou bien elle a quelque chose sur la conscience. Allons à sa rencontre. Je crois qu'il est plus facile de lier connaissance dans un cimetière qu'à Redmond. »

Elles descendirent sous la longue arcade verte vers l'inconnue, assise sur une dalle grise à l'ombre d'un énorme saule. Elle était certes très jolie, d'une beauté éclatante, irrégulière, irrésistible. Ses cheveux satinés avaient un lustre évoquant celui des châtaignes, et ses joues rondes, le doux éclat d'un fruit mûr. Ses yeux bruns étaient grands et veloutés sous des sourcils noirs bizarrement arqués et sa bouche de travers était rose rouge. Elle portait un seyant ensemble brun sous lequel pointaient deux petites chaussures coquettes ; son chapeau rose de paille mate, orné de pavots brun doré, avait cet air indéfinissable et sur lequel il était impossible de se tromper qui s'applique à la « création » d'un maître chapelier. Priscilla prit soudain conscience, avec un pincement au cœur, que son propre chapeau avait été confectionné à la chapellerie de son village et Anne, mal à l'aise, se demanda si la blouse qu'elle avait consue elle-même et que Mme Lynde avait ajustée semblait très campagnarde à côté des vêtements élégants de l'inconnue. Pendant un instant, les deux jeunes filles eurent envie de rebrousser chemin.

Mais elles s'étaient déjà arrêtées et tournées vers la dalle grise. Il était trop tard pour battre en retraite, puisque la fille aux yeux bruns avait sûrement conclu qu'elles venaient lui parler. Elle se leva immédiatement et se dirigea vers elles la main tendue et arborant un sourire joyeux et cordial dans lequel il n'y avait pas une ombre de timidité ou de conscience coupable.

«Oh! Je veux savoir qui vous êtes», s'écria-t-elle avec entrain. «Je mourais d'envie de vous connaître. Je vous ai vues à Redmond ce matin. Dites, n'était-ce pas terrible là-bas? Je me disais que j'aurais dû rester chez moi et me marier.»

Anne et Priscilla éclatèrent de rire en entendant cette conclusion inattendue. La fille aux yeux marrons rit aussi.

«Je me le disais vraiment. Et j'aurais pu, vous savez. Venez, asseyons-nous sur cette pierre tombale et faisons connaissance. Ce ne sera pas difficile. Je sais que nous allons nous adorer. J'en ai eu la certitude dès que je vous ai vues à Redmond ce matin. J'avais une folle envie d'aller vous trouver et de vous embrasser.»

«Pourquoi ne pas l'avoir fait?» demanda Priscilla.

«Tout simplement parce que je n'ai pas pu m'y résoudre. Je n'arrive jamais à prendre une décision sur quoi que ce soit. Je souffre d'indécision chronique. Au moment précis où je décide de faire quelque chose, j'ai soudain la conviction qu'un autre choix conviendrait mieux. C'est un grand malheur, mais je suis née comme ça et il ne sert à rien de me faire des reproches, comme certaines personnes le font. Je n'ai donc pas pu décider d'aller vous parler bien que j'en brûlais d'envie.»

«Nous pensions que tu étais trop timide», dit Anne.

«Non, non, ma chère. La timidité ne fait pas partie des nombreux défauts – ou qualités – de Philippa Gordon. Mes amis m'appellent Phil, j'espère que vous ferez de même. Et vous, quels sont vos noms?»

«Voici Priscilla Grant», dit Anne en pointant son amie.

«Et voici Anne Shirley», ajouta Priscilla en pointant à son tour.

«Et nous venons de l'Île», prononcèrent-elles en même temps.

«Moi, je suis de Bolingbroke, en Nouvelle-Écosse», leur apprit Philippa.

«Bolingbroke!» s'exclama Anne. «C'est là que je suis née.»

«C'est vrai? Eh bien! cela fait de toi une véritable *Bluenose**, en fin de compte.»

«Non», rétorqua Anne. «N'est-ce pas Dan O'Connell** qui disait que si un homme naissait dans une écurie, cela ne faisait pas de lui un cheval. Je suis de l'Île jusqu'à la moelle.»

«Eh bien! je suis quand même ravie que tu sois née à Bolingbroke. Cela fait de nous des voisines, en quelque sorte. Et cela me plaît parce que quand je te confierai mes secrets, cela ne sera pas comme si je les confiais à une étrangère. Je dois confier mes secrets. Je ne peux les garder pour moi – inutile d'essayer. C'est là mon plus grand défaut – avec l'indécision, comme je l'ai mentionné avant. Vous ne le croirez pas, mais cela m'a pris une demi-heure à décider quel chapeau j'allais porter pour venir ici, ici, dans un cimetière, vous vous rendez compte! Au début, je voulais mettre le brun orné d'une plume; mais aussitôt que je l'ai eu sur la tête, j'ai pensé que le rose avec un bord flottant conviendrait mieux. Après l'avoir épinglé bien solidement, j'ai préféré le brun. Finalement, je les ai posés côte à côte sur le lit, j'ai fermé les yeux et j'en ai piqué un au hasard à l'aide d'une épingle à chapeau. L'épingle ayant touché le rose, c'est celui-là que j'ai mis. Il me va bien, n'est-ce pas? Dites-moi, comment me trouvez-vous?»

---

*   N.D.L.T.: Sobriquet donné aux habitants de la Nouvelle-Écosse.
** N.D.L.T.: Daniel O'Connell (1775-1847), homme politique irlandais, catholique, à l'origine de l'indépendance de l'Irlande.

À cette question naïve, posée d'un ton parfaitement sérieux, Priscilla éclata de rire une nouvelle fois. Mais Anne, serrant la main de Philippa, répondit spontanément :

« Nous nous disions justement ce matin que tu étais la plus jolie fille que nous ayons vue à Redmond. »

La bouche mutine de Philippa esquissa alors un sourire ensorceleur découvrant une rangée de petites dents très blanches.

« Je suis également de cet avis », déclara-t-elle sans sourciller, « mais je voulais avoir l'opinion de quelqu'un d'autre pour m'appuyer. Je ne peux même pas me décider au sujet de ma propre apparence. Aussitôt que j'ai décidé que je suis jolie, je me mets à sentir misérablement que je me trompe. De plus, j'ai une horrible grand-tante qui me répète sans cesse, en soupirant d'un air consterné : "Tu étais un si beau bébé. C'est étrange comme les enfants changent en grandissant." J'adore les tantes, mais je déteste les grands-tantes. Je vous en prie, dites-moi souvent que je suis jolie, si vous voulez bien. Cela me rassure. Je vous rendrai le même service si vous le désirez. Je peux le faire, la conscience en paix. »

« Merci », fit Anne en riant, « mais Priscilla et moi sommes si fermement convaincues de notre propre belle apparence que nous n'avons pas besoin de nous faire rassurer à ce sujet. Alors tu n'auras pas à te donner cette peine. »

« Oh ! vous vous moquez de moi. Je sais que vous me prenez pour une abominable vaniteuse, mais vous vous méprenez. En réalité, il n'y a pas une étincelle de vanité en moi. Et je ne me fais jamais prier pour adresser des compliments aux autres filles quand elles le méritent. Je suis si contente de vous connaître. Je suis arrivée samedi dernier et j'ai failli mourir d'ennui depuis. C'est une sensation épouvantable, n'est-ce pas ? Je suis un personnage important à Bolingbroke alors qu'à Kingsport, je ne suis personne. À certains moments, le cafard me submergeait le cœur. Où habitez-vous ? »

« Trente-huit, rue Saint-John. »

« De mieux en mieux. Moi, j'habite juste au coin, rue Wallace. Mais je n'aime pas cette pension. C'est un endroit austère et ennuyeux, et ma chambre donne sur une cour tout simplement impossible. C'est sûrement l'endroit le plus laid du monde. En ce qui concerne les chats, si tous ceux de Kingsport ne peuvent s'y rassembler la nuit, au moins la moitié le doivent. J'adore les chats qui font la sieste au coin du feu, mais dans les cours à minuit, ce sont des animaux totalement différents. La première nuit, je n'ai cessé de pleurer, tout comme eux. Si vous aviez vu mon nez le matin ! Comme je souhaitais n'avoir jamais quitté la maison ! »

« Je me demande comment tu as pu te décider à venir à Redmond, si tu es réellement aussi indécise que tu le dis », remarqua Priscilla d'un ton amusé.

« Grand Dieu, ma chère, ce n'est pas moi qui ai pris cette décision. C'est mon père qui voulait que je vienne ici. Il le désirait ardemment – pourquoi, je ne le sais pas. Cela semble parfaitement ridicule de m'imaginer en train d'étudier pour obtenir ma licence, n'est-ce pas ? Non que je ne puisse y arriver. J'ai de l'intelligence à n'en savoir que faire. »

« Oh ! » s'écria Priscilla, médusée.

« Oui, mais c'est un tel effort de s'en servir. Et les licenciés sont des créatures si savantes, dignes, sages et solennelles. Ils doivent l'être. Non, moi je ne voulais pas venir à Redmond. Je ne l'ai fait que pour plaire à mon père. Il est si mignon. En outre, je savais que si je restais chez moi, il faudrait que je me marie. Ma mère y tenait – elle y était même résolue. Maman est une femme de décision. Mais je détestais l'idée d'être mariée, du moins avant encore quelques années. Je veux m'amuser tout mon soûl avant de m'établir. Et bien que la perspective d'être licenciée soit ridicule, celle d'être une respectable femme mariée est encore plus absurde, n'est-ce pas ? Je n'ai que dix-huit ans. Non, je suis arrivée à la conclusion qu'il

valait encore mieux venir à Redmond que de me marier.
De plus, comment aurais-je pu décider quel homme j'allais
épouser?»

«As-tu donc tellement de prétendants?» s'esclaffa
Anne.

«À n'en savoir que faire. Les garçons sont fous de moi,
c'est vrai. Mais pour moi, deux seulement comptent. Les
autres sont trop jeunes, ou trop pauvres. Je dois épouser un
homme riche, vous savez.»

«Est-ce vraiment essentiel?»

«Ma chérie, pourrais-tu m'imaginer en épouse d'un
homme pauvre? Je ne sais rien faire de mes dix doigts et je
suis très extravagante. Oh! non. Mon mari devra avoir des
tonnes d'argent. Voilà pourquoi le nombre de mes soupirants s'est trouvé réduit à deux. Mais il m'est aussi difficile
de choisir entre deux qu'entre deux cents. Je savais parfaitement que quel que soit l'heureux élu, je regretterais toute
ma vie de ne pas avoir épousé l'autre.»

«N'étais-tu pas amoureuse de l'un des deux?» demanda
Anne avec un peu d'hésitation. Il ne lui était pas facile
d'aborder devant une étrangère ce grand mystère qui
transforme la vie de façon si radicale.

«Grand Dieu! non! Je ne peux aimer personne. Je ne
possède pas ce pouvoir. Et je ne voudrais pas l'avoir. Je
crois que le fait d'être amoureuses fait de nous de parfaites
esclaves. Et cela donne à un homme un tel pouvoir de
nous blesser. J'aurais peur. Non, non, Alec et Alonzo sont
des garçons charmants et je les aime tant tous les deux que
je ne sais vraiment pas lequel je préfère. C'est là le
problème. Alec est évidemment le plus beau des deux et je
ne pourrais tout simplement pas me marier avec un
homme qui ne serait pas beau. Il a aussi un bon caractère
et il a d'adorables cheveux noirs et bouclés. Il est presque
trop parfait – je ne crois pas que j'aimerais un mari parfait,
quelqu'un que je ne pourrais jamais prendre en défaut.»

«Alors pourquoi ne pas épouser Alonzo?» demanda
gravement Priscilla.

« Penser à marier quelqu'un qui s'appelle Alonzo ! »
s'écria tristement Philippa. « Je ne pense pas que je pourrais le supporter. Mais il a un nez classique, et ce serait un
réconfort d'avoir dans la famille un nez sur lequel on
puisse se reposer. Impossible de compter sur le mien.
Jusqu'à présent, il tient des Gordon, mais je crains qu'il ne
développe des tendances Byrne à mesure que je vieillis. Je
l'examine chaque jour avec angoisse pour m'assurer que
c'est toujours un nez Gordon. Maman est une Byrne et elle
en a le nez au plus haut degré. Laissez-moi regarder le
vôtre. J'adore les beaux nez. Le tien est absolument
ravissant, Anne Shirley. Le nez d'Alonzo a presque fait
pencher la balance en sa faveur. Mais a-t-on idée d'être
affublé d'un prénom comme Alonzo ! Non, je n'ai pas pu
me décider. Si j'avais pu faire comme avec les chapeaux – les
mettre côte à côte, fermer les yeux et laisser l'épingle choisir –
ç'aurait été bien plus simple. »

« Comment Alec et Alonzo ont-il pris ton départ ? »
interrogea Priscilla.

« Oh ! ils gardent espoir. Je leur ai dit qu'ils devaient
attendre jusqu'à ce que j'aie pris une décision. Ils ont
accepté bien volontiers. Ils m'idolâtrent littéralement tous
les deux, vous savez. En attendant, j'ai l'intention de me
divertir. Je m'attends à avoir une foule de prétendants à
Redmond. Il m'est impossible d'être heureuse sans ça, vous
savez. Ne trouvez-vous pas comme moi que les nouveaux
sont effroyablement ternes ? Je n'en ai trouvé qu'un seul de
séduisant dans le groupe. J'ai entendu son ami l'appeler
Gilbert. Son ami a des yeux qui lui sortent de la tête
comme ça. Mais vous ne partez pas déjà, les filles ? Ne
partez pas. »

« Je crois qu'il le faut », répondit Anne, d'un ton
plutôt froid. « Il se fait tard et nous avons du travail à
faire. »

« Vous viendrez me voir, n'est-ce pas ? » demanda
Philippa en se levant et en leur mettant chacune un bras
autour des épaules. « Et permettez-moi de vous rendre

visite moi aussi. Je veux que nous devenions des amies. Je me suis fait tellement d'idées sur vous. J'espère ne pas vous avoir trop dégoûtées avec ma frivolité ? »

« Pas trop », s'esclaffa Anne en lui serrant la main avec la même cordialité.

« Parce que je ne suis pas la moitié aussi stupide que j'en ai l'air, vous savez. Il vous suffit d'accepter Philippa Gordon comme Dieu l'a faite, avec tous ses défauts, et je crois que vous arriverez à l'aimer. Ce cimetière n'est-il pas un endroit charmant ? Voici une tombe que je n'avais pas vue avant – celle-ci avec le garde-fou en fer. Oh ! regardez, les filles, regardez – on peut lire sur la pierre que c'est la tombe d'un aspirant tué à la bataille entre le *Shannon* et le *Chesapeake*. Vous imaginez ? »

Anne s'arrêta près du garde-fou et regarda la pierre usée, le cœur soudain palpitant d'émotion. La vision du vieux cimetière, avec ses arbres formant une voûte et ses longues allées remplies d'ombres, s'estompa. À la place, elle vit le port de Kingsport près d'un siècle auparavant. Une frégate émergeait lentement de la brume, brillante, arborant le drapeau de l'Angleterre. Elle était suivie d'une autre, sur le pont de laquelle gisait une silhouette immobile, héroïque, enveloppée dans son propre drapeau étoilé, la silhouette du vaillant Lawrence. Le temps avait reculé et c'était le *Shannon* qui voguait triomphalement, emportant le *Chesapeake* comme butin.

« Reviens, Anne Shirley, reviens », l'appela Philippa en riant, la tirant par le bras. « Tu es cent ans derrière nous. Reviens. »

Anne poussa un soupir en sortant de sa rêverie; ses yeux luisaient doucement.

« J'ai toujours aimé cette vieille histoire », dit-elle, « et même si c'est l'Angleterre qui a remporté la victoire, je crois que je l'aime à cause du brave commandant défait. Cette tombe semble la ramener si près de nous et la rendre si réelle. Ce pauvre petit aspirant n'avait que dix-huit ans. D'après son épitaphe, "il est mort des blessures fatales reçues en action courageuse". Un soldat ne pourrait espérer mieux. »

Avant de s'en aller, Anne détacha le petit bouquet de violettes qu'elle portait sur elle et le laissa doucement tomber sur la tombe du garçon qui avait péri dans cet inoubliable duel en mer.

« Eh bien, que penses-tu de notre nouvelle amie ? » demanda Priscilla lorsque Philippa les eut quittées.

« Je l'aime bien. Il y a en elle quelque chose de tout à fait charmant, malgré son étourderie. Je crois que, comme elle le dit elle-même, elle n'est pas la moitié aussi stupide qu'elle le paraît. C'est une enfant irrésistible et je me demande si elle pourra réellement acquérir de la maturité un jour. »

« Elle me plaît à moi aussi », déclara résolument Priscilla. « Elle parle autant des garçons que Ruby Gillis. Mais autant les propos de Ruby m'enragent et me dégoûtent, autant j'ai simplement envie de rire en entendant Phil. Je me demande bien pourquoi. »

« Il y a une différence », dit songeusement Anne. « Je pense que c'est parce que Ruby est si consciente de son pouvoir sur les garçons. L'amour est un jeu pour elle. De plus, on a l'impression que, quand elle se vante du nombre de ses prétendants, elle ne le fait que pour nous faire bien sentir qu'on n'en a pas la moitié autant qu'elle. Mais quand Phil parle des siens, c'est comme si elle parlait de ses amis. Elle les considère vraiment comme de bons camarades, et cela lui fait plaisir d'en avoir des douzaines qui lui tournent autour, tout simplement parce qu'elle aime être populaire et qu'on la pense populaire. Même Alec et Alonzo – je ne pourrai plus jamais séparer ces deux noms – ne sont pour elle que des compagnons de jeux qui veulent jouer avec elle toute leur vie. Je suis contente de l'avoir rencontrée et je suis contente que nous soyons venues au vieux cimetière Saint-John. Je crois que j'ai réussi à mettre une petite racine dans le sol de Kingsport cet après-midi. Du moins, je l'espère. J'ai horreur de me sentir transplantée. »

5

Des nouvelles d'Avonlea

Pendant les trois semaines qui suivirent, Anne et Priscilla continuèrent à se sentir comme des étrangères en pays étranger. Puis soudain tout sembla s'ajuster – Redmond, les professeurs, les cours, les étudiants, les études, la vie sociale. La vie, qui semblait auparavant composée de fragments disparates, redevint homogène. Les nouveaux, plutôt que de n'être qu'un rassemblement d'individus sans points communs, formèrent une vraie classe, avec un esprit de classe, un cri de ralliement, des intérêts, des antipathies et des ambitions de classe. Remportant la victoire sur les «deuxième année» lors de la bataille annuelle de la faculté des lettres*, ils gagnèrent ainsi le respect de tous et une considérable confiance en eux-mêmes. Les étudiants de deuxième avaient gagné la bataille trois années de suite; le fait que la victoire de cette année fût allée aux nouveaux fut attribué au commandement stratégique de Gilbert Blythe, qui dirigea la campagne et expérimenta certaines nouvelles tactiques qui eurent pour effet de saper le moral des adversaires et de les acculer à un échec. En récompense, Gilbert fut élu président de la classe des nouveaux, une position d'honneur et de responsabilité – à tout le moins du point de vue

---

* N.D.L.T. : Affrontement qui avait traditionnellement lieu entre les étudiants de première et de deuxième année dans les universités.

des nouveaux – convoitée par un grand nombre d'étudiants. Il fut également invité – honneur rarement conféré à un nouveau – à se joindre au club *Lambda Theta* ou *Lambs*, comme on l'appelait à Redmond. Son initiation consista à parader, pendant toute une journée, dans les principales artères commerciales de Kingsport, un bonnet sur la tête et la taille ceinte d'un énorme tablier d'indienne à fleurs criardes. Il se plia joyeusement à ce rite, soulevant son bonnet avec une grâce empreinte de courtoisie quand il croisait des dames de sa connaissance. Charlie Sloane, qui n'avait pas été invité à devenir membre des *Lambs*, confia à Anne qu'il ne comprenait pas comment Blythe pouvait accepter de faire cela et que lui, pour sa part, ne consentirait jamais à s'abaisser à ce point.

« Imagine Charlie Sloane avec un bonnet et un tablier de calicot ! » se moqua Priscilla. « Il serait la réplique exacte de sa grand-mère Sloane. Gilbert, au contraire, avait l'air aussi viril que dans ses propres habits. »

Anne et Priscilla se retrouvèrent entraînées dans le tourbillon de la vie sociale de Redmond. C'est, dans une large mesure, grâce à Philippa Gordon qu'elles furent intégrées si rapidement. Philippa était la fille d'un homme riche et très connu et appartenait à une vieille famille de *Bluenose*. Cela, ajouté à sa beauté et à son charme – charme que reconnaissaient tous ceux qui la rencontraient – lui ouvrit très vite les portes de toutes les cliques, clubs et classes de Redmond ; et où elle allait, Anne et Priscilla allaient aussi. Phil adorait Anne et Priscilla, et plus particulièrement Anne. Elle avait un cœur loyal, limpide comme le cristal et exempt de toute forme de snobisme. « Aimez-moi et aimez mes amis » semblait être sa devise. Sans se forcer, elle les entraînait avec elle dans son cercle toujours plus large de connaissances ; c'est ainsi que pour les deux jeunes filles d'Avonlea, il s'avéra facile et agréable de se frayer un chemin dans la société de Redmond, à l'envie et la stupéfaction des autres nouvelles qui, sans l'aide de Philippa, se trouvèrent pour ainsi dire

condamnées à demeurer en marge durant leur première
année d'université.

Pour Anne et Priscilla, qui considéraient la vie avec
plus de sérieux, Phil restait l'enfant amusante et adorable
qu'elle leur était apparue lors de leur première rencontre.
Pourtant, comme elle le disait elle-même, elle avait de
l'intelligence «à n'en savoir que faire». Quand et où elle
trouvait le temps d'étudier tenait du mystère, car elle
semblait toujours sollicitée pour quelque sortie plaisante et
ses soirées à la maison étaient consacrées à la multitude de
prétendants qui lui rendaient visite. Elle avait tous les
soupirants qu'on pût désirer, puisque neuf nouveaux sur
dix et un pourcentage considérable d'étudiants des autres
années se disputaient ses sourires. Elle en était naïvement
ravie et décrivait joyeusement chaque nouvelle conquête à
Anne et Priscilla, en ajoutant des commentaires qui
auraient fait férocement rougir les oreilles de ses malheureuses victimes.

«Alec et Alonzo ne semblent pas avoir encore de rival
sérieux», la taquina Anne.

«Pas un seul», acquiesça Philippa. «Je leur écris à
tous les deux chaque semaine et leur raconte tout au sujet
des garçons que je rencontre ici. Je suis sûre que cela doit
les distraire. Mais, bien entendu, celui qui me plaît le plus,
je ne peux pas l'avoir. Gilbert Blythe ne s'aperçoit même
pas que j'existe, sauf pour me regarder comme si j'étais un
gentil chaton qu'il flatterait volontiers. Je connais trop
bien la raison de son attitude. J'ai une dent contre toi,
Reine Anne. Je devrais vraiment te détester et au lieu de
cela, je t'aime à la folie et je me sens misérable si je ne te
vois pas chaque jour. Quand tu me regardes d'une certaine
façon, je sens bien quelle petite bête insignifiante et frivole
je suis, et je n'aspire qu'à devenir meilleure, plus sage et
plus forte. Je prends alors de bonnes résolutions; mais le
premier beau garçon qui croise mon chemin me les fait
toutes oublier. La vie universitaire n'est-elle pas sensa-
tionnelle? C'est tellement drôle de penser combien je la

détestais le premier jour. Mais si je ne l'avais pas haïe, peut-être que je ne t'aurais jamais vraiment connue. Je t'en prie, Anne, répète-moi encore que tu m'aimes un petit peu. Je meurs d'envie de l'entendre. »

« Je t'aime un gros peu, et je pense que tu es un charmant, mignon, adorable et soyeux chaton dégriffé », répondit Anne en riant, « mais je ne vois toujours pas quand tu trouves le temps d'apprendre tes leçons. »

Phil devait pourtant trouver le temps, car elle réussissait bien dans chacun de ses cours. Même le vieux et grincheux professeur de mathématiques, qui détestait les étudiantes et s'était opposé avec véhémence à leur admission à Redmond, en était stupéfié. Elle était première en tout sauf en anglais, matière dans laquelle Anne la devançait de beaucoup. Anne trouvait elle aussi très faciles ses études de première année, grâce en grande partie au travail régulier qu'elle avait fait avec Gilbert pendant les deux dernières années à Avonlea. Cela lui permettait de consacrer davantage de temps à sa vie sociale, ce qui lui plaisait énormément. Elle n'oubliait pourtant jamais Avonlea ni les amis qu'elle y avait. Pour elle, le moment le plus heureux de la semaine était celui où elle recevait des lettres de là-bas. C'est seulement après avoir reçu les premières lettres qu'elle put penser pouvoir un jour aimer Kingsport et s'y sentir chez elle. Avant, Avonlea lui semblait à des milliers de milles de distance ; ces lettres la rapprochèrent et lièrent si étroitement son ancienne vie à sa nouvelle qu'elles commencèrent à se confondre plutôt que d'être deux entités désespérément distinctes. La première série comprenait six lettres, de Jane Andrews, Ruby Gillis, Diana Barry, Marilla, Mᵐᵉ Lynde et Davy. Celle de Jane était un modèle de calligraphie, chaque « t » joliment barré et un point surmontant très précisément chaque « i » ; elle ne contenait malheureusement pas une seule phrase digne d'intérêt. Elle ne disait pas un mot de l'école, dont Anne mourait d'envie d'entendre parler et ne répondait à aucune des questions qu'Anne lui avait posées dans sa propre lettre. Mais elle précisait à Anne combien de verges de dentelle elle avait récemment crochetées, le temps qu'il faisait à Avonlea, elle lui décrivait le modèle de la nouvelle robe qu'elle voulait se faire faire et comment elle se sentait quand elle avait la migraine. Ruby Gillis lui écrivait une lettre exubérante dans laquelle elle déplorait l'absence d'Anne, l'assurait que tout le monde s'ennuyait horriblement d'elle, lui demandait comment étaient les garçons à Redmond et finissait en lui racontant ses propres expériences déchirantes avec ses nombreux admirateurs. C'était une épître frivole et innocente et Anne en aurait ri de bon cœur si ce n'avait été du post-scriptum. « Si j'en juge par ses lettres », écrivait Ruby, « Gilbert semble se plaire à Redmond. Je ne crois pas que ce soit aussi le cas pour Charlie. »

Ainsi donc Gilbert écrivait à Ruby! Très bien. Il en avait parfaitement le droit, bien entendu. Mais Anne ignorait que c'était Ruby qui avait écrit la première et que Gilbert ne lui avait répondu que par simple politesse. Elle rejeta la lettre de Ruby avec hargne. Et il fallut toute la fraîcheur et la gentillesse de la missive de Diana, remplie de nouvelles, pour atténuer la brûlure que lui avait causée le post-scriptum de Ruby. La lettre de Diana, si elle parlait un peu trop de Fred, contenait quand même une foule de détails intéressants, si bien qu'Anne eut l'impression d'être de retour à Avonlea en la lisant. Marilla lui envoya une épître plutôt brève et incolore, sévèrement exempte de commérages et d'émotion. Pourtant, elle transmettait à Anne une bouffée de la vie saine et simple de Green Gables, avec sa saveur de paix antique et imprégnée de l'amour constant et éternel qui l'y attendait. La lettre de Mme Lynde était pleine de potins d'église. Ayant cassé maison, Mme Lynde avait plus de temps que jamais à consacrer aux affaires de la paroisse et elle s'y était plongée corps et âme. Elle se sentait à ce moment très troublée par les pauvres « suppléants » qui occupaient la chaire d'Avonlea.

Je crois qu'il n'y a plus de nos jours que des fous qui deviennent pasteurs, écrivait-elle avec amertume. *Il faut voir les candidats qu'on nous a envoyés, et entendre leurs sermons ! La moitié de ce qu'ils racontent est faux et, pis encore, ce n'est pas conforme à la vraie doctrine. Celui que nous avons maintenant est le pire de tous. Lorsqu'il commente un texte, on a pratiquement l'impression qu'il parle d'autre chose. Et il affirme ne pas croire que tous les païens seront perdus pour l'éternité. Quelle idée ! S'ils ne le sont pas, tout l'argent que nous aurons versé pour les missions étrangères aura été un gaspillage pur et simple ! Samedi soir dernier, il a annoncé que le dimanche suivant son prêche porterait sur la hache qui flottait*. Je crois qu'il ferait mieux de s'en tenir à la Bible et de renoncer aux sujets à sensation. Les choses en sont arrivées au point qu'un pasteur n'arrive plus à trouver suffisamment d'inspiration dans les Saintes Écritures ! Quelle église fréquentes-tu, Anne ? J'espère que tu y vas régulièrement. Loin de chez eux, les gens sont portés à négliger leurs devoirs religieux et, à mon avis, les étudiants d'université sont de grands pécheurs dans ce domaine. On m'a dit qu'un grand nombre étudient leurs leçons même le dimanche. J'espère que tu ne tomberas jamais aussi bas, Anne. Souviens-toi de la façon dont tu as été élevée. Et choisis très soigneusement tes amis. On ne sait jamais sur qui on peut tomber dans ces universités. Extérieurement, ils peuvent avoir l'air de sépulcres blanchis alors qu'intérieurement ce sont des loups sanguinaires. Tu ferais mieux de ne jamais adresser la parole à un jeune homme qui ne vient pas de l'Île.*

J'ai oublié de te raconter ce qui est arrivé le jour où le pasteur est venu nous rendre visite. C'est la chose la plus amusante qu'il m'ait été donné de voir. Comme je l'ai d'ailleurs fait remarquer à Marilla : « Si Anne avait été ici, n'est-ce pas qu'elle aurait ri un bon coup ? » Même Marilla n'a pu s'en empêcher. Tu sais, le pasteur est un petit homme court

---

* N.D.L.T. : Allusion à un passage de la Bible (Rois, V) : l'auteur veut sans doute nous montrer que Mme Lynde ne connaît pas la Bible autant qu'elle le croit.

et gras aux jambes arquées. Alors voilà. Le vieux cochon appartenant à M. Harrison – le grand et gros – était encore venu rôder par ici ce jour-là ; il est arrivé dans le porche arrière à notre insu et il était là quand le pasteur est apparu dans l'embrasure de la porte. Le cochon a bondi pour se sauver, mais il n'avait nulle part où bondir sauf entre les jambes arquées du pasteur. C'est donc là qu'il est allé et, gros comme il est, alors que le pasteur est si petit, il le souleva tout simplement de terre et l'emporta. Son chapeau s'envolait dans une direction et sa canne dans l'autre au moment où Marilla et moi arrivions à la porte. Jamais je n'oublierai la scène. Et la pauvre bête était terrifiée à mort. Je ne pourrai jamais plus lire le passage de la Bible dans lequel les pourceaux dégringolent la pente pour se jeter dans la mer sans revoir le goret de M. Harrison dévalant la colline, le pasteur sur le dos. Je suppose que la bête pensait porter le diable en personne sur son dos plutôt qu'en elle. Heureusement que les jumeaux n'étaient pas dans les parages. Ç'aurait été très néfaste pour eux de voir le pasteur dans une posture aussi indigne. Juste avant de tomber dans le ruisseau, le pasteur sauta ou tomba. Le cochon se précipita dans l'eau comme un possédé puis s'enfuit à travers les bois. Marilla et moi courûmes aider le pasteur à se relever et à nettoyer son manteau. Il n'était pas blessé, mais furieux. Il avait l'air de nous tenir, Marilla et moi, responsables de la catastrophe, même si nous lui avions affirmé que l'animal ne nous appartenait pas et qu'il nous avait ennuyées tout l'été. Et puis, pourquoi était-il arrivé par en arrière ? M. Allan n'aurait jamais fait cela, lui. Ce n'est pas de sitôt que nous retrouverons un homme comme M. Allan. Mais il y a un vent mauvais qui ne souffle rien de bon. Nous n'avons jamais revu un sabot ou un poil de cet animal depuis et j'ai idée que nous ne le reverrons jamais plus.

La vie est très tranquille à Avonlea. Je ne m'ennuie pas autant que je le craignais à Green Gables. Je crois que je vais commencer une nouvelle courtepointe de coton, cet hiver. Mme Silas a un nouveau patron à fleurs de pommier vraiment joli.

Quand je sens que j'ai besoin d'émotions fortes, je lis les comptes rendus des procès pour meurtre dans le journal de

Boston que ma nièce m'envoie. Je n'avais pas l'habitude de le faire, mais c'est vraiment intéressant. Ce doit être absolument affreux de vivre aux États. J'espère bien que tu n'iras jamais là, Anne. Mais la façon dont les jeunes filles vagabondent à travers le monde de nos jours est tout simplement horrible. Cela me rappelle Satan dans le Livre de Job, errant de-ci de-là, montant et descendant. Je ne crois pas que c'était dans les desseins de Dieu.

Davy s'est passablement bien conduit depuis ton départ. Un jour, comme il s'était montré insupportable et que Marilla l'avait puni en lui faisant porter le tablier de Dora toute la journée, il a découpé en petits morceaux tous les tabliers de sa sœur. Je l'ai giflé et il est sorti poursuivre mon coq jusqu'à le faire mourir d'épuisement.

Les MacPherson ont emménagé dans mon ancienne maison. Elle, c'est une maîtresse de maison très méticuleuse. Elle a déraciné tous mes lys de juin parce qu'à son avis ils donnent au jardin une apparence négligée. Thomas les avait plantés quand nous nous sommes mariés. Elle semble avoir un bon mari, mais elle ne peut s'empêcher d'agir en vieille fille.

N'étudie pas trop fort et n'oublie pas de porter tes sous-vêtements d'hiver dès que la température commencera à se rafraîchir. Marilla s'inquiète beaucoup à ton sujet mais je la rassure en lui disant que tu as davantage de bon sens que je ne l'aurais cru et que tout ira bien.

La lettre de Davy plongeait dès le début dans les doléances.

Chère anne, s'il te plaît écris à marilla de pas m'attacher à la rampe du pont quand je vais pêcher parce que les autres garçons se moque de moi. On s'ennuie beaucoup ici sans toi mais on s'amuse énorméman à l'école. J'ai fait peur à m^{me} lynde avec un feu follet la nuit dernière. Elle était trai fâché et aussi parce que j'ai couru après son coq jusqu'a ce qu'il tombe rède mort. Qu'est-ce qui l'a fais mourir, anne, je veux savoir. Mme lynde l'a jeté dans l'auge des cochons mais elle aurais pu le vendre à m. blair. m. blair donne maintenant cinquante cents pour un bon coq mort. J'ai entendu m^me lynde demander au pasteur de prié pour elle. Qu'est-ce qu'elle a fait de si méchan, anne, je veux savoir. J'ai un servolan avec une magnifique queue, anne. Milty bolter m'a raconté une histoire terrible hier à l'école. elle est vrai. le vieux Joe Mosey et Leon étaient en train de joué au cartes un soir de la semaine dernière dans les bois. Les cartes étaient sur une souche et un homme noir plus grand que les arbres est venu, a pris les cartes et la souche et a disparu dans un bruit qui ressemblais au tonnerre. Ils ont du avoir vraiman peur. Milty dit que l'homme noir, c'était le diable. est-ce vrai, anne, je veux savoir. M. kimball de spenserval est très malade et il devra aller à l'hopitable. excuse-moi je vais demandé a marilla si je l'ai bien épelé. marilla dit que c'est à la zile qu'il doit allé, pas à l'autre endroit. Il pense qu'il a un serpan dans son corps. qu'est-ce que ça doit être d'avoir un serpan dans son corps, anne. je veux savoir. m^me lawrence bell est malade aussi et m^me lynde dit que son problème c'est qu'elle pense trop a ses organe.

« Je me demande », dit Anne en repliant la dernière lettre, « ce que Mme Lynde penserait de Philippa. »

6

Dans le parc

« Qu'avez-vous l'intention de faire aujourd'hui, les filles ? » s'informa Philippa en entrant dans la chambre d'Anne un samedi après-midi.

« Nous allons nous promener dans le parc », répondit Anne. « Je devrais rester ici et terminer ma blouse. Mais je ne pourrais pas coudre un jour comme celui-ci. Il y a quelque chose dans l'air qui pénètre dans mes veines et me met le cœur en fête. Mes doigts se contracteraient et les points seraient tout de travers. C'est pourquoi le parc et les arbres me conviennent mieux. »

« Ce "nous" comprend-il quelqu'un d'autre à part Priscilla et toi ? »

« Oui, Gilbert et Charlie viendront et nous serions très heureux que tu te joignes à nous toi aussi. »

« Mais si je viens », objecta tristement Philippa, « je vous servirai de chaperon et ce sera une nouvelle expérience pour Philippa Gordon. »

« Eh bien, les nouvelles expériences sont toujours enrichissantes. Viens donc, et tu pourras sympathiser avec ceux qui sont si souvent obligés de jouer ce rôle. Mais où sont toutes tes victimes ? »

« Oh ! j'en avais assez d'eux et je n'avais tout simplement pas envie de les voir aujourd'hui. Et puis, j'ai un peu le vague à l'âme – très légèrement. Rien d'assez grave pour me rendre vraiment triste. J'ai écrit à Alec et Alonzo la semaine dernière. J'avais placé les lettres dans des

enveloppes et je les avais adressées, mais sans les cacheter.
Ce soir-là, il s'est passé quelque chose de drôle. C'est-à-
dire drôle pour Alec, mais probablement pas pour Alonzo.
J'étais pressée, alors j'ai sorti la lettre d'Alec – du moins je
le croyais, et griffonné un post-scriptum. Puis j'ai mis les
deux lettres à la poste. J'ai reçu la réponse d'Alonzo ce
matin. Les filles, imaginez-vous que j'avais ajouté ce post-
scriptum à sa lettre et il était furieux. Il s'en remettra, bien
entendu – de toute façon, qu'il s'en remette ou non, ça
m'est égal – mais ma journée en a été gâchée. Alors je me
suis dit que je viendrais vous voir pour me faire remonter
le moral. Après l'ouverture de la saison de football, je
n'aurai plus aucun samedi après-midi de libre. J'adore le
football. J'ai la casquette et le chandail rayés les plus adorables aux couleurs de Redmond à porter lors des parties.
À distance, j'aurai l'air d'une enseigne de coiffeur ambu-
lante. Saviez-vous que votre Gilbert a été élu capitaine de
l'équipe de football des nouveaux ? »

   « Oui, il nous l'a appris hier soir », répondit Priscilla,
constatant que, ulcérée, Anne ne répondrait pas. « Il est
venu avec Charlie. Comme nous savions qu'ils viendraient, nous avons pris soin de mettre hors de portée tous
les coussins de Mlle Ada. Le très élaboré avec une broderie
soulevée, je l'ai posé à terre dans le coin derrière la chaise
sur laquelle il se trouvait. Je pensais qu'il y serait en
sécurité. Mais le croiras-tu ? Charlie Sloane choisit justement cette chaise-là, avisa le coussin qui se trouvait
derrière, le ramassa et resta assis dessus toute la soirée. Un
véritable désastre ! La pauvre Mlle Ada m'a demandé
aujourd'hui, en souriant mais avec quel ton de reproche,
pourquoi j'avais permis qu'on s'assoie dessus. Je lui ai
répondu que je ne l'avais pas permis – que c'était une
question de prédestination associée avec le caractère
Sloane et que je n'y pouvais vraiment rien quand les deux
éléments étaient combinés. »

   « Les coussins de Mlle Ada commencent à me taper sur
les nerfs », s'écria Anne. « Elle a fini d'en bourrer deux

nouveaux la semaine dernière, et ils sont brodés sur toute
leur surface. Comme il ne reste absolument plus aucun
endroit où poser un coussin, elle les a placés contre le mur
sur le palier. Ils tombent la moitié du temps et quand nous
montons ou descendons dans le noir, nous trébuchons
dessus. Dimanche dernier, quand le révérend Davis a prié
pour ceux qui exposent leur vie aux périls de la mer, j'ai
ajouté en pensée "ainsi que pour ceux qui vivent dans des
maisons où les coussins sont aimés à la folie". Nous voilà
prêtes et j'aperçois les garçons qui arrivent par le cimetière
Saint-John. Partages-tu notre sort, Phil ? »

« D'accord, si je peux marcher avec Priscilla et Charlie.
Ce type de chaperonnage sera acceptable. Ton Gilbert est
un ange, Anne, mais pourquoi passe-t-il autant de temps
avec Yeux globuleux ? »

Anne se raidit. Elle n'aimait peut-être pas beaucoup
Charlie Sloane, mais comme il était d'Avonlea, les
étrangers n'avaient pas le droit de se moquer de lui.

« Charlie et Gilbert ont toujours été de bons amis »,
répliqua-t-elle froidement. « Charlie est un garçon très
sympathique. Ce n'est pas sa faute s'il a ces yeux-là. »

« N'en crois rien ! C'est sûrement sa faute ! Il a dû
commettre quelque péché épouvantable dans une existence antérieure pour être ainsi puni. Prissy et moi allons
bien nous amuser avec lui, cet après-midi. Nous rirons de
lui à son nez et il ne s'en rendra même pas compte. »

Il ne fait aucun doute que les « perverses P », comme
les avait surnommées Anne, concrétisèrent leur sympathique projet. Mais Sloane demeura béatement indifférent ;
il se prenait pour un type plutôt séduisant, escortant ainsi
deux étudiantes, surtout Philippa Gordon, réputée pour
être la beauté de la classe. Cela ne manquerait pas
d'impressionner Anne. Elle verrait que certaines personnes
savaient l'apprécier à sa juste valeur.

Gilbert et Anne suivaient un peu plus loin derrière les
autres, savourant la beauté calme et sereine de cet après-

midi d'automne sous les pins du parc, sur le chemin qui
grimpait et contournait la grève du port.

« Tu ne trouves pas que le silence ressemble à une
prière ici ? » murmura Anne, le visage tourné vers le ciel
clair. « Comme j'aime les pins ! On dirait qu'ils enfoncent
leurs racines profondément dans les belles histoires de
toutes les époques. C'est si réconfortant de pouvoir parfois
m'esquiver sur la pointe des pieds et venir bavarder avec
eux. Je me sens toujours si heureuse ici. »

« Ainsi envahis par la solitude de la montagne
Comme par quelque sortilège divin
Ils laissent tomber leurs soucis comme les pins,
leurs aiguilles,
Par les jours de grand vent. »
déclama Gilbert.

« Ils font paraître nos petites ambitions plutôt insigni-
fiantes, n'est-ce pas, Anne ? »

« Je crois que si j'ai un jour un gros chagrin, je viendrai me faire consoler par les pins », reprit rêveusement
Anne.

« J'espère que tu n'auras jamais de gros chagrin,
Anne », dit Gilbert qui ne pouvait associer l'idée de
douleur avec la vive et joyeuse créature qui se tenait à ses
côtés, ignorant que ceux qui peuvent monter aux plus
hauts sommets peuvent aussi sombrer dans les abîmes les
plus insondables, et que les natures qui jouissent de la vie
avec le plus de ferveur sont également celles qui souffrent
le plus cruellement.

« Mais nous devons en avoir – parfois », dit Anne d'un
air songeur. « La vie ressemble présentement à une coupe
de joie au bord de mes lèvres. Mais elle contient sûrement
aussi de l'amertume – il y en a toujours. Je goûterai un jour
à celle qui m'est destinée. J'espère seulement ne pas être
responsable de mon malheur. Te souviens-tu des paroles
du pasteur Davis dimanche soir dernier ? Il disait que
quand Dieu nous envoie des peines, il nous envoie en
même temps le réconfort et la force alors que celles que

nous nous causons nous-mêmes, par notre folie ou notre méchanceté, sont de loin les plus difficiles à supporter. Mais nous ne devons pas parler de souffrance par un si bel après-midi. Il a été conçu pour la pure joie de vivre. »

« Si c'était en mon pouvoir, j'éloignerais de ta vie tout ce qui n'est pas le bonheur et le plaisir », déclara Gilbert d'un ton qui signifiait « Attention, danger ».

« Ce ne serait pas raisonnable », rétorqua vivement Anne. « Je suis convaincue qu'il est impossible d'évoluer sans un certain effort et quelque souffrance – même si je crois que c'est uniquement quand tout va bien qu'on peut l'admettre. Viens. Les autres sont arrivés au pavillon et nous font signe d'approcher. »

Ils s'assirent tous dans le petit pavillon pour observer un coucher de soleil automnal qui avait pris les teintes profondes du feu et de l'or. À leur gauche s'étalait Kingsport avec ses toits et ses flèches assombris dans leur voile de fumée violette. À leur droite, le port, se colorant de rose et de cuivre en s'étirant dans le soleil couchant. Devant eux, l'eau miroitait, d'un gris argent satiné et plus loin, l'île William bien découpée se profilait dans la brume, veillant sur la ville comme un bouledogue robuste. Le fanal de son phare clignotait dans le brouillard telle une étoile maléfique et un autre lui répondait de l'horizon lointain.

« Avez-vous jamais vu un lieu qui ait l'air aussi imprenable ? » demanda Philippa. « Je ne désire pas particulièrement posséder l'île William, mais je suis sûre que même si je la voulais, je ne pourrais pas l'avoir. Regardez la sentinelle en haut du fort, juste à côté du drapeau. Ne semble-t-elle pas sortie tout droit d'un roman ? »

« À propos de choses romantiques », l'interrompit Priscilla, « nous avons cherché de la bruyère, mais nous n'avons évidemment pas pu en trouver. La saison doit être trop avancée. »

« De la bruyère ! » s'exclama Anne. « Mais la bruyère ne pousse pas en Amérique ! »

« Il en existe deux talles sur tout le continent », expliqua Phil. « Une ici même dans le parc et une autre ailleurs en Nouvelle-Écosse, j'ai oublié où. Les Black Watch, ce célèbre régiment écossais, ont campé ici une année et quand les hommes ont secoué leurs paillasses au printemps, quelques graines de bruyère ont pris racine. »

« Comme c'est charmant ! » s'écria Anne, ravie.

« Retournons chez nous par l'avenue Spofford », suggéra Gilbert. « Nous regarderons les résidences cossues des bien nantis. L'avenue Spofford est la plus belle rue résidentielle de Kingsport. Seuls des millionnaires peuvent y bâtir leur maison. »

« Oh ! mais j'y pense », dit Phil. « Il y a une maison tout simplement adorable que je veux te montrer, Anne. Et elle n'a pas été construite par un millionnaire. C'est la première maison après le parc, et elle a dû pousser quand l'avenue Spofford n'était encore qu'une route de campagne. Car elle a poussé, elle n'a pas été bâtie. Les résidences de l'avenue ne me plaisent pas. Elles sont trop neuves et je n'aime pas leurs baies vitrées. Mais celle-là est un rêve, et son nom... mais attends, tu vas voir. »

Ils l'aperçurent en effet lorsqu'ils gravirent la butte bordée de pins au sortir du parc. Tout en haut de la côte, là où l'avenue Spofford se perd dans un chemin droit, il y avait une petite maison de bois flanquée de bosquets de pins qui étiraient leurs bras d'un air protecteur par-dessus son toit bas. Elle était couverte de lierre rouge et or à travers lequel on devinait ses fenêtres à volets verts. Devant, un jardinet entouré d'un muret de pierre. Bien qu'on fût déjà en octobre, le jardin était encore très joli avec ses fleurs et ses arbrisseaux à l'ancienne mode, irréels en quelque sorte – aubépine, armoise auronne, verveine citronnelle, alysses, pétunias, soucis et chrysanthèmes. Un minuscule mur de briques, à motif de chevrons, menait de la barrière au porche avant. Le tout devait avoir été transplanté ici d'un village de campagne éloigné ; mais il y avait quelque chose dans cet endroit qui faisait, par

contraste, paraître son plus proche voisin, le palace entouré
d'une pelouse d'un roi du tabac, excessivement vulgaire,
voyant et mal élevé. Comme le disait Phil, c'était la
différence entre être né bien nanti et être parvenu.

«C'est l'endroit le plus ravissant que j'aie jamais vu»,
s'écria Anne avec admiration. «Cela me fait une impression étrange et délicieuse. C'est même plus joli et pittoresque que la maison de pierre de Mlle Lavendar.»

«C'est le nom que je voulais surtout que tu
remarques», reprit Phil. «Regarde, en lettres blanches, sur
l'arc au-dessus de la barrière. *La Maison de Patty*. N'est-ce
pas extraordinaire? Particulièrement dans cette avenue où
les villas s'appellent banalement La Pinède, Les Ormeaux
et Les Cèdres. *La Maison de Patty*, s'il vous plaît. J'adore
ça.»

«As-tu une idée de qui est cette Patty?» demanda
Priscilla.

«J'ai découvert que Patty Spofford est le nom de la
propriétaire. Elle y vit avec sa nièce depuis des centaines
d'années, plus ou moins – peut-être un peu moins, Anne.
L'exagération est simplement une envolée poétique. On
m'a dit que des gens fortunés ont essayé tant et plus
d'acheter le terrain – il vaut une petite fortune maintenant, vous savez – mais Patty refuse absolument de vendre.
Et il y a un verger derrière la villa, au lieu d'une cour –
vous le verrez quand nous aurons dépassé la maison – un
vrai verger sur l'avenue Spofford!»

«Je vais rêver de *La Maison de Patty* cette nuit»,
déclara Anne. «J'ai l'impression d'appartenir, en quelque
sorte, à cet endroit. Je me demande si, par hasard, nous
aurons un jour la chance de voir l'intérieur.»

«C'est peu probable.»

Anne sourit d'un air mystérieux.

«Non, c'est peu probable. Mais je crois pourtant que
cela se produira. J'éprouve la sensation bizarre, inquié-
tante, on peut nommer cela une prémonition, si tu veux –
que *La Maison de Patty* et moi allons lier connaissance.»

7

De retour chez soi

Si les trois premières semaines à Redmond avaient
paru interminables, le reste du trimestre vola sur les ailes
du vent. Le temps de le dire, les étudiants de Redmond se
retrouvèrent en train de bûcher ferme pour les examens de
Noël, dont ils émergèrent avec plus ou moins de succès
selon le cas. Anne, Gilbert et Philippa se partagèrent
l'honneur de la première place chez les nouveaux ; Priscilla
obtint de très bons résultats ; Charlie Sloane en obtint de
respectables et en ressentit autant de vanité que s'il avait
été premier dans toutes les matières.

« Je n'arrive pas à croire qu'à la même heure demain je
serai à Green Gables », dit Anne le soir précédant son
départ. « Pourtant c'est vrai. Et toi, Phil, tu seras à
Bolingbroke avec Alec et Alonzo. »

« J'ai hâte de les revoir », admit Phil entre deux
bouchées de chocolat. « Ce sont des garçons vraiment
charmants, tu sais. Oh ! je vais m'amuser magnifiquement
pendant les vacances. Il y aura des bals, des visites et des
festivités à n'en plus finir. Je ne te pardonnerai jamais,
Reine Anne, de ne pas venir chez moi. »

« Dans ton cas, "jamais" signifie trois jours, Phil. C'était
très gentil de ta part de m'inviter, et j'adorerais aller à
Bolingbroke un jour. Mais cette année, c'est impossible. Je
dois aller chez moi. Tu sais combien mon cœur le désire. »

« Tu ne vas pas avoir beaucoup d'agrément », laissa
tomber Phil d'un air méprisant. « Je suppose que tu te

rendras à une ou deux réunions d'assemblage de courtepointes ; et toutes les vieilles commères te diront des
choses en face et en raconteront d'autres dans ton dos. Tu
mourras d'ennui, ma fille. »

« À Avonlea ? » s'étonna Anne, hautement amusée.

« Tandis que si tu m'accompagnais, tu ne peux pas
savoir le plaisir que tu aurais. Bolingbroke serait subjugué
par ton charme – tes cheveux et ton style, et tout, Reine
Anne. Tu es si différente. Tu aurais un succès fou et ta
gloire rejaillirait sur moi – "non pas la rose, mais près de la
rose". Oh ! Viens donc, Anne. »

« Ta vision des succès mondains est assez fascinante,
Phil, pourtant je t'en décrirai une qui compensera. Je m'en
vais chez moi, à la campagne, dans une vieille maison de
ferme qui a déjà été verte mais dont la couleur est un peu
passée, plantée au milieu de pommiers aux branches
dénudées. Un ruisseau coule en bas et, plus loin, on peut
apercevoir un bois de sapins où j'ai entendu vibrer des
harpes sous les doigts de la pluie et du vent. Tout près, il y
a un étang qui doit être à présent gris et sombre. Il y aura
deux vieilles dames à la maison, l'une grande et maigre,
l'autre courte et potelée, il y aura deux jumeaux ; la fillette
est une enfant modèle et le petit garçon ce que Mme Lynde
appelle une "sainte terreur". Il y aura une petite chambre
en haut, au-dessus du porche, où les vieux rêves sont bien
accrochés ; elle abrite un gros et moelleux lit de plumes
qui semble pratiquement le summum du luxe comparé aux
matelas de la pension. Que penses-tu de ce portrait,
Phil ? »

« Cela me paraît d'un ennui mortel », répliqua celle-ci
avec une grimace.

« Oh ! mais je n'ai pas encore mentionné ce qui transforme tout », poursuivit doucement Anne. « Il y aura de
l'amour là, Phil, un amour fidèle et tendre, un amour
comme on n'en trouve nulle part ailleurs au monde, un
amour qui m'attend. Cela ne transforme-t-il pas mon tableau
en chef-d'œuvre, même si les couleurs sont un peu ternes ? »

Phil se leva silencieusement, repoussa la boîte de chocolats, vint vers Anne et la prit dans ses bras.

« Anne, je voudrais être comme toi », dit-elle sérieusement.

Diana rencontra Anne à la gare de Carmody le lendemain soir et elles revinrent ensemble à la maison dans le silence de la nuit saturée d'étoiles. Elles trouvèrent à Green Gables un air de fête en s'engageant dans l'allée. Toutes les fenêtres étaient éclairées et les lueurs traversaient l'obscurité comme si des fleurs rouge flamme se balançaient à l'arrière-plan, dans la Forêt hantée. Et deux petites silhouettes folichonnes gambadaient autour d'un feu allumé dans la cour ; l'une d'elles poussa un hurlement indescriptible quand le boghei surgit sous les peupliers.

« Davy essaie d'imiter le cri de guerre des Indiens », expliqua Diana. « C'est l'engagé de M. Harrison qui le lui a enseigné et il n'a cessé de le pratiquer pour te souhaiter la bienvenue. M\ :sup:me Lynde dit qu'elle a failli en avoir une crise de nerfs. Il se faufile derrière elle, tu sais, puis le lui hurle dans les oreilles. Il était aussi décidé à ce qu'il y ait un feu de joie pour toi. Cela fait quinze jours qu'il ramasse du bois sec et harcèle Marilla pour qu'elle lui permette de l'arroser de kérosène avant d'allumer le feu. À en juger par l'odeur, je suppose qu'il a obtenu gain de cause même si M\ :sup:me Lynde a soutenu jusqu'à la fin qu'il ne réussirait qu'à se faire flamber lui-même et tout le monde avec lui. »

Anne était déjà descendue du boghei et Davy lui agrippait frénétiquement les genoux tandis que même Dora s'accrochait à sa main.

« C'est un fameux feu de joie, tu trouves pas, Anne ? Laisse-moi juste te montrer comment le tisonner – tu vois les étincelles ? Je l'ai fait pour toi, Anne, parce que j'étais si content que tu reviennes. »

La porte de la cuisine s'ouvrit et la silhouette de Marilla se découpa, masquant la lumière de l'intérieur. Elle préférait rencontrer Anne dans la pénombre, car elle avait horriblement peur de se mettre à pleurer de bonheur – elle, la Marilla austère et refoulée qui jugeait inconvenante toute manifestation d'émotion profonde. Mme Lynde se tenait derrière elle, aussi gentiment maternelle qu'autrefois. Cet amour qui l'attendait dont Anne avait parlé à Phil l'entoura et l'enveloppa dans sa bonté et sa douceur. Rien, après tout, ne pouvait se comparer aux anciens liens, aux vieux amis et à Green Gables! Comme les yeux d'Anne brillaient au moment de prendre place à la table chargée de victuailles pour le souper, comme ses joues étaient roses et son rire cristallin! Et Diana qui allait passer toute la nuit avec elle! Elle avait vraiment l'impression d'être revenue au bon vieux temps! Et Marilla avait même sorti le service à thé à boutons de roses, ce qui voulait tout dire.

« Je présume que Diana et toi vous vous préparez à bavarder toute la nuit », remarqua sarcastiquement Marilla en les regardant monter. Marilla se montrait toujours sarcastique après s'être trahie.

« Oui », acquiesça gaiement Anne. « Mais je vais d'abord mettre Davy au lit. Il a insisté pour que ce soit moi. »

« Tu parles! » dit Davy en traversant le couloir. « Je veux réciter mes prières devant quelqu'un. Ça m'amuse pas de les dire tout seul. »

« Tu ne les dis pas seul, Davy. Dieu est toujours là pour t'écouter. »

« Eh bien, j'peux pas l'voir », objecta Davy. « J'veux prier devant quelqu'un que j'peux voir, mais pas devant Mme Lynde ni Marilla. »

Néanmoins, une fois revêtu de sa chemise de nuit de flanelle grise, il ne sembla pas pressé de commencer. Il resta devant Anne en faisant glisser ses pieds nus sur le sol, l'air indécis.

« Viens, mon chou, agenouille-toi », dit Anne.

Le gamin s'approcha et enfouit sa tête dans le giron d'Anne, mais sans toutefois s'agenouiller.

« Anne », commença-t-il dans un murmure, « j'ai pas envie de prier. Ça fait une semaine maintenant que j'ai pas envie. J'ai... j'ai pas prié hier soir, ni le soir avant. »

«Et pourquoi donc, Davy?» lui demanda-t-elle gentiment.

«Tu... tu seras pas fâchée si j'le dis?» implora Davy.

Anne installa le petit corps emmitouflé dans la flanelle grise sur ses genoux et appuya sa tête sur son bras.

«Est-ce que je me fâche quand tu me dis des choses, Davy?»

«N... non, tu t'fâches jamais. Mais t'as de la peine, et c'est encore pire. T'en auras terriblement quand j't'aurai parlé, Anne – et t'auras honte de moi, j'suppose.»

«As-tu commis une mauvaise action, Davy, et c'est pour ça que tu ne peux réciter tes prières?»

«Non, j'ai pas encore fait une mauvaise action. Mais j'veux la faire.»

«De quoi s'agit-il, Davy?»

«Je... j'veux dire un gros mot, Anne», finit par avouer Davy dans un effort désespéré. J'ai entendu l'engagé de M. Harrison le dire un jour la semaine dernière et depuis c'temps-là, j'ai toujours envie d'le dire – même quand j'prie.»

«Alors dis-le, Davy.»

Abasourdi, l'enfant leva la tête en rougissant.

«Mais Anne, c'est un mot rudement vilain.»

«Dis-le.»

Davy lui jeta un autre regard incrédule puis prononça à voix basse le terrible mot. Tout de suite après, il cacha de nouveau sa tête contre elle.

«Oh! Anne, j'le dirai plus jamais, jamais. J'voudrai plus jamais le dire. J'savais que c'était mal, mais j'pensais pas que c'était si... si... que c'était comme ça.»

«Non, je ne crois pas que tu auras encore envie de le prononcer, Davy. Ni même d'y penser. Et si j'étais toi, je préférerais ne pas trop fréquenter l'engagé de M. Harrison.»

«Il peut pousser des cris de guerre épatants», dit Davy avec une pointe de regret.

«Mais tu ne veux pas avoir la tête remplie de mauvais mots, n'est-ce pas, Davy? Des mots qui vont t'empoisonner et te faire oublier tout ce qui est bon et humain?»

« Non », répondit Davy, les yeux ronds.

« C'est pourquoi tu ne dois pas fréquenter les gens qui les utilisent. Et à présent, as-tu l'impression que tu peux réciter tes prières ? »

« Oh ! oui », s'écria Davy en se hâtant de s'agenouiller. « J'peux les réciter très bien maintenant. J'aurai plus peur de dire "si je meurs avant mon réveil" comme avant quand j'avais envie de dire ce mot. »

Il ne fait aucun doute qu'Anne et Diana se racontèrent tout cette nuit-là, mais le compte rendu de leurs confidences n'a pas été conservé. Elles étaient fraîches comme des roses au déjeuner, comme seuls les jeunes peuvent l'être après de longues heures de révélations et d'aveux. Bien que la saison fût avancée, il n'était pas encore tombé de neige à ce moment-là, mais au moment où Diana traversait le vieux pont de bois pour retourner chez elle, de blancs flocons commencèrent à voltiger au-dessus des champs et des bois roux et gris dans leur sommeil sans rêve. Les collines et les vallons prirent un aspect mélancolique et spectral à travers leur écharpe de gaze, comme si le pâle automne avait posé un brumeux voile de mariée sur sa chevelure en attendant son époux l'hiver. C'est ainsi qu'on connut finalement un Noël blanc, et ce fut une journée très agréable. Le matin arrivèrent des lettres et des présents de Mlle Lavendar et de Paul ; Anne les ouvrit dans la joyeuse cuisine de Green Gables, exhalant ce que Davy, reniflant avec extase, appelait de « jolies odeurs ».

« Mlle Lavendar et M. Irving sont maintenant installés dans leur nouvelle maison », annonça Anne. « Je suis sûre que Mlle Lavendar est parfaitement heureuse, je m'en rends compte par le ton général de sa lettre, mais voici une note de Charlotta IV. Elle ne se plaît pas du tout à Boston et a terriblement le mal du pays. Mlle Lavendar voudrait que je me rende au Pavillon de l'Écho pendant que je suis ici et que j'allume un feu pour changer l'air et que je m'assure que les coussins ne sont pas en train de moisir. Je pense que j'irai avec Diana la semaine prochaine et nous passerons la soirée avec Theodora Dix. Je veux voir Theodora. À propos, est-ce que Ludovic Speed la fréquente toujours ? »

« C'est ce qu'on raconte », répondit Marilla, « et il va probablement continuer. Les gens ont renoncé à attendre que ces fréquentations aboutissent un jour à quelque chose. »

« Moi, je le bousculerais un peu si j'étais Theodora », déclara Mme Lynde. Et c'était tout à fait évident qu'elle le ferait.

Il y avait aussi un gribouillage caractéristique de Philippa, plein d'Alec et d'Alonzo, de ce qu'ils disaient et faisaient et de leur expression quand ils la revirent.

Mais je n'arrive pas encore à décider lequel je veux épouser, écrivait-elle. Si seulement tu étais venue, tu aurais pu choisir pour moi. Quelqu'un devra pourtant le faire. Quand j'ai vu Alec, mon cœur a bondi et j'ai pensé « c'est sûrement lui ». Puis Alonzo est venu et mon cœur a bondi de nouveau. Alors ce n'est pas un signe, bien que ce devrait l'être si je me fie à tous les romans que j'ai lus. Toi, Anne, ton cœur ne bondirait jamais pour une personne autre que l'authentique Prince Charmant, n'est-ce pas ? Il y a sûrement quelque chose qui cloche dans mon cas. Mais j'ai un plaisir fou. Comme je regrette que tu ne sois pas là. Il neige aujourd'hui et je suis au comble du ravissement. J'avais tellement peur qu'on ait un Noël vert et j'ai horreur de ça. Tu sais, lorsque Noël est quelque chose de grisâtre et de brunâtre, ayant l'air d'avoir été mis au rebut depuis une centaine d'années et de mijoter dans son jus depuis, on dit que c'est un Noël vert. Ne me demande pas pourquoi. Comme le dit Lord Dundreary*, « il existe des choses que personne ne peut comprendre ».

Anne, t'est-il déjà arrivé de prendre un tramway puis de découvrir que tu n'avais pas d'argent pour payer ton billet ? À moi, oui, et laisse-moi te dire que c'est plutôt embarrassant.

---

* N.D.L.T. : Personnage de la comédie de Tom Naylor *Our American Cousin*; Anglais typique qui interprète mal ce qui est évident.

J'avais une pièce de cinq cents quand je suis montée. Je croyais qu'elle était dans la poche gauche de mon manteau. Après avoir été confortablement installée, j'ai vérifié si elle s'y trouvait toujours. Elle ne s'y trouvait plus. J'ai eu des sueurs froides. J'ai cherché dans l'autre poche. Rien là non plus. J'ai eu d'autres sueurs froides. Puis j'ai cherché dans une petite poche intérieure. En vain. J'ai eu des sueurs froides partout à la fois.

J'ai enlevé mes gants, les ai posés sur le siège et j'ai recommencé à fouiller dans mes poches. Rien à faire. Je me suis levée et secouée, puis j'ai regardé à terre. Le tramway était bondé de gens qui rentraient de l'opéra et qui me dévisageaient, mais au point où j'en étais, cela me laissait parfaitement indifférente.

Il m'était pourtant impossible de retrouver ma pièce. J'en suis arrivée à la conclusion que j'avais dû la mettre dans ma bouche et l'avaler par inadvertance.

Je ne savais plus que faire. Je me demandais si le conducteur arrêterait le tramway et me jetterait dehors, dans la honte et l'ignominie. Ou pouvais-je le convaincre que j'étais tout simplement la victime de ma propre distraction, et non pas une créature dénuée de principes essayant de passer gratuitement en évoquant de faux prétextes? Si seulement Alec ou Alonzo avaient été là! Mais ils n'y étaient pas parce que je voulais qu'ils y soient. Si je ne l'avais pas désiré, ils y auraient été à la douzaine. Et je n'arrivais pas à trouver ce qu'il fallait dire au conducteur lorsqu'il viendrait. Dès qu'une phrase d'explication me venait à l'esprit, j'avais la certitude que personne ne pourrait y ajouter foi et que je devais en composer une autre. Il semblait qu'il n'y avait rien d'autre à faire que de me fier à la Providence et cela ne m'a pas réconfortée davantage que cette vieille dame prise dans une tempête et qui, après que le capitaine lui eut dit qu'il fallait s'abandonner à la Providence, s'exclama : « Oh! Capitaine, la situation est-elle à ce point désespérée? »

Au moment crucial, lorsque tout espoir semblait perdu et que le conducteur tendait sa boîte au passager à côté de moi, je

me suis soudain rappelé où j'avais fourré cette satanée pièce. Je
ne l'avais pas avalée, en fin de compte. Je l'ai humblement
extirpée de l'index de mon gant et jetée dans la boîte. Après,
j'ai souri à tout le monde et senti que la vie valait vraiment la
peine d'être vécue.

La visite au Pavillon de l'Écho fit partie des innombrables choses agréables de ces vacances. Anne et Diana y retournèrent en empruntant le vieux chemin qui traversait le bois de bouleaux. Elles avaient préparé un panier de victuailles. Le Pavillon de l'Écho, qui était fermé depuis le mariage de M\ :sup:`lle` Lavendar, fut une fois de plus brièvement rouvert au vent et au soleil, et un feu de cheminée flamba de nouveau dans les petites pièces. Le parfum de la jarre de pétales de roses de M\ :sup:`lle` Lavendar flottait encore dans l'air. On s'attendait presque à voir arriver cette dernière, ses yeux bruns brillant pour souhaiter la bienvenue et à voir surgir à la porte une Charlotta IV aux rubans bleus et au large sourire. Paul aussi, avec ses rêves, semblait rôder aux alentours.

«Revenir en ces lieux me donne vraiment le sentiment d'être un spectre faisant, sous la lune, des incursions éclairs dans son passé», remarqua Anne en riant. «Allons dehors voir si les échos sont au rendez-vous. Apporte le vieux cornet. Il est toujours derrière la porte de la cuisine.»

Les échos étaient bien là, par delà la rivière blanche, aussi argentins et innombrables qu'avant; et quand ils eurent cessé de répondre, les deux amies contemplèrent une dernière fois le Pavillon de l'Écho et s'en allèrent; c'était l'heure parfaite qui suit un coucher de soleil d'hiver, rose et safran.

8
Anne reçoit sa première
demande en mariage

Ce ne fut pas dans un crépuscule vert que la vieille année tira sa révérence, accompagnée des teintes roses et jaunes d'un soleil couchant. Elle claqua plutôt la porte dans une bourrasque sauvage et blanche. C'était une de ces nuits où un vent de tempête balaie les prairies gelées et les vallons noirs, gémissant autour des avant-toits comme une créature en détresse, tandis que la neige heurte avec violence les carreaux tremblants.

« Tout à fait cette sorte de nuit où les gens aiment se blottir sous leurs couvertures et faire le compte des bienfaits de la vie », fit remarquer Anne à Jane Andrews qui était venue passer l'après-midi et la nuit. Mais lorsqu'elles furent blotties sous leurs couvertures, dans la petite chambre d'Anne, ce n'était pas aux bienfaits de la vie que Jane songeait.

« Anne », commença-t-elle d'un ton très solennel, « j'ai quelque chose à te dire. Est-ce que je peux ? »

Anne avait plutôt sommeil après la fête qui avait eu lieu la veille chez Ruby Gillis. Elle aurait préféré dormir qu'écouter les confidences de Jane lesquelles, elle en était sûre, allaient l'ennuyer. Elle n'avait pas la plus petite idée de ce qui allait suivre. Jane, avait probablement un petit ami, elle aussi; la rumeur courait que Ruby Gillis était fiancée à l'instituteur de Spencervale, ce que les filles trouvaient assez incroyable.

« Je serai bientôt la seule de notre vieux quatuor à n'être pas encore amoureuse », pensa Anne à demi somnolente. « Bien sûr », prononça-t-elle pourtant à voix haute.

« Anne », reprit Jane d'un ton encore plus solennel, « que penses-tu de mon frère Billy ? »

Anne faillit s'étrangler en entendant cette question inattendue. Elle fouilla désespérément dans ses pensées. Mon Dieu, que pensait-elle de Billy Andrews ? Elle n'avait jamais rien pensé de lui – ce bon Billy Andrews au visage de lune, stupide, et souriant constamment. Quelqu'un avait-il déjà pensé quelque chose de lui ?

« Je… Je ne comprends pas, Jane », bredouilla-t-elle. « Que veux-tu dire au juste ? »

« Aimes-tu Billy ? » demanda abruptement Jane.

« Heu… heu… oui, je l'aime bien, évidemment », bafouilla Anne, se demandant si c'était là l'exacte vérité. Chose certaine, elle ne détestait pas Billy. Mais la tolérance indifférente avec laquelle elle le regardait quand par hasard il se trouvait dans son champ de vision pouvait-elle être considérée suffisamment positive pour être appelée de l'affection ? Qu'est-ce que Jane essayait d'élucider ?

Celle-ci lui posa alors calmement la question : « L'aimerais-tu comme mari ? »

« Comme mari ! » Anne, s'étant assise dans son lit pour mieux résoudre le problème de l'opinion exacte qu'elle avait de Billy, retomba mollement sur ses oreillers, le souffle coupé. « Le mari de qui ? »

« Le tien, bien entendu », répliqua Jane. « Billy veut t'épouser. Il a toujours été fou de toi, et maintenant que papa lui a donné la ferme d'en haut, rien ne l'empêche de se marier. Mais comme il est trop timide pour te le demander lui-même, il m'a demandé de sonder le terrain. J'aurais préféré m'en abstenir, mais il n'a cessé de me harceler jusqu'à ce que je lui promette de le faire dès que j'en aurais l'occasion. Qu'en penses-tu, Anne ? »

Rêvait-elle ? Était-ce un de ces cauchemars où l'on se retrouve fiancée ou mariée à quelqu'un qu'on déteste ou qu'on ne connaît pas, sans avoir la moindre idée de comment on en est arrivée là? Non, c'était bien elle, Anne Shirley, qui était étendue là, complètement réveillée, dans son propre lit, et Jane Andrews était à côté d'elle, lui proposant calmement d'épouser son frère Billy. Anne oscillait entre le frémissement de dégoût et l'éclat de rire; il valait toutefois mieux s'en abstenir, car ces réactions auraient blessé Jane.

« Je ne pourrais jamais épouser Billy », parvint-elle à balbutier. « Cette idée ne m'a jamais traversé l'esprit, jamais. »

« Je te crois », convint Jane. « Billy a toujours été beaucoup trop timide pour songer à te faire la cour. Mais tu dois y réfléchir, Anne. Billy est un bon garçon. Je le sais puisque c'est mon frère. Il n'a pas de mauvaises habitudes, il travaille fort et tu peux te fier à lui. "Un tiens vaut mieux que deux tu l'auras", n'est-ce pas? Il m'a demandé de te dire qu'il consent à attendre que tu aies fini tes études, si tu insistes, bien qu'il préférerait se marier au printemps, avant de commencer les semailles. Je suis certaine qu'il se montrera toujours très prévenant avec toi, et tu sais, Anne, j'aimerais bien t'avoir pour sœur. »

« Je ne peux épouser Billy », répéta résolument cette dernière. Elle avait recouvré ses esprits et éprouvait maintenant une certaine colère. Tout cela était tellement ridicule. « C'est inutile que j'y réfléchisse, Jane. Je ne l'aime pas de cette façon-là et c'est ce que tu dois lui répondre. »

« Eh bien! Je m'en doutais », admit cette dernière en poussant un soupir résigné, convaincue qu'elle avait fait de son mieux. « J'avais dit à Billy que je ne voyais pas l'intérêt de te le demander, mais il a insisté. Tu as pris ta décision, Anne, et j'espère que tu ne le regretteras pas. »

Le ton était plutôt froid. Elle savait parfaitement que le pauvre Billy amoureux n'avait aucune chance de convaincre Anne de l'épouser. Elle ressentait toutefois une certaine amertume à l'idée qu'Anne Shirley, qui n'était après tout qu'une simple orpheline adoptée, sans famille ni parents, avait refusé *son* frère, un des Andrews d'Avonlea. Eh bien, il y a des gens qui ont l'orgueil mal placé, songeait-elle lugubrement.

Anne se permit de sourire dans le noir à l'idée qu'elle aurait pu regretter de ne pas être mariée avec Billy Andrews.

« J'espère que Billy n'aura pas trop de peine », dit-elle gentiment.

Jane bougea comme si elle rejetait sa tête sur l'oreiller.

« Oh! Il n'aura pas le cœur brisé. Billy a beaucoup trop de bon sens pour ça. Nettie Blewett lui plaît bien aussi, et c'est elle que maman préférerait avoir comme bru. C'est une si bonne ménagère, et si économe. Je pense qu'une fois qu'il saura que tu ne veux pas de lui, il prendra Nettie. Tu n'en parleras à personne, s'il te plaît, Anne? »

« Bien sûr que non », promit Anne qui, de toute façon, ne souhaitait aucunement qu'on sache que Billy Andrews la voulait pour épouse, la préférant, tout compte fait, à Nettie Blewett. Nettie Blewett, vraiment!

« Et maintenant, je crois que nous ferions mieux de dormir », suggéra Anne.

Jane sombra rapidement et facilement dans le sommeil; mais bien que différente de Macbeth à presque tous les égards, elle avait certainement comploté de tuer le repos d'Anne. Cette demoiselle convoitée ne put fermer l'œil de la nuit. Ses méditations étaient pourtant loin d'être romantiques. Elle ne put cependant rire de toute l'histoire avant le lendemain matin. Après le départ de Jane – dont la voix et les manières étaient encore un peu glacées parce qu'Anne avait si ingratement décliné l'honneur d'une alliance avec le clan Andrews –, Anne se retira dans sa chambre, ferma la porte, et s'abandonna finalement à un fou rire libérateur.

« Si je pouvais seulement partager la plaisanterie avec quelqu'un », songeait-elle. « Mais non. Diana est la seule à qui je voudrais en parler, même si j'ai juré à Jane de garder le secret, mais je ne peux désormais plus rien lui confier. Elle raconte tout à Fred – je le sais. Eh bien, j'ai eu ma première demande en mariage. J'imaginais que cela m'arriverait un jour, mais jamais que ce serait si terre à terre. C'est terriblement amusant – et pourtant c'est douloureux en même temps. »

Anne connaissait pertinemment la nature de cette douleur, même si elle ne pouvait la traduire en mots. Elle avait rêvé secrètement de la première fois qu'on lui ferait la grande demande. Et dans ses rêves, la situation était toujours sublime et romantique; et le prétendant était toujours un bel homme éloquent au regard sombre et à l'air distingué, qu'il fût le Prince Charmant conquis par un « oui », ou celui à qui elle devait répondre par un refus plein de regret, superbement formulé mais sans espoir; si c'était le cas, le refus serait exprimé avec tant de délicatesse que cela deviendrait presque agréable de l'entendre; il partirait alors, après lui avoir baisé la main, l'assurant de sa dévotion inaltérable et éternelle. Et cela resterait pour toujours un beau souvenir, qu'elle pourrait se rappeler avec une fierté teintée de tristesse.

Et voilà que cette expérience exaltante était devenue une chose purement grotesque. Billy Andrews avait délégué sa sœur pour lui transmettre sa proposition parce que son père lui avait donné la ferme d'en haut; et si Anne ne voulait pas de lui, Nettie Blewett le prendrait. C'était ça sa belle histoire d'amour – quelle vengeance! Anne rit, puis soupira. Un rêve de jeune fille venait de perdre tout son éclat. Ce processus douloureux se poursuivrait-il jusqu'à ce que tout soit devenu banal et prosaïque?

9

Un amoureux importun,
une amie bienvenue

Le second trismestre à Redmond passa aussi vite que le premier – « il a réellement filé comme le vent », disait Philippa. Anne en apprécia toutes les facettes – la stimulante rivalité entre classes, le fait de se faire de nouveaux amis utiles et d'approfondir ces amitiés, les frivoles petits exploits mondains, les activités des diverses sociétés dont elle faisait partie, l'élargissement de ses horizons. Elle étudia fort, car elle était résolue à gagner la bourse Thoburn en anglais. Grâce à cette bourse, elle pourrait revenir à Redmond l'année suivante sans puiser à même le petit pécule de Marilla.

Gilbert cherchait lui aussi à obtenir une bourse ; il trouvait cependant autant de temps qu'il le désirait pour faire de fréquentes visites au trente-huit, rue Saint-John. Il accompagnait Anne à presque toutes les sorties universitaires, et elle savait que leurs noms étaient associés dans les commérages de Redmond. Cela la mettait hors d'elle, mais il n'y avait rien à faire ; elle ne pouvait quand même pas rejeter un vieil ami comme Gilbert, surtout qu'il était soudain devenu sage et prudent ; c'était dans son intérêt car plus d'un jeune homme de Redmond l'auraient volontiers remplacé auprès de l'étudiante svelte et rousse dont les yeux gris scintillaient autant que les étoiles du soir. Dans le cas d'Anne, cette cour n'avait aucune commune mesure avec la foule de victimes consentantes qui suivaient Philippa dans sa marche triomphale à travers sa

première année d'université; mais il y avait un étudiant de
première dégingandé et brillant, un petit étudiant de
deuxième rond et jovial, et un grand de troisième, très
instruit, qui aimaient venir au trente-huit, rue Saint-John
discuter avec Anne de choses se terminant en «ologie» et
en «ismes», parfois même de sujets plus légers, dans le
petit salon envahi de coussins. Gilbert n'appréciait aucun
d'entre eux, et il veillait jalousement à ne donner à aucun
l'avantage en manifestant au mauvais moment ses véritables sentiments à l'égard d'Anne. Pour elle, il était
redevenu le camarade des anciens jours d'Avonlea, et ce
n'était qu'ainsi qu'il pouvait tenir la dragée haute aux
prétendants énamourés qui étaient entrés dans les rangs de
ses rivaux. Comme compagnon, Anne reconnaissait
honnêtement que personne ne pouvait se comparer à
Gilbert; elle était très contente, du moins essayait-elle de
s'en convaincre, qu'il ait renoncé à ses prétentions
insensées – bien qu'elle passât un temps considérable à se
demander secrètement pourquoi.

   L'hiver ne fut traversé que par un seul incident
désagréable. Charlie Sloane, assis en plein sur le coussin
préféré de Mlle Ada, demanda un soir à Anne si elle lui
promettrait de «devenir Mme Charlie Sloane un jour».
Venant après la demande formulée par la déléguée de Billy
Andrews, cette proposition n'ébranla pas le romantisme
d'Anne; mais c'était quand même une autre source de
désillusion. Elle était aussi fâchée, car elle ne croyait pas
avoir jamais donné à Charlie Sloane la plus petite marque
d'encouragement lui permettant de supposer la chose
possible. Mais à quoi pouvait-on s'attendre de la part d'un
Sloane, comme l'aurait observé Mme Lynde avec mépris.
Toute l'attitude de Charlie, le ton, l'expression, les
paroles, empestait le Sloane. C'était, il n'en doutait pas,
un grand honneur qu'il lui faisait. Et quand Anne, totalement insensible à cet honneur, lui opposa un refus, avec
autant de délicatesse et de ménagement que cela lui était
possible, car même les Sloane éprouvaient des émotions

qui ne méritaient pas d'être foulées aux pieds, sa nature Sloane se trahit encore davantage. Charlie n'accepta certes pas ce refus comme les soupirants imaginaires d'Anne l'auraient fait. Il en éprouva plutôt du dépit, et le manifesta; il dit deux ou trois choses assez mesquines. Le naturel prompt d'Anne revint au galop et elle lui servit un petit discours tranchant dont l'acuité réussit à percer la carapace Sloane de Charlie et à le blesser au vif; il attrapa son chapeau et s'esquiva, rouge comme un coq. Anne courut en haut, trébuchant deux fois en chemin sur les coussins de Mlle Ada, se jeta sur son lit, le visage ruisselant de larmes de rage et d'humiliation. S'était-elle vraiment abaissée jusqu'à se quereller avec un Sloane? Était-il concevable que les propos de Charlie Sloane aient le pouvoir de l'offenser? Oh! quelle dégradation c'était! Pire encore que d'être la rivale de Nettie Blewett!

«Si seulement je pouvais ne jamais revoir cette horrible créature», sanglota-t-elle dans ses oreillers.

Elle ne pouvait éviter de le revoir mais, indigné, Charlie veilla à ce que ce fût de très loin. Les coussins de Mlle Ada se trouvèrent désormais préservés de lui, et lorsqu'il croisait Anne dans la rue ou dans les corridors de Redmond, son salut était glacial à l'extrême. Les relations entre ces deux vieux compagnons de classe demeurèrent donc tendues pendant presque un an. Puis, Charlie reporta ses amours brisées sur une petite étudiante de deuxième rondelette, au visage rose, au nez retroussé et aux yeux bleus qui sut l'apprécier à sa juste valeur. Il pardonna donc à Anne et condescendit à se montrer de nouveau cordial. D'une façon paternaliste cependant, pour lui faire prendre conscience de ce qu'elle avait perdu.

Un jour, Anne entra précipitamment dans la chambre de Priscilla.

«Lis ça», s'écria-t-elle en poussant une lettre vers Priscilla. «C'est de la part de Stella. Elle vient à Redmond l'an prochain, et que penses-tu de son idée? Je crois que c'est tout simplement splendide, si seulement nous pouvons la concrétiser. Penses-tu que ce sera possible, Prissy ? »

« Je serai mieux en mesure de te le dire quand je saurai de quoi il s'agit », répondit cette dernière qui repoussa un lexique grec pour prendre la lettre de Stella.

Stella Maynard était une de leurs amies à l'académie Queen's et elle enseignait depuis ce temps.

Mais, écrivait-elle, je vais abandonner l'enseignement, ma chère Anne, et m'inscrire à l'université l'an prochain. Comme j'ai complété ma troisième année à Queen's, je pourrai entrer en deuxième année à Redmond. Je suis fatiguée d'être l'institutrice d'une école de rang. Un jour, j'écrirai un traité sur les « Misères d'une maîtresse d'école de campagne ». Ce sera d'un réalisme poignant. Tout le monde a l'impression que nous vivons comme des coqs en pâte sans avoir rien d'autre à faire que de toucher notre salaire. Mon essai révélera la vérité. Si une semaine passait sans que personne ne vienne me dire que je fais un travail facile et grassement rétribué, j'en conclurais aussitôt que je pourrais commander ma robe d'ascension immédiatement et sur l'heure. « Eh bien ! vous gagnez votre argent sans trop vous forcer », me dira quelque contribuable d'un air condescendant. « Tout ce que vous avez à faire, c'est de vous asseoir et d'écouter les élèves réciter leurs leçons. » Au début, j'avais coutume d'argumenter, mais je suis plus sage à présent. Les faits sont des choses tenaces, mais comme quelqu'un de perspicace l'a dit, pas la moitié aussi tenaces que les illusions. C'est pourquoi je me contente maintenant de sourire avec hauteur, en gardant un silence éloquent. Hé ! J'ai neuf classes dans mon école et je dois enseigner un peu de tout, depuis l'anatomie des vers de terre jusqu'au fonctionnement du système solaire. Mon plus jeune élève est âgé de quatre ans – sa mère l'envoie à l'école pour ne pas l'avoir dans les jambes – et mon plus vieux a vingt ans – il a soudainement eu la révélation qu'il serait plus facile d'aller à l'école et de poursuivre des études que de continuer à conduire la charrue. C'est tellement dément d'essayer de fourrer toutes ces matières dans une journée de six heures ! Rien d'étonnant à

ce que les enfants se sentent comme le petit garçon qu'on
amena voir le biographe*. « Je dois chercher ce qui vient après
avant de savoir ce qui s'est passé avant », se plaignait-il. C'est
comme ça que je me sens moi aussi.

Et si tu voyais les lettres que je reçois, Anne ! La mère de
Tommy m'écrit que son fils n'avance pas aussi vite qu'elle le
voudrait en mathématiques. Il n'en est encore qu'aux
soustractions alors que Johnny Johnson travaille les fractions, et
comme Johnny est deux fois moins intelligent que son Tommy,
elle ne comprend pas. Et le père de Suzy veut savoir pourquoi
celle-ci ne peut rédiger une lettre sans écrire correctement la
moitié des mots, et la tante de Dick me demande de le changer
de place parce que le vilain petit Brown, qui est assis à côté de
lui, lui enseigne des gros mots.

En ce qui concerne l'aspect financier – mais je ne
commencerai pas à parler de ça. Celles que les dieux cherchent
à anéantir, ils commencent par en faire des maîtresses d'école
de campagne !

Bon, je me sens mieux après avoir exprimé toutes mes
frustrations. Tout compte fait, j'ai bien aimé ces deux dernières
années. Mais je vais aller à Redmond.

Et maintenant, Anne, j'ai un projet. Tu sais combien je
déteste les pensions. J'ai vécu en pension pendant quatre ans,
j'en suis fatiguée et je n'ai pas envie d'endurer quatre années de
plus de ce régime. Alors pourquoi ne pas nous associer, toi,
Priscilla et moi, louer une petite maison quelque part à
Kingsport et nous occuper de nos propres affaires ? Primo, cela
nous coûterait moins cher. Nous devrions évidemment avoir
quelqu'un pour tenir la maison et j'ai quelqu'un de disponible.
T'ai-je déjà parlé de tante Jamesina ? Malgré son nom, c'est la
plus gentille tante imaginable. Mais elle n'est pas responsable
du nom qu'elle porte ! On l'a prénommée Jamesina parce que
son père, qui s'appelait James, s'est noyé un mois avant sa
naissance. Je l'ai toujours appelée tante Jimsie. Alors voilà. Sa
fille unique vient de se marier et elle est partie en mission dans

___

*   N.D.L.T. : Ancêtre du cinématographe.

*un pays étranger. Tante Jamesina s'est retrouvée toute seule
dans une grande maison et elle s'ennuie terriblement. Si nous
le voulons, elle viendra à Kingsport et tiendra la maison pour
nous. Je suis certaine que vous l'aimerez toutes les deux. Plus
je pense à ce projet et plus il me séduit. Nous serions si bien, et si
indépendantes.*

*Alors si vous êtes d'accord, Priscilla et toi, ce serait une
bonne idée, vu que vous êtes sur place, que vous cherchiez aux
alentours pour voir si vous pouvez trouver, ce printemps, un
logis qui nous convienne. Cela vaudrait mieux que d'attendre à
l'automne pour le faire. Si vous pouvez trouver une maison
meublée, tant mieux, sinon nous pourrons toujours rassembler
suffisamment de meubles en fouillant dans les greniers de nos
parents et de leurs vieux amis. Quoi qu'il en soit, prenez une
décision le plus vite possible de façon que tante Jamesina sache
comment organiser son année.*

« Je crois que c'est une bonne idée », commenta
Priscilla.

« Moi aussi », approuva Anne d'un ton ravi. « Nous
avons évidemment une bonne pension ici, mais tout
compte fait, une pension ce n'est jamais comme chez soi.
Mettons-nous donc immédiatement à la recherche d'une
maison avant que commence la période des examens. »

« J'ai bien peur qu'il ne soit pas très facile de trouver
une maison qui nous convienne vraiment », l'avertit
Priscilla. « Ne t'attends pas à trop, Anne. Les belles
résidences dans les beaux quartiers seront bien au-dessus
de nos moyens. Nous devrons probablement nous
contenter d'une petite cabane miteuse dans une rue
quelconque où vivent des gens infréquentables, et nous
organiser pour que la vie à l'intérieur compense pour
l'aspect extérieur. »

Elles se mirent donc en quête d'un logis. Mais il
s'avéra encore plus ardu que le craignait Priscilla de déni-
cher exactement ce qu'elles convoitaient. Des maisons, il
y en avait en abondance, meublées ou non; mais l'une
était trop grande, l'autre trop petite; celle-ci était trop

chère, celle-là trop loin de Redmond. Le temps des
examens arriva, puis fut bientôt passé ; vint la dernière
semaine du trimestre et pourtant leur « maison de rêves »,
comme l'appelait Anne, demeurait un château en Espagne.

« Je suppose que nous ferions mieux de renoncer et
d'attendre à l'automne », dit sombrement Priscilla, un jour
qu'elles se promenaient dans le parc.

C'était un de ces délicieux jours d'avril – ciel bleu et
brise légère, le port prenant les teintes crémeuses et douces
des brumes nacrées qui flottaient au-dessus de lui.

« Nous pourrons alors trouver quelque cabane pour
nous abriter », poursuivit-elle. « Sinon, il restera toujours la
solution de vivre en pension. »

« De toute façon, je n'ai pas l'intention de me préoccuper de ça maintenant et de gâcher ce bel après-midi »,
dit Anne en jetant autour d'elle un regard émerveillé.

L'air rafraîchi par la brise exhalait de subtils arômes de
résine de pin, et le ciel était d'un bleu limpide – une coupe
de bonheur.

« Le printemps chante dans mes veines aujourd'hui et
le charme d'avril envahit l'atmosphère. J'ai des visions et
je vis des rêves, Prissy. C'est parce que le vent vient de
l'ouest. Il souffle l'espoir et la joie, tu ne trouves pas ?
Quand il vient de l'est, cela me rappelle toujours une pluie
morne sur les avant-toits et des vagues tristes sur une grève
grisâtre. Quand je serai vieille, je souffrirai sûrement de
rhumatismes quand le vent soufflera de l'est. »

« Et n'est-ce pas une sensation merveilleuse quand on
range les fourrures et les vêtements d'hiver et qu'on sort
pour la première fois comme ça, en habits de printemps ? »
ajouta Priscilla en riant. « On a vraiment l'impression d'être
neuf. »

« Tout est neuf au printemps », renchérit Anne. « Et
même les printemps sont toujours neufs eux aussi. Aucun
printemps ne ressemble jamais à aucun autre. Chacun
d'eux a quelque chose qui lui appartient en propre, qui lui
confère sa saveur particulière. Regarde comme l'herbe est

verte autour de ce petit étang, et comme les chatons de
saule sortent. »

« Et les examens sont bel et bien terminés. Ce sera
bientôt – mercredi prochain – le jour de la remise des
diplômes. D'aujourd'hui en huit, nous serons chez nous. »

« Je suis contente », dit rêveusement Anne. « Il y a
tant de choses que je veux faire. Je veux m'asseoir dans
l'escalier du porche arrière et sentir souffler la brise sur les
champs de M. Harrison. Je veux chercher des fougères
dans la Forêt hantée et cueillir des fleurs dans le Vallon
des violettes. Te souviens-tu de notre merveilleux pique-
nique, Priscilla ? Je veux entendre coasser les grenouilles et
chuchoter les peupliers. Mais j'ai appris à aimer Kingsport
aussi, et je serai heureuse d'y revenir l'an prochain. Si je
n'avais pas obtenu la bourse Thoburn, je ne crois pas que
ç'aurait été possible. Je n'aurais tout simplement pas pu
gruger le petit magot de Marilla. »

« Si seulement nous pouvions trouver une maison »,
soupira Priscilla. « Regarde autour de nous à Kingsport –
des maisons, des maisons partout et aucune pour nous. »

« Arrête, Prissy. Le meilleur est encore à venir. Nous
ferons comme le vieux Romain : ou nous trouverons une
maison, ou nous en bâtirons une. Par une journée comme
celle-ci, le mot échec est exclu de mon vocabulaire. »

Elles errèrent dans le parc jusqu'au coucher du soleil,
savourant ce miracle – le printemps dans toute la
splendeur de sa gloire ; puis elles revinrent en empruntant
le chemin habituel, l'avenue Spofford, pour le plaisir de
passer devant *La Maison de Patty*.

« J'ai la sensation que quelque chose de mystérieux est
sur le point de se produire – les pouces me démangent »,
annonça Anne comme elles descendaient la pente. « C'est
une sensation agréable, semblable à ce qu'on lit dans les
livres. Oh ! Mais dis donc ! Regarde par là, Priscilla Grant,
et dis-moi si j'ai des hallucinations. »

Priscilla regarda. Les yeux et les pouces d'Anne ne
l'avaient pas trompée. Au-dessus de l'arc surmontant la

barrière de *La Maison de Patty*, un petit écriteau modeste se balançait. On pouvait y déchiffrer : « Maison à louer. Meublée. Renseignements à l'intérieur. »

« Priscilla », souffla Anne, « imagines-tu que c'est possible que nous puissions louer *La Maison de Patty* ? »

« Non, je ne crois pas », avoua Priscilla. « Ce serait trop beau pour être vrai. Les contes de fées n'existent plus de nos jours. Je préfère ne pas espérer, Anne. La déception serait trop dure à supporter. Les propriétaires demandent sûrement beaucoup plus que nous pouvons payer. N'oublie pas que nous sommes avenue Spofford. »

« En tout cas, il faut nous renseigner », déclara résolument Anne. « Il est trop tard pour y aller ce soir, mais nous irons demain. Oh ! Prissy, si nous pouvions obtenir cette adorable maison ! Depuis la première fois que je l'ai vue, j'ai toujours eu l'impression que mon sort était lié à celui de *Patty*.

10

La Maison de Patty

Le lendemain soir, on put les voir marcher d'un pas décidé dans l'allée à motifs de chevrons qui traversait le petit jardin. Un vent d'avril faisait frissonner les branches des pins et les bosquets abritaient des nichées d'hirondelles – gentils petits bonshommes potelés et impertinents qui se pavanaient sur les sentiers. Après avoir sonné plutôt timidement, les deux amies furent introduites par une vieille servante à l'air rébarbatif. La porte ouvrait directement sur une vaste salle de séjour où deux autres dames étaient assises auprès d'un feu qui égayait la pièce ; ces deux dames étaient, elles aussi, vieilles et sévères. À l'exception du fait que l'une semblait âgée de soixante-dix ans et l'autre de cinquante, elles avaient beaucoup en commun. Toutes deux avaient d'immenses yeux bleu pâle derrière des lunettes à monture d'acier ; toutes deux étaient en train de tricoter sans hâte et inlassablement ; toutes deux se berçaient placidement et regardèrent les jeunes filles sans ouvrir la bouche ; et derrière chacune d'elles était assis un grand chien de porcelaine blanche parsemé de taches vertes, au nez et aux oreilles verts. Ces chiens retinrent immédiatement l'attention d'Anne ; ils avaient l'air de divinités jumelles chargées de veiller sur la maison.

Pendant quelques instants, personne ne prononça une parole. Les jeunes filles se sentaient trop nerveuses pour trouver quelque chose à dire, et ni les deux vieilles dames

ni les chiens de porcelaine ne semblaient avoir de goût
pour la conversation. Anne jeta sur la pièce un regard
circulaire. Quel lieu ravissant! Une autre porte ouvrait
directement sur les bosquets de pins et les hirondelles
s'approchaient jusqu'au seuil. Le sol était couvert de tapis
nattés, semblables à ceux que Marilla confectionnait à
Green Gables et qui paraissaient démodés partout sauf à
Avonlea. Et pourtant, voilà qu'on trouvait les mêmes dans
l'avenue Spofford! Une imposante horloge grand-père
tictaquait bruyamment et solennellement dans un coin. Il
y avait de mignonnes étagères au-dessus de la cheminée,
derrière les vitres desquelles miroitaient de délicats
bibelots de porcelaine. Aux murs étaient suspendues
d'antiques gravures et des silhouettes. Dans un coin, un
escalier montait et au premier palier, un fauteuil auprès
d'une longue fenêtre invitait à la détente. Le décor correspondait exactement à ce qu'Anne en avait imaginé.

Mais le silence était devenu trop pénible et Priscilla
poussa Anne du coude pour lui faire comprendre qu'elle
devait parler.

«Nous... nous avons vu l'écriteau disant que cette
maison est à louer», commença faiblement Anne en
s'adressant à la plus âgée des deux dames qui était sans
aucun doute Mlle Patty Spofford.

«Oh! oui» répondit Mlle Patty. «J'avais l'intention de
l'enlever aujourd'hui.»

«Nous arrivons donc trop tard», remarqua tristement
Anne. «Vous l'avez louée à quelqu'un d'autre?»

«Non, mais nous avons décidé de ne pas la louer du
tout.»

«Oh! Comme c'est regrettable!» s'écria impulsivement Anne. «J'aime tant cet endroit. J'espérais vraiment
que nous aurions pu l'obtenir.»

Mlle Patty posa alors son tricot, retira ses lunettes, les
essuya, les remit et regarda pour la première fois Anne
comme on regarde un être humain. L'autre dame l'imita si
parfaitement qu'elle aurait pu être son reflet dans un miroir.

« Vous l'aimez », prononça Mlle Patty avec emphase. « Est-ce que cela signifie que vous l'aimez réellement ? Ou que vous aimez simplement son apparence ? De nos jours, les jeunes filles sont tellement portées à l'exagération qu'il est impossible de savoir le sens véritable de leurs paroles. C'était différent dans mes jeunes années. En ce temps-là, une jeune fille ne disait pas qu'elle aimait les navets sur le même ton qu'elle aurait dit qu'elle aimait sa mère ou Notre-Seigneur. »

Anne ne se laissa pas abattre par ces propos.

« Je l'aime vraiment », reprit-elle doucement. « Je l'ai aimée dès que je l'ai vue, l'automne dernier. Comme mes deux amies et moi désirons tenir maison l'an prochain plutôt que de vivre en pension, nous cherchons quelque chose à louer ; et j'étais si heureuse quand j'ai vu que cette maison était à louer. »

« Si vous l'aimez, vous pouvez l'avoir », décréta Mlle Patty. « Maria et moi avions décidé aujourd'hui de ne pas la louer finalement, parce que personne ne nous plaisait parmi ceux qui sont venus la visiter. Nous n'avons pas besoin de la louer. Nous pouvons nous permettre d'aller en Europe sans ça. Cela nous aiderait, évidemment, mais ce n'est certes pas pour l'argent que je laisserais des personnes comme celles qui sont venues ici vivre chez moi. Vous êtes différentes. Je crois que vous l'aimez et la traiterez avec bonté. Vous pouvez l'avoir. »

« Si… si nous sommes en mesure de payer le loyer que vous en demandez », hésita Anne.

Mlle Patty fit savoir le montant requis. Anne et Priscilla se regardèrent. Priscilla fit signe que non.

« Je crains que nous ne puissions payer autant », dit Anne en ravalant sa déception. « Nous sommes des étudiantes d'université, voyez-vous, et nous sommes pauvres. »

« Que pensez-vous pouvoir payer ? » demanda Mlle Patty sans cesser de tricoter.

Anne annonça son prix. Mlle Patty hocha gravement la tête.

« Cela fera l'affaire. Comme je vous l'ai dit, il n'est pas absolument nécessaire que nous la louions. Nous ne sommes pas fortunées, mais nous avons suffisamment d'argent pour nous rendre en Europe. Je n'y suis jamais allée de ma vie et ne m'étais jamais attendue à faire un jour un tel voyage. Mais ma nièce que voici, Maria Spofford, s'est mis cette idée en tête. Alors, vous savez, une jeune personne comme Maria ne peut vagabonder toute seule de par le monde. »

« Non... j'imagine que non », murmura Anne, voyant que Mlle Patty parlait très sérieusement.

« Évidemment », poursuivit Mlle Patty. « C'est pourquoi je dois l'accompagner et veiller sur elle. J'espère bien profiter aussi du voyage ; j'ai soixante-dix ans, mais je ne suis pas encore fatiguée de la vie. Je dirais presque que je suis allée en Europe avant même d'en avoir eu l'idée. Nous serons absentes deux ans, peut-être trois. Nous prendrons le bateau en juin, nous vous enverrons la clef et vous pourrez prendre possession du logis au moment de votre choix. Nous rangerons certains objets auxquels nous tenons particulièrement, mais vous pourrez disposer de tout le reste. »

« Laisserez-vous les chiens de porcelaine ? » risqua timidement Anne.

« Cela vous plairait ? »

« Oh ! oui ! Vraiment. Ils sont magnifiques. »

Une expression de plaisir se dessina sur le visage de Mlle Patty.

« Je pense beaucoup de bien de ces chiens », déclarat-elle en se rengorgeant. « Ils ont plus de cent ans et sont assis de chaque côté de ce foyer depuis que mon frère Aaron les a rapportés de Londres il y a cinquante ans. L'avenue Spofford a été baptisée en l'honneur de mon frère Aaron. »

« C'était un homme merveilleux », prononça Mlle Maria, ouvrant la bouche pour la première fois. « Ah ! on n'en rencontre plus comme lui de nos jours. »

« C'était un bon oncle pour toi, Maria », reprit Mlle Patty avec une émotion évidente. « Tu te souviens bien de lui. »

« Je ne l'oublierai jamais », affirma solennellement Mlle Maria. « Il me semble encore le voir, debout devant le feu, les mains croisées sous la queue de sa redingote, le regard fixé sur nous. »

Mlle Maria prit son mouchoir et se tamponna les yeux; mais Mlle Patty quitta résolument les régions du sentiment pour revenir à celles des affaires.

« Je laisserai les chiens où ils sont, si vous me promettez d'y faire très attention », dit-elle. « Ils s'appellent Gog et Magog. Gog regarde vers la droite et Magog vers la gauche. Oh! encore une chose. J'espère que vous n'avez pas d'objection à ce que cette maison s'appelle *La Maison de Patty*? »

« Absolument pas. Nous pensons que cela fait partie de son charme. »

« Je vois que vous êtes des personnes de bon sens », déclara Mlle Patty d'un ton de grande satisfaction. « Le croiriez-vous? Toutes les personnes qui sont venues pour louer la maison m'ont demandé si elles pouvaient enlever le nom de la barrière pendant leur occupation. Je leur ai répondu carrément que le nom venait avec la maison. Elle s'appelle *La Maison de Patty* depuis que mon frère Aaron me l'a léguée par testament, et *La Maison de Patty* elle restera jusqu'au jour de ma mort et de celle de Maria. Après, son propriétaire pourra lui donner n'importe quel autre nom stupide », conclut-elle du même ton que si elle avait dit « Après moi, le déluge ». « Et maintenant, aimeriez-vous faire le tour du propriétaire avant que nous considérions le marché conclu? »

Cette exploration enchanta encore davantage les deux amies. En plus du grand salon, le rez-de-chaussée comprenait une cuisine et une petite chambre. Il y avait trois chambres à l'étage, une spacieuse et deux plus exiguës, dont l'une, qui donnait sur les massifs de pins, plut particulièrement à Anne; elle espéra l'avoir pour elle. Les murs étaient couverts de papier peint bleu pâle et il y avait une petite coiffeuse à l'ancienne mode munie de bougeoirs. Près des rideaux de mousseline bleue de la fenêtre à motif de diamants, un fauteuil qui deviendrait l'endroit idéal pour étudier ou rêver.

«Tout cela est si merveilleux que je sais qu'à notre réveil nous découvrirons que ce n'était qu'une vision fugace», soupira Priscilla sur le chemin du retour.

«Mlle Patty et Mlle Maria n'ont certainement rien à voir avec les rêves», observa Anne en riant. «Peux-tu les imaginer en train de parcourir le monde, engoncées dans leurs châles et leurs capes?»

«Je présume qu'elles les retireront lorsqu'elles commenceront vraiment leurs pérégrinations», rétorqua Priscilla. «Mais j'ai la certitude qu'elles apporteront leur tricot partout où elles iront. Elles ne pourraient tout simplement pas s'en séparer. Elles déambuleront dans l'abbaye de Westminster en tricotant, j'en suis convaincue. Et pendant ce temps-là, Anne, nous habiterons *La Maison de Patty* – et l'avenue Spofford. J'ai déjà l'impression d'être devenue millionnaire.»

«Et moi je me sens comme une étoile du matin qui chante la joie de vivre», ajouta Anne.

Phil Gordon se présenta au trente-huit, rue Saint-John ce soir-là et se laissa tomber dans le lit d'Anne.

«Les filles, je suis morte de fatigue. Je me sens comme l'homme sans pays – ou était-ce sans ombre? J'ai oublié. De toute façon, j'ai fini de faire mes bagages.»

«Et je suppose que tu es éreintée parce que tu n'as pu décider quelles choses placer en premier, et où les placer?» devina Priscilla en riant.

«Exactement. Et quand j'ai réussi à tout entasser dans la malle et que ma propriétaire et sa bonne se sont assises dessus pendant que je la barrais, je me suis rendu compte que j'avais rangé tout au fond une foule de choses dont j'avais besoin pour la remise des diplômes. J'ai dû rouvrir cette sacrée valise et fouiller dedans pendant une heure avant d'en extirper ce que je voulais. Je touchais à quelque chose qui ressemblait à ce que je cherchais, je le sortais et c'était autre chose. Non, Anne, je n'ai pas juré. »

« Je n'ai pas dit que tu l'avais fait. »

« Non, mais tes yeux parlaient. J'admets toutefois que mes pensées frôlaient le profane. Et j'ai un tel rhume de cerveau – je ne peux rien faire que renifler, soupirer et éternuer. Vous ne trouvez pas que ça ressemble à l'agonie ? Reine Anne, dis-moi quelque chose pour me redonner du cœur au ventre. »

« Pense que mardi soir prochain tu seras de retour chez toi avec Alec et Alonzo », suggéra celle-ci.

Phil hocha mélancoliquement la tête.

« Encore plus agonisant. Non, je ne veux voir ni Alec ni Alonzo quand j'ai le rhume de cerveau. Mais qu'est-ce qui vous est arrivé à toutes les deux ? Maintenant que je vous regarde de plus près, je constate que vous brillez d'un éclat intérieur. Vous resplendissez même littéralement. Qu'est-ce qui se passe ? »

« Nous allons vivre dans *La Maison de Patty* l'hiver prochain », annonça Anne d'un air triomphant. « Vivre vraiment, pas louer une chambre. Nous avons signé le bail et Stella Maynard habitera avec nous et sa tante s'occupera de la maison. »

Phil se redressa brusquement, s'essuya le nez et tomba à genoux devant Anne.

« Les filles, je vous en prie, laissez-moi venir aussi. Oh ! Je serai si gentille. S'il n'y a pas de chambre pour moi, je dormirai dans la petite niche, dans le verger – je l'ai vue. Laissez-moi venir. »

« Relève-toi, espèce d'idiote. »

« Je ne bougerai pas avant que tu m'aies dit que je pourrai vivre avec vous l'hiver prochain. »

Anne et Priscilla se consultèrent du regard. Puis Anne commença lentement :

«Chère Phil, nous aimerions bien t'avoir avec nous.
Mais il faut dire les choses clairement. Je suis pauvre,
Prissy est pauvre et Stella aussi. Notre train de vie sera
simple et notre table frugale. Il faudra que tu vives comme
nous. Toi, tu es riche et ton train de vie en témoigne. »

«Oh ! Cela me laisse parfaitement indifférente »,
répliqua-t-elle d'un ton tragique. «J'aime encore mieux
manger de l'herbe avec mes amies qu'un rôti dans une
pension ennuyeuse. Je ne pense pas qu'à mon estomac, les
filles. J'accepterais de me nourrir de pain et d'eau – avec
seulement un petit peu de jambon – si vous m'acceptez. »

«Et puis », continua Anne, «il y aura beaucoup de
travail. La tante de Stella ne pourra tout faire. Nous aurons
chacune nos corvées. Toi, tu…»

«Moi, je ne sais rien faire de mes dix doigts», termina
Philippa. «Mais j'apprendrai. Vous n'aurez qu'à me montrer une fois. Pour commencer, je peux faire mon lit. Et
n'oubliez pas que même si je ne sais pas cuisiner, je peux
maîtriser mon caractère. C'est déjà quelque chose. Et je ne
me plains jamais de la température. C'est encore plus. Oh !
Je vous en prie, je vous en prie ! Je n'ai jamais autant
désiré quelque chose de ma vie. Et ce plancher est terriblement dur. »

«Encore un point », dit résolument Priscilla. «Toi,
Phil, et ce n'est un secret pour personne à Redmond, tu as
de la visite presque chaque soir. Ce ne sera pas possible
chez *Patty*. Nous avons décidé de ne recevoir nos amis que
le vendredi soir. Si tu viens avec nous, tu devras te con-
former à cette règle. »

«Eh bien ! Tu ne crois quand même pas que cela
puisse me déranger ? En fait, je dirais même que cela
m'arrange. Je savais que j'aurais moi-même dû établir une
règle semblable, mais je n'avais pas assez de volonté pour
le faire ou pour la respecter. Ce sera un grand soulagement
pour moi de pouvoir rejeter la responsabilité sur vous. Si
vous refusez de me laisser partager votre sort, j'en mourrai
de désappointement puis je reviendrai vous hanter. Je

camperai sur le seuil de *La Maison de Patty* et il vous sera impossible d'entrer ou de sortir sans trébucher sur mon fantôme. »

Anne et Priscilla échangèrent une fois de plus des regards qui en disaient long.

« Bon », dit Anne, « nous ne pouvons évidemment rien te promettre avant d'avoir consulté Stella, mais je ne crois pas qu'elle fera objection et, quant à nous, tu es la bienvenue. »

« Quand tu en auras assez de mener une vie simple, tu pourras partir et nous ne te poserons aucune question », ajouta Priscilla.

Phil, radieuse, se releva d'un bond, les serra toutes les deux dans ses bras et retourna chez elle le cœur débordant de joie.

« J'espère que tout se passera bien », conclut Priscilla d'un ton posé.

« Ce sera à nous d'y voir », admit Anne. « Je crois que Phil s'adaptera très bien à notre heureux petit *home*. »

« Oh ! Phil est adorable quand il s'agit de bavarder et d'être amies. Et, bien sûr, plus nous serons nombreuses et mieux s'en porteront nos maigres bourses. Mais comment trouverons-nous la cohabitation avec elle ? Il faut passer l'été et l'hiver avec une personne avant de savoir si elle est vivable. »

« Ce sera un test pour chacune de nous. Nous devrons nous conduire en personnes sensées, c'est-à-dire vivre et laisser vivre. Phil n'est pas égoïste, même si elle est un peu étourdie, et je suis sûre que nous nous en sortirons à merveille chez Patty. »

11

La ronde de la vie

Anne retourna à Avonlea auréolée de la gloire d'une bourse Thoburn. Les gens lui dirent qu'elle n'avait pas beaucoup changé, d'un ton sous-entendant qu'ils en étaient surpris et même un peu déçus. Le village d'Avonlea était resté le même, lui aussi. C'était du moins l'impression qu'il donnait. Mais lorsque Anne prit place au banc de Green Gables, le premier dimanche après son retour, et qu'elle regarda l'assemblée, elle constata plusieurs petits changements qui, lui apparaissant tous à la fois, lui firent réaliser que rien n'était immuable, même à Avonlea. Un nouveau pasteur occupait la chaire. Dans les bancs, plus d'un visage familier était absent pour toujours. Le vieux Abe qui avait fini de faire ses prophéties, Mme Peter Sloane qui avait, c'était à espérer, soupiré pour la dernière fois, Timothy Cotton qui s'était, d'après Mme Rachel Lynde, «finalement organisé pour mourir après s'y être exercé pendant vingt ans», et le vieux Josiah Sloane que personne n'avait reconnu dans son cercueil parce que ses moustaches avaient été taillées, tous ces gens dormaient à présent dans le petit cimetière derrière l'église. Et Billy Andrews avait épousé Nettie Blewett. Ils «firent leur apparition» ce dimanche-là. Lorsque Billy, resplendissant de fierté et de bonheur, fit entrer sa mariée rondelette et couverte de soie dans le banc de Harmon Andrews, Anne baissa les paupières pour camoufler son regard pétillant. Elle se rappelait cette nuit de tempête lors

des vacances de Noël, quand Jane lui avait demandé sa
main au nom de Billy. Son refus ne lui avait assurément
pas brisé le cœur. Anne se demanda si c'était également
Jane qui avait fait sa proposition à Nettie, ou s'il avait
rassemblé suffisamment de courage pour poser la question
fatidique tout seul. Toute la famille Andrews semblait
partager son orgueil et son plaisir, à partir de Mme Harmon
dans le banc, jusqu'à Jane dans le chœur. Jane avait
démissionné de l'école d'Avonlea et prévoyait se rendre
dans l'Ouest à l'automne.

« Elle ne trouve pas de prétendant à Avonlea, voilà »,
avait déclaré Mme Rachel Lynde d'un ton méprisant. « Elle
dit qu'elle croit que sa santé s'améliorera dans l'Ouest. Je
n'ai jamais entendu dire auparavant qu'elle avait une
mauvaise santé. »

« Jane est une gentille fille », avait répondu loyalement Anne. « Elle n'a jamais cherché à attirer l'attention,
comme d'autres l'ont fait. »

« Oh ! Elle n'a jamais couru après les garçons, si c'est
ce que tu veux dire », avait acquiescé Mme Rachel. « Mais
comme tout le monde, elle aimerait se marier. Qu'est-ce
qui pourrait l'attirer d'autre dans un coin perdu de l'Ouest
sinon le fait que les hommes y sont nombreux et les
femmes rares, peux-tu me le dire ? »

Ce n'était cependant pas Jane qu'Anne regardait ce
jour-là, avec un étonnement consterné. C'était Ruby
Gillis, assise à côté d'elle dans le chœur. Qu'était-il arrivé
à Ruby ? Elle était pourtant encore plus belle que jamais,
mais ses yeux bleus étaient trop brillants, et la couleur de
ses joues avait un éclat fiévreux ; de plus, elle était très
maigre ; ses mains tenant le livre d'hymnes étaient presque
transparentes dans leur délicatesse.

« Ruby Gillis est-elle malade ? » demanda Anne à
Mme Lynde sur le chemin du retour.

« Ruby Gillis se meurt de phtisie galopante », l'informa
carrément Mme Rachel. « Tout le monde le sait, sauf elle et
sa famille. Ils ne se résignent pas. Si tu leur demandes des

nouvelles, ils te répondront qu'elle se porte à merveille. Elle a été incapable d'enseigner depuis son attaque de congestion l'hiver dernier, mais elle affirme qu'elle va reprendre son travail à l'automne, et elle veut l'école de White Sands. Elle sera dans sa tombe, la pauvre, quand l'école de White Sands rouvrira ses portes, voilà la vérité. »

Anne écoutait en silence, sous l'effet du choc. Ruby Gillis, sa vieille camarade d'école, mourante ? Était-ce possible ? Elles s'étaient éloignées l'une de l'autre, ces dernières années ; mais les jeux et les confidences échangées sur les bancs d'école avaient créé un lien qui existait toujours et lui faisait ressentir avec plus d'acuité le coup que ces nouvelles lui portaient au cœur. Ruby l'éblouissante, l'exubérante, la coquette ! L'idée même qu'elle puisse mourir paraissait impossible. Elle avait causé gaiement et cordialement avec Anne après l'office et lui avait instamment demandé de lui rendre visite le lendemain soir.

« Je serai sortie mardi et mercredi soir », avait-elle chuchoté d'un air réjoui. « Il y a un concert à Carmody et une fête à White Sands. Herb Spencer va m'y amener. C'est mon dernier. Viens sans faute demain. Je meurs d'envie d'avoir une longue conversation avec toi. Je veux que tu me racontes tout ce que tu fais à Redmond. »

Anne savait que Ruby désirait en réalité lui parler de ses récentes conquêtes, mais elle promit tout de même d'y aller et Diana offrit de l'accompagner.

« Il y avait longtemps que je voulais rendre visite à Ruby », confia-t-elle à Anne lorsqu'elles partirent de Green Gables le lendemain soir, « mais il m'était tout simplement impossible d'y aller seule. C'est trop pénible d'entendre Ruby jacasser comme elle le fait, et faire semblant que tout va bien, même quand elle peut à peine parler tant elle tousse. Elle lutte tellement pour vivre, et pourtant on dit qu'elle n'a aucune chance. »

Les deux amies cheminèrent en silence sur la route rougeâtre, éclairée par la lune. Les hirondelles chantaient les vêpres dans la cime des grands arbres, remplissant l'air doré de leurs sifflements joyeux. Les coassements des grenouilles, telles des flûtes d'argent, montaient des marais et des étangs et résonnaient au-dessus des champs où les graines commençaient à prendre vie et à rendre hommage au soleil et à la pluie qui avaient glissé sur eux. L'air embaumait le parfum sauvage, doux et sain des jeunes framboisiers. Des brumes blanches flottaient dans les vallons silencieux et, comme des étoiles, les violettes resplendissaient d'un éclat bleuté sur les rives des ruisseaux.

« Quel beau coucher de soleil », s'émerveilla Diana. « Regarde, Anne, on dirait un paysage. Cette longue bande de nuages mauves, très basse, serait la plage et le ciel clair plus loin ressemble à une mer dorée. »

« Si seulement nous pouvions naviguer dans le clair de lune, dans ce bateau que Paul avait décrit dans une de ses anciennes compositions – tu te souviens ? – s'écria Anne en émergeant de sa rêverie. « Crois-tu que nous pourrions y trouver tout notre passé, Diana, tous les printemps et les floraisons que nous avons connus ? Les parterres de fleurs que Paul y avait vus sont-ils les roses qui ont déjà fleuri pour nous ? »

« Arrête ! » dit Diana. « Quand tu parles ainsi, j'ai l'impression que nous sommes deux vieilles femmes avec toute leur vie derrière elles. »

« C'est presque comme ça que je me suis sentie quand j'ai su ce qui arrivait à la pauvre Ruby », répondit Anne. « Si c'est vrai qu'elle se meurt, toute autre chose triste peut être vraie aussi. »

« Tu veux bien que nous nous arrêtions un instant chez Elisha Wright ? » demanda Diana. « Maman m'a demandé de laisser ce petit pot de gelée à tante Atossa. »

« Qui est tante Atossa ? »

« Oh ! Tu n'en as pas encore entendu parler ? C'est Mᵐᵉ Samson Coates de Spencervale, la tante de Mᵐᵉ Elisha Wright. C'est aussi la tante de papa. Comme son mari est décédé l'hiver dernier en la laissant dans un extrême dénuement, les Wright ont accepté de la prendre avec eux. Maman était d'avis que nous devions la prendre, mais papa s'est interposé. Vivre avec tante Atossa est au-dessus de ses forces. »

« Est-elle donc si terrible ? » s'enquit Anne d'un air absent.

« Tu t'en rendras probablement compte avant que nous ayons pu nous en aller », répliqua Diana d'un ton significatif. « Papa dit qu'elle a le visage en lame de couteau – il fend l'air. Mais sa langue est encore plus acérée. »

Malgré l'heure tardive, tante Atossa était en train de couper des plants de pommes de terre dans la cuisine des Wright. Elle était vêtue d'un vieux peignoir aux teintes passées et ses cheveux gris étaient décidément négligés. Comme tante Atossa n'aimait pas se faire prendre par surprise, elle se montra encore plus acariâtre que d'habitude.

« Oh ! c'est donc vous Anne Shirley ? » dit-elle après que Diana la lui eut présentée. « J'ai entendu parler de vous. » Son ton sous-entendait clairement qu'elle n'avait rien entendu de bon à son sujet. « Mme Andrews me disait justement que vous étiez de retour. Selon elle, vous vous êtes beaucoup améliorée. »

Il ne faisait aucun doute que tante Atossa était convaincue qu'il y avait encore place à beaucoup d'amélioration. Elle continuait cependant à couper énergiquement les pommes de terre.

« Est-ce seulement utile de prendre la peine de vous inviter à vous asseoir ? » poursuivit-elle d'un ton sarcastique. « Il n'y a évidemment rien de bien excitant ici pour vous. Tous les autres sont partis. »

« Maman vous envoie ce petit pot de gelée de rhubarbe », annonça gentiment Diana. « Elle en a fait aujourd'hui et a pensé que vous aimeriez en avoir. »

« Oh ! merci », répliqua sarcastiquement tante Atossa. « Je n'ai jamais été friande de la gelée de ta mère – elle les sucre toujours trop. J'essaierai pourtant d'en avaler un peu. Mon appétit s'est affreusement détérioré, ce printemps. Je suis loin d'être en forme », continua-t-elle théâtralement, « mais je m'occupe quand même. Ceux qui sont incapables de travailler ne sont pas bienvenus ici. Si ce n'est pas trop te demander, aurais-tu l'amabilité de ranger la gelée dans le garde-manger ? Je dois me hâter de couper ces pommes de terre ce soir. Je suppose que deux demoiselles comme vous n'avez jamais accompli rien de semblable. Vous auriez peur d'abîmer vos mains. »

« J'avais coutume de le faire avant que nous ne louions la ferme », objecta Anne en souriant.

« Et moi, je le fais toujours », ajouta Diana en riant. « J'ai coupé des pommes de terre pendant trois jours la semaine dernière. Bien entendu », poursuivit-elle d'un ton taquin, « le soir, je me nettoyais les mains avec du jus de citron et je portais des gants de chevreau. »

Tante Atossa renifla.

« J'imagine que c'est dans un de ces magazines stupides dont tu raffoles que tu as appris ce truc. Je me demande pourquoi ta mère t'autorise à les lire. Mais elle t'a toujours gâtée. Quand George l'a épousée, nous avons tous pensé qu'elle ne lui conviendrait pas. »

Tante Atossa soupira profondément, comme si tous les pressentiments concernant le mariage de George Barry s'étaient amplement et funestement réalisés.

« Vous partez, n'est-ce pas ? » dit-elle en voyant les jeunes filles se lever. « Bien, cela ne vous amuse sans doute pas beaucoup de parler avec une vieille femme comme moi. C'est vraiment dommage que les garçons ne soient pas là. »

« Nous sommes pressées parce que nous allons rendre une petite visite à Ruby Gillis », expliqua Diana.

« Oh ! évidemment toutes les excuses sont bonnes », répliqua aimablement tante Atossa. « On ne fait qu'entrer et sortir sans prendre le temps de faire les choses convenablement. Ce sont là des habitudes d'étudiante d'université, je suppose. Vous seriez sages d'éviter les contacts avec Ruby Gillis. Les médecins disent que la tuberculose est contagieuse. Je savais bien que Ruby attraperait quelque maladie lorsqu'elle est allée vadrouiller à Boston l'automne dernier. Les gens qui ne se contentent pas de rester chez eux attrapent toujours quelque chose. »

« Les gens qui ne vont nulle part aussi », répliqua Diana d'un ton solennel. « Ils en meurent même parfois. »

« Alors ils ne sont pas à blâmer », rétorqua tante Atossa d'un air triomphant. « J'ai entendu dire que tu te mariais en juin, Diana ? »

« Il n'y a rien de vrai là-dedans », protesta Diana en rougissant.

« Eh bien, n'attends pas trop longtemps », conseilla tante Atossa d'un ton qui en disait long. « Tu te faneras vite – tout ton charme réside dans ton teint et tes cheveux. Et n'oublie pas que les Wright sont terriblement inconstants. Vous devriez porter un chapeau, mademoiselle Shirley. Vous avez le nez scandaleusement tavelé. Ma foi, vous êtes rousse ! Eh bien, j'imagine que nous sommes comme Dieu nous a faits. Transmettez mes respects à Marilla Cuthbert. Elle ne m'a jamais rendu visite depuis que je suis à Avonlea, mais je présume que je ne dois pas me plaindre. Les Cuthbert se sont toujours considérés supérieurs aux autres. »

« Oh ! n'est-elle pas épouvantable ? » bafouilla Diana comme elles s'en allaient sur le chemin.

« Elle est encore pire que Mlle Eliza Andrews », admit Anne. « Mais songe à ce que ce doit être de passer toute sa vie affublée d'un prénom comme Atossa ! Cela rendrait n'importe qui amer. Elle aurait dû essayer d'imaginer qu'elle s'appelait Cordélia. Cela l'aurait sans doute beaucoup aidée, tout comme moi quand je n'aimais pas Anne. »

« Josie Pye lui ressemblera en vieillissant », remarqua Diana. « Tu sais que la mère de Josie et tante Atossa sont cousines. Mon Dieu ! Je suis contente d'en avoir terminé avec cette corvée. Elle est si pleine de malice – on dirait que tout goûte mauvais avec elle. Papa raconte une histoire amusante à son sujet. Un jour, il y avait à Spencervale un pasteur très bon, très religieux, mais sourd comme un pot. Il n'entendait absolument rien. Les gens avaient coutume de se réunir le dimanche soir pour une assemblée de prière où tous les paroissiens, à tour de rôle, se levaient et priaient ou commentaient en quelques mots un verset de la Bible. Un soir, tante Atossa se dressa d'un bond. Pas pour prier ou prêcher, loin de là. Au lieu de cela, elle pointa et invectiva chacune des personnes présentes, les appelant par leurs noms et leur disant comment elles s'étaient conduites, ressortant toutes les querelles et les scandales des dix dernières années. Elle conclut en déclarant qu'elle était dégoûtée de l'église de Spencervale, que jamais elle n'y remettrait les pieds et qu'elle espérait la voir bientôt jugée sans pitié. Puis elle se rassit, hors d'haleine, et le pasteur qui n'avait pas entendu un traître mot ajouta aussitôt d'un ton pénétré: "Amen! Que Dieu reçoive la prière de notre chère sœur!" Tu devrais entendre papa raconter cette histoire. »

« À propos d'histoires, Diana », dit Anne d'un ton révélateur et confidentiel, « tu sais que je me suis demandé dernièrement si je pourrais écrire une nouvelle, une nouvelle assez bonne pour être publiée. »

« Bien sûr que oui », affirma Diana après qu'elle eut bien saisi le sens de cette suggestion étonnante. « Tu avais coutume d'écrire des histoires tout à fait captivantes il y a quelques années quand nous avions notre club littéraire. »

« Je ne parlais pas d'histoires de ce genre », objecta Anne en souriant. « J'y réfléchis depuis un certain temps, mais j'ai presque peur d'essayer, car je serais trop humiliée si je ratais mon coup. »

« Un jour, j'ai entendu Priscilla raconter que les premières nouvelles de M\ᵐᵉ Morgan avaient toutes été refusées. Mais je suis sûre que les tiennes ne le seraient pas parce que les éditeurs ont sans doute davantage de bon sens à présent. »

«Margaret Burton, une étudiante de Redmond, en a écrit une l'hiver dernier qui a été publiée dans *La Femme canadienne*. Je pense vraiment que je pourrais en composer une au moins aussi intéressante.»

«Et veux-tu aussi la publier dans *La Femme canadienne*?

«Je pourrais la proposer à des magazines plus importants pour commencer. Tout dépend du genre d'histoire que j'écrirai.»

«Quel est le sujet?»

«Je ne sais pas encore. Je veux tenir une bonne intrigue. Je crois que c'est primordial pour l'éditeur. Pour l'instant, je ne connais que le nom de l'héroïne. C'est Averil Lester. Plutôt joli, tu ne trouves pas? N'en parle à personne, Diana. Je n'ai confié ce projet qu'à toi et M. Harrison. Il ne s'est pas montré très encourageant. Il a dit qu'on écrivait bien assez de navets ces temps-ci et qu'il s'attendait à autre chose de ma part après une année d'université.»

«Qu'est-ce qu'il en sait?» demanda dédaigneusement Diana.

Ils trouvèrent la maison des Gillis pleine de gaieté, de lumières et de visiteurs. Leonard Kimball de Spencervale et Morgan Bell de Carmody se dévisageaient d'une extrémité à l'autre du salon. Quelques pimpantes jeunes filles étaient également présentes. Ruby était vêtue de blanc; ses yeux et ses joues brillaient. Elle ne cessait de rire et de bavarder et, après le départ des autres filles, elle fit monter Anne dans sa chambre pour lui montrer ses nouvelles toilettes d'été.

«Il me reste à faire confectionner une robe de soie bleue, mais c'est un peu trop chaud pour l'été. Je pense que je vais attendre à l'automne. Tu sais que j'irai enseigner à White Sands? Comment trouves-tu mon chapeau neuf? Celui que tu portais à l'église hier était réellement mignon. Mais je préfère pour moi quelque chose de plus clair. As-tu remarqué ces deux garçons ridicules en bas? Tous deux sont venus avec la ferme décision de déloger l'autre. Mais tu sais, ils me laissent tous les deux absolument indifférente. C'est Herb Spencer que j'aime. Il m'arrive de penser que c'est vraiment lui qui m'est destiné. À Noël, je croyais que c'était l'instituteur de Spencervale. Mais j'ai découvert quelque chose à son sujet qui m'a détournée de lui. Quand j'ai rompu avec lui, il en est presque devenu fou. J'aurais préféré que ces deux garçons ne soient pas venus ce soir. J'avais envie d'avoir une bonne conversation avec toi, Anne, et de te raconter des tas de choses. Nous avions l'habitude d'être de bonnes amies, n'est-ce pas?»

Ruby glissa le bras autour de la taille d'Anne avec un petit rire superficiel. Pendant un court instant, leurs yeux se rencontrèrent, et derrière l'éclat de ceux de Ruby, Anne perçut quelque chose qui lui brisa le cœur.

«Viens me voir souvent, Anne, veux-tu?» chuchota Ruby. «Viens toute seule. C'est toi que je veux voir.»

«Te portes-tu tout à fait bien, Ruby?»

«Moi? Mais bien entendu. Je ne me suis jamais sentie aussi bien de ma vie. Évidemment, ma congestion de l'hiver dernier m'a un peu affaiblie. Mais regarde mon teint. Je suis convaincue de ne pas avoir l'air d'une invalide.»

Ruby avait parlé d'un ton assez rude. Elle enleva son bras d'autour d'Anne comme si elle lui en voulait et courut en bas où elle se montra plus gaie que jamais, apparemment si absorbée à badiner avec ses deux prétendants que Diana et Anne se sentirent bientôt de trop et s'éclipsèrent.

12

« L'Expiation d'Averil »

« À quoi rêves-tu, Anne ? »

Les deux amies flânaient un soir dans un petit creux enchanteur près du ruisseau. Les fougères se miraient dans l'eau, les petites herbes étaient vertes et des poires sauvages, exhalant un parfum délicat, pendaient aux branches des arbres, entourées de dentelle blanche.

Anne émergea de sa rêverie en poussant un soupir de bonheur.

« Je pensais à mon histoire, Diana. »

« Oh ! L'as-tu réellement commencée ? » s'écria Diana, immédiatement animée d'un intérêt sincère.

« Oui, je n'en ai écrit que quelques pages, mais j'y ai beaucoup réfléchi. Cela n'a pas été facile de trouver une intrigue possible. Aucune de celles qui se présentaient ne convenaient à une héroïne appelée Averil. »

« Tu ne pouvais pas changer son nom ? »

« Non, c'était impossible. J'ai essayé, mais je ne pouvais pas le changer, pas plus que je pourrais changer le tien. Averil était si réel pour moi que peu importe l'autre nom que j'essayais de lui donner, je ne pouvais faire autrement que de voir Averil derrière tout ça. Mais j'ai fini par trouver une trame adaptée à sa personnalité. Après, j'ai connu le plaisir de choisir les noms de tous mes personnages. Tu ne peux pas savoir combien c'est fascinant. Je restais éveillée pendant des heures à réfléchir à ces noms. Celui du héros est Perceval Dalrymple. »

« As-tu nommé tous les personnages ? » interrogea mélancoliquement Diana. « Sinon, j'allais te demander de me laisser en nommer un – juste un personnage secondaire. J'aurais ainsi l'impression d'avoir une part dans l'histoire. »

« Tu peux baptiser le petit domestique qui vit avec les Lester », concéda Anne. « Il ne joue pas un rôle très important, mais c'est le seul qui n'a pas encore de nom. »

« Appelle-le Raymond Fitzosborne », suggéra Diana dont la mémoire gardait un stock de noms semblables, reliques de l'ancien « club littéraire » qu'elle avait formé avec Anne, Jane Andrews et Ruby Gillis du temps qu'elles fréquentaient l'école.

Anne hocha dubitativement la tête.

« J'ai peur que ce soit trop aristocratique pour un valet de ferme, Diana. Peux-tu imaginer un Fitzosborne en train de nourrir les cochons et ramasser les pommes de terre ? Pas moi. »

Diana ne voyait pas pourquoi c'était inconcevable, quand on avait de l'imagination ; mais Anne était sans doute plus compétente, et l'engagé reçut finalement le nom de Robert Ray, ce qui pourrait se changer en Bobby quand les circonstances l'exigeraient.

« Combien penses-tu être payée pour cette nouvelle ? » s'enquit Diana.

Mais Anne n'avait pas pensé du tout à cela. Elle était en quête de gloire, non de lucre grossier, et ses rêves littéraires n'étaient pas entachés de considérations mercantiles.

« Tu me laisseras la lire, n'est-ce pas ? » supplia Diana.

« Lorsque je l'aurai terminée, je vous la lirai à toi et à M. Harrison, et je veux que vous la critiquiez sévèrement. Personne d'autre ne la verra avant sa publication. »

« Mettras-tu une fin heureuse ou malheureuse ? »

« Je ne sais pas encore. J'aimerais qu'elle finisse mal, parce que c'est tellement plus romantique. Mais d'après ce que j'ai compris, les éditeurs ont un préjugé contre les fins tristes. M. Hamilton, un de nos professeurs, a dit un jour que seul un génie pouvait se permettre d'écrire une fin malheureuse. Et », conclut-elle avec modestie, « je suis loin d'être un génie. »

« Oh ! moi je préfère les histoires qui finissent bien. Le mieux serait qu'il l'épouse », déclara Diana qui, surtout depuis qu'elle était fiancée à Fred, était d'avis que c'était ainsi que devaient se terminer toutes les histoires.

« Mais tu aimes bien pleurer en lisant ? »

« Oh ! oui, au milieu de ma lecture. Mais j'aime que les choses s'arrangent à la fin. »

« Il faut qu'il y ait une scène pathétique dans mon histoire », prononça Anne d'un ton pénétré. « Robert Ray pourrait être blessé dans un accident, ce qui me permettrait d'écrire une scène de mort. »

« Hé, tu ne dois pas tuer Bobby », s'écria Diana en riant. « Il m'appartient et je veux qu'il vive et s'épanouisse. Tue quelqu'un d'autre si c'est essentiel. »

Pendant les deux semaines qui suivirent, Anne frémit ou se réjouit, selon son humeur, de son travail littéraire. Parfois débordant de joie parce qu'elle venait d'avoir une idée brillante, parfois désespérant parce qu'un personnage contrariant refusait de se comporter comme il le devait. Diana n'arrivait pas à comprendre cela.

« Fais-les agir comme tu le veux », dit-elle.

« C'est impossible », gémit Anne. « Averil est une héroïne si difficile à contrôler. Elle fait et dit des choses que je n'ai jamais eu l'intention de lui faire faire et dire. Alors cela gâche tout ce qui venait avant et je dois reprendre du début. »

Néanmoins, la nouvelle fut enfin achevée et Anne la lut à Diana dans la réclusion de sa chambre. Elle avait écrit sa « scène pathétique » sans sacrifier Robert Ray et observa Diana en la lisant. Diana bondit sur l'occasion pour exprimer sa satisfaction ; pourtant, à la fin, elle sembla un peu déçue.

« Pourquoi as-tu fait mourir Maurice Lennox ? » demanda-t-elle avec reproche.

«C'était le méchant», protesta Anne. «Il fallait qu'il soit puni.»

«C'était celui que je préférais», insista la déraisonnable Diana.

«Eh bien, il est mort et il le restera», répliqua Anne avec un certain ressentiment. «Si je l'avais laissé vivre, il aurait continué à persécuter Averil et Perceval.»

«Oui, à moins qu'il ne se soit amendé.»

«Cela n'aurait pas été très romanesque et, de plus, l'histoire aurait été trop longue.»

«En tout cas, c'est une histoire parfaitement élégante, Anne, et elle te rendra célèbre, j'en suis convaincue. As-tu trouvé un titre?»

«Il y a longtemps que le titre est fixé. C'est *L'Expiation d'Averil*. C'est très évocateur, n'est-ce pas? Maintenant, dis-moi franchement, Diana, trouves-tu des défauts à ma nouvelle?»

«Eh bien», hésita cette dernière, «le passage dans lequel Averil prépare le gâteau ne m'a pas paru suffisamment romantique pour aller avec le reste. N'importe qui pourrait faire cela. À mon avis, les héroïnes ne devraient pas cuisiner.»

«Mais c'est un passage humoristique et c'est un des meilleurs de toute l'histoire», objecta Anne.

Et il faut admettre qu'elle n'avait pas tort.

Si Diana s'abstint prudemment de formuler d'autres critiques, M. Harrison se montra au contraire beaucoup plus difficile à satisfaire. Tout d'abord, il déclara que la nouvelle contenait dans l'ensemble trop de descriptions.

«Éliminez tous ces passages fleuris», trancha-t-il implacablement.

Éprouvant l'inconfortable sensation que M. Harrison avait raison, Anne s'obligea à retrancher ses bien-aimées descriptions et il fallut trois réécritures avant que la nouvelle fût assez élaguée pour plaire à ce lecteur intransigeant.

«Je les ai toutes enlevées sauf celle du coucher de soleil», annonça-t-elle enfin. «Cette description-là, je ne pouvais tout simplement pas y renoncer. C'était la meilleure de toutes. »

« Elle n'a rien à voir avec l'histoire », dit M. Harrison, « et c'est une erreur d'avoir situé l'intrigue chez les gens riches. Qu'est-ce que vous connaissez d'eux ? Pourquoi ne pas l'avoir située ici, à Avonlea, en changeant le nom, évidemment, sinon Mme Rachel Lynde se prendrait pour l'héroïne. »

« Oh ! cela n'aurait pas été possible », protesta Anne. « Avonlea est l'endroit le plus charmant du monde, mais ce n'est pas assez romanesque pour être le théâtre d'une nouvelle. »

« Je dirais qu'Avonlea a été le théâtre de plus d'une idylle, et même de plus d'une tragédie », rétorqua sèchement M. Harrison. « Mais vos personnages ne sont pas réels. Ils parlent trop et utilisent une langue trop grandiloquente. Il y a même un endroit où ce Dalrymple cause pendant deux pages sans laisser à la fille la chance de placer un mot. S'il avait fait ça dans la vraie vie, elle l'aurait envoyé sur les roses. »

« Ce n'est pas mon avis », répondit catégoriquement Anne.

Dans son for intérieur, elle était convaincue que les belles et poétiques paroles dites à Averil gagneraient le cœur de n'importe quelle fille. En outre, c'était révoltant d'imaginer Averil, son imposante et majestueuse héroïne, en train d'envoyer quelqu'un « sur les roses ». Non, Averil congédiait ses soupirants.

« En tout cas », reprit l'impitoyable M. Harrison, « je ne comprends pas pourquoi Maurice Lennox n'a pas réussi à la conquérir. Il valait deux fois l'autre personnage masculin. Il accomplissait de vilaines actions, mais il les accomplissait. Perceval n'avait pas le temps de faire autre chose que de traînasser. »

Traînasser ! C'était encore pire qu'envoyer sur les roses !

« Maurice Lennox est le méchant », s'écria Anne, indignée. « Je ne vois pas pourquoi tout le monde le préfère à Perceval. »

« Perceval est trop bon. Il en devient exaspérant. La prochaine fois que vous décrirez un héros, assaisonnez-le d'un peu de nature humaine. »

« Averil n'aurait pas pu épouser Maurice. Il était infâme. »

« Il aurait fallu qu'elle le corrige. On peut toujours redresser un homme, mais pas une méduse, bien entendu. Votre nouvelle n'est pas mauvaise, et j'admets qu'elle présente un certain intérêt. Mais vous êtes trop jeune pour écrire une histoire qui en vaille la peine. Attendez encore dix ans. »

Anne décida que la prochaine fois qu'elle en écrirait une, elle ne demanderait à personne de la critiquer. C'était trop décourageant. Elle ne voulut pas lire sa nouvelle à Gilbert, bien qu'elle lui en eût parlé.

« Si elle a du succès, tu la liras une fois publiée, Gilbert. Si c'est un échec, personne ne la verra. »

Marilla ignorait tout de l'aventure. Anne s'imaginait en train de lui lire une histoire dans une revue, l'amenant à en faire l'éloge – en imagination, tout est possible – pour finalement lui annoncer en grande pompe qu'elle en était l'auteur.

Un jour, Anne apporta au bureau de poste une longue et volumineuse enveloppe adressée, avec l'extraordinaire confiance de la jeunesse et de l'inexpérience, au plus important magazine. Diana était aussi excitée qu'Anne elle-même.

« Dans combien de temps comptes-tu recevoir des nouvelles ? » s'informa-t-elle.

« Cela ne devrait pas prendre plus de deux semaines. Oh ! Comme je serais heureuse et fière si elle était acceptée ! »

« Bien sûr qu'elle sera acceptée, et ils te demanderont probablement de leur en envoyer d'autres. Tu seras un jour aussi célèbre que Mme Morgan, et alors comme je me sentirai fière de te connaître, Anne », déclara Diana qui possédait au moins le remarquable mérite d'admirer sans égoïsme les grâces et les dons de ses amis.

Une semaine de rêves enchanteurs passa, suivie d'un réveil brutal. Un soir, Diana trouva Anne dans le pignon du porche ; elle avait un drôle de regard. Sur la table, il y avait une longue enveloppe et un manuscrit chiffonné.

« Anne, ne me dis pas que ton manuscrit est revenu ! » s'exclama-t-elle d'un air incrédule.

« Oui », répondit brièvement celle-ci.

« Alors cet éditeur doit être complètement fou. Quelle raison a-t-il invoquée ? »

« Aucune raison. Il n'y a qu'une formule imprimée m'informant que ma nouvelle a été déclarée inacceptable. »

« De toute façon, je n'ai jamais pensé grand bien de cette revue », affirma chaleureusement Diana. « Bien qu'elle coûte beaucoup plus cher, les histoires qui y sont publiées ne sont pas la moitié aussi intéressantes que celles qui paraissent dans *La Femme canadienne*. Je présume que l'éditeur a un préjugé contre quiconque n'est pas américain. Ne te laisse pas décourager, Anne. Souviens-toi que les nouvelles de Mme Morgan ont été refusées, elles aussi. Envoie la tienne à *La Femme canadienne*.

« Je pense que c'est ce que je ferai », dit Anne en reprenant courage. « Et si elle est publiée, je ferai parvenir à cet éditeur américain un exemplaire annoté. Mais je crois que M. Harrison a raison et je vais retrancher la description du coucher de soleil. »

Le soleil couchant fut donc éliminé ; mais en dépit de cette mutilation héroïque, l'éditeur de *La Femme cana-dienne* renvoya le manuscrit si rapidement qu'indignée, Diana soutint qu'il était impossible qu'il ait été lu et jura d'annuler immédiatement son abonnement. Anne réagit à ce second refus avec le calme du désespoir. Elle rangea sa nouvelle dans la malle du grenier où se trouvaient les contes du vieux club littéraire ; mais elle céda auparavant aux supplications de Diana et lui en remit une copie.

« C'est la fin de mes ambitions littéraires », soupira-t-elle amèrement.

Elle n'en souffla pas un mot à M. Harrison, mais un soir il lui demanda brusquement si sa nouvelle avait été acceptée.

« Non, l'éditeur n'en a pas voulu », répondit-elle laconiquement.

M. Harrison jeta un coup d'œil au délicat profil rougissant.

« Eh bien, je suppose que vous continuerez à en écrire », dit-il d'un ton encourageant.

« Non, je n'essaierai plus jamais d'écrire d'histoires », déclara Anne désespérément résolue comme on l'est à dix-neuf ans quand on vient de se faire fermer la porte au nez.

« Si j'étais vous, je ne renoncerais pas », prononça M. Harrison d'un ton posé. « J'en écrirais une à l'occasion, mais je ne harcèlerais pas les éditeurs. Je décrirais les lieux et les gens que je connais, et mes personnages parleraient la langue de tous les jours ; et je laisserais le soleil se lever et se coucher aussi calmement qu'il le fait d'habitude, sans y mettre tant de tralala. Si je devais créer des personnages méchants, je leur laisserais une chance. Anne, je leur laisserais une chance. Je présume qu'il existe des hommes terriblement malfaisants dans le monde, mais il faut aller loin pour les trouver, même si Mme Lynde nous prend tous pour des mécréants. Mais la plupart d'entre nous avons un petit côté positif. Continuez à écrire, Anne. »

« Non. C'était insensé de ma part d'essayer. Quand j'aurai terminé mes études à Redmond, j'enseignerai. Je peux enseigner. Pas écrire des histoires. »

« Il sera temps pour vous de trouver un mari quand vous aurez terminé vos études », objecta M. Harrison. « Je ne crois pas qu'il soit bon d'attendre trop longtemps pour se marier, comme moi je l'ai fait. »

Anne se leva et retourna chez elle. M. Harrison était vraiment insupportable parfois. « Envoyer sur les roses », « traînasser » et maintenant « trouver un mari ». Et puis quoi encore !

13

Le chemin des délinquants

Davy et Dora étaient prêts pour l'école du dimanche.
Ils s'y rendaient seuls, ce qui ne s'était pas produit souvent
puisque Mme Lynde y assistait toujours. Mais comme elle
s'était foulé la cheville et boitait, elle devait rester à la
maison ce matin-là. Les jumeaux allaient également
représenter la famille à l'église, Anne étant partie la veille
pour passer la journée du dimanche avec des amis à
Carmody, et Marilla souffrant de la migraine.

Davy descendit lentement. Dora, que Mme Lynde avait
préparée, l'attendait dans l'entrée. Quant à Davy, il avait
procédé tout seul à sa toilette. Il avait un sou dans sa
poche pour la quête de l'école du dimanche, et une pièce
de cinq cents pour celle de l'église; il portait sa Bible dans
une main et son livret de catéchisme dans l'autre; il avait
appris sa leçon et savait par cœur son verset de la Bible et
sa question de catéchisme. Ne les avait-il pas étudiés – de
force – dans la cuisine de Mme Lynde tout l'après-midi du
dimanche précédent? Il devait donc être bien disposé
mentalement. Pourtant, malgré le verset et le catéchisme,
il se sentait à l'intérieur d'une humeur de loup vorace.

Mme Lynde sortit de sa cuisine en claudiquant au
moment où il rejoignait sa sœur.

«Es-tu propre?» l'interrogea-t-elle sévèrement.

«Oui, j'ai lavé tout ce qui paraît», répliqua-t-il d'un
air provocateur.

Mᵐᵉ Rachel soupira. Elle avait des doutes en ce qui concernait le cou et les oreilles du gamin. Mais elle savait que si elle essayait de l'inspecter personnellement, il prendrait ses jambes à son cou et elle n'était pas en état de le poursuivre ce jour-là.

« Eh bien, tâchez de vous conduire correctement », les avertit-elle. Ne vous attardez pas dans le porche pour bavarder avec d'autres enfants. Dans le banc, ne vous tortillez pas et ne gigotez pas. N'oubliez pas le verset. Ne perdez pas l'argent de la quête et assurez-vous de le donner. Ne chuchotez pas pendant la prière et n'oubliez pas d'écouter le sermon. »

Davy ne daigna pas répondre. Il partit par le chemin, suivi de la douce Dora. Mais il bouillait intérieurement. Davy avait beaucoup souffert, ou cru souffrir, des mains et de la langue de Mᵐᵉ Lynde depuis l'arrivée de cette dernière à Green Gables, car il lui était impossible de vivre avec quelqu'un, qu'il fût âgé de neuf ou de quatre-vingt-dix ans, sans tenter de l'amener à sa façon de voir. Et l'après-midi précédent, elle s'était interposée entre lui et Marilla, essayant d'inciter celle-ci à lui interdire d'aller pêcher avec les enfants Cotton. Il ne lui avait pas encore pardonné.

Dès qu'ils furent hors de vue, Davy s'arrêta et changea radicalement d'attitude ; il fit une grimace si terrifiante que Dora, bien qu'elle connût ses dons dans ce domaine, se demanda sincèrement s'il pourrait un jour retrouver son apparence normale.

« Maudite soit-elle », explosa Davy.

« Oh ! Davy, ne jure pas », s'étrangla Dora, consternée.

« Je jure pas – enfin pas vraiment », rétorqua-t-il d'un air désinvolte.

« Si tu dois dire de gros mots, retiens-toi le dimanche », supplia Dora.

À ce moment-là, Davy était loin de se repentir, mais dans son for intérieur il avait le sentiment d'être allé un peu trop loin.

«J'vais inventer mon propre juron», déclara-t-il.

«Si tu fais ça, Dieu te punira», l'avertit solennellement Dora.

«Alors j'pense que Dieu est qu'un vieux bon à rien», répliqua Davy. «Il doit bien savoir qu'un type a quelquefois besoin d'*esprimer* ses sentiments.»

«Davy!!!» s'écria Dora.

Elle s'attendait à voir son frère foudroyé sur place. Mais rien ne se produisit.

«En tout cas, j'vais pas endurer un jour de plus les ordres de Mme Lynde», cracha-t-il. «Anne et Marilla ont l'droit d'm'en donner, mais pas elle. J'ai l'intention de faire tout c'qu'elle m'a dit d'pas faire. Tu vas voir.»

Dans un silence lugubre et délibéré, pendant que Dora le contemplait avec la fascination de l'horreur, Davy se mit à piétiner l'herbe qui poussait à côté de la route, s'enfonçant jusqu'à la cheville dans la poussière formée par quatre semaines de sécheresse et il y marcha en traînant vicieusement les pieds jusqu'à être enveloppé dans un nuage de brume.

«C'est que le début», annonça-t-il triomphalement. «Et j'vais m'arrêter dans le porche et parler aussi longtemps qu'il y aura quelqu'un à qui parler. J'vais gigoter et me tortiller et chuchoter, et j'vais dire que j'sais pas l'verset d'la Bible. Et j'vais m'débarrasser immédiatement de mes sous pour la quête.»

Davy lança avec un ravissement féroce les pièces par-dessus la clôture de M. Barry.

«C'est Satan qui te fait agir», dit Dora d'un ton réprobateur.

«Absolument pas», s'indigna Davy. «Je l'ai pensé tout seul. Et j'ai pensé à autre chose. J'irai ni à l'école du dimanche, ni même à l'église. J'vais aller jouer avec les Cotton. Hier, ils m'ont dit qu'ils iraient pas au catéchisme parce que leur mère serait sortie et qu'il y aurait personne pour s'occuper d'eux. Viens-t'en, Dora, on va bien s'amuser.»

« Je ne veux pas y aller », protesta la fillette.

« Tu dois venir », dit Davy. « Si tu viens pas, j'vais dire à Marilla que Frank Bell t'a embrassée lundi dernier à l'école. »

« Je n'ai pas pu l'en empêcher. Je ne savais pas qu'il allait le faire », s'écria Dora, rougissant jusqu'à la racine des cheveux.

« Eh bien, tu l'as pas giflé et t'avais même pas l'air en colère », répliqua Davy. « Si tu viens pas, j'lui dirai ça aussi. On va prendre le raccourci par le champ. »

« J'ai peur de ces vaches », protesta la pauvre Dora qui voyait là une échappatoire.

« Toi avoir peur de ces vaches ! » se moqua Davy. « Elles sont toutes les deux plus jeunes que toi. »

« Mais elles sont plus grosses », insista Dora.

« Elles te feront pas mal. Viens-t'en maintenant. C'est épatant. Quand j'serai grand, j'irai plus du tout à l'église. Je crois que j'pourrai aller au ciel par mes propres moyens. »

« Tu iras à l'autre endroit si tu ne respectes pas le dimanche », objecta la malheureuse Dora en le suivant contre son gré.

Mais Davy n'avait pas peur – enfin pas encore. L'enfer était très loin alors que le plaisir d'une partie de pêche avec les Cotton était à la portée de la main. Il aurait aimé que Dora ait plus de cran. Elle ne cessait de regarder en arrière et on avait l'impression qu'elle allait fondre en larmes à chaque instant ; cela lui gâtait son plaisir. Satanées filles. Davy ne dit pas « maudites » cette fois, ni même en pensée. Il ne regrettait pas – enfin pas encore – d'avoir prononcé ce mot avant, mais il valait quand même mieux ne pas trop provoquer les Forces inconnues en une seule journée.

Les enfants Cotton, qui étaient en train de jouer dans leur cour, saluèrent l'apparition de Davy avec des cris de joie. Pete, Tommy, Adolphus et Mirabel Cotton étaient tout seuls, leur mère et leurs sœurs aînées ayant dû s'absenter. Dora se sentit soulagée en voyant que Mirabel était là. Elle avait eu peur de se retrouver seule au milieu d'une bande de garçons. Mirabel valait presque un garçon – elle était si bruyante, bronzée et insouciante. Mais elle portait des robes, c'était au moins ça.

«On est venus pêcher», annonça Davy.

«Hourra!» s'écrièrent les Cotton.

Ils se précipitèrent aussitôt pour chercher des vers, Mirabel courant en avant une boîte de fer-blanc à la main. Dora avait envie de se mettre à pleurer. Oh! Si seulement cet affreux Frank Bell ne l'avait pas embrassée! Elle aurait alors pu défier Davy et se rendre à son cher catéchisme.

Ils n'osèrent évidemment pas aller pêcher à l'étang, d'où ils auraient été aperçus par les gens en route pour l'église. Ils durent se contenter du ruisseau qui coulait dans les bois derrière la maison des Cotton. Mais les truites y pullulaient et ils eurent un plaisir fou ce matin-là – c'est-à-dire que les Cotton eurent du plaisir et que Davy sembla en avoir. Comme il n'était pas entièrement dénué de prudence, il avait enlevé ses bottines et ses chaussettes et avait emprunté la salopette de Tommy Cotton. Accoutré de la sorte, il ne craignait ni les marécages, ni les marais, ni les broussailles. Dora était franchement et manifestement misérable. Elle suivit les autres d'une flaque à l'autre, serrant dans ses mains sa Bible et son livret et songeant avec amertume à sa classe chérie où elle aurait pu se trouver au moment même, assise en face d'une institutrice qu'elle adorait. Au lieu de cela, elle vagabondait dans les bois en compagnie de ces Cotton à demi sauvages, essayant de garder ses chaussures propres et de protéger sa jolie robe blanche des accrocs et des taches. Mirabel avait bien offert de lui prêter un tablier, mais elle avait refusé avec hauteur.

Les truites mordaient comme elles mordent toujours le dimanche. En une heure, les délinquants avaient tout le poisson qu'ils désiraient. Ils retournèrent donc à la maison, au grand soulagement de Dora. Elle s'installa d'un air guindé sur une cage à poules dans la cour pendant que les autres jouaient tapageusement à se poursuivre; ensuite, ils grimpèrent tous sur le toit de la porcherie puis gravèrent leurs initiales sur le support à selles. Une botte de foin derrière le poulailler à toit plat donna à Davy une autre inspiration. Ils passèrent une demi-heure splendide à grimper sur le toit et à plonger dans la paille en poussant des hurlements de joie.

Mais même les plaisirs illicites doivent avoir une fin. En entendant le bruit des roues sur le pont de l'étang, Davy comprit qu'il était temps de partir. Il enleva la salopette de Tommy, rassembla ses propres effets et se détourna en soupirant de la corde où étaient enfilées ses truites. Inutile de penser les rapporter à la maison.

«On s'est bien amusés, tu trouves pas?» demanda-t-il d'un ton de défi alors qu'ils descendaient la colline.

«Pas moi», répondit sèchement Dora. «Et je crois que tu ne t'es pas amusé, toi non plus», ajouta-t-elle avec un éclair de lucidité surprenant de sa part.

«Oui, j'me suis amusé», s'écria-t-il, mais il protestait trop fort. «Pas étonnant que tu t'sois ennuyée, à rester assise là comme une mule.»

«Je n'allais pas me lier d'amitié avec les Cotton», déclara-t-elle avec dédain.

«Les Cotton sont très bien», rétorqua Davy. «Et ils ont beaucoup plus de plaisir que nous. Ils font exactement ce qui leur plaît et disent à n'importe qui exactement ce qu'ils ont envie de dire. J'vais faire comme ça, moi aussi.»

«Il y a des tas de choses que tu n'oserais jamais dire devant n'importe qui», remarqua Dora.

«C'est pas vrai.»

«Oh! oui, il y en a. Dirais-tu», demanda-t-elle gravement, «dirais-tu "marcoux" devant le pasteur?»

Davy marqua le coup, n'étant pas préparé à entendre un exemple si concret de liberté de langage. Mais on n'avait pas besoin d'être logique avec Dora.

«Bien sûr que non», admit-il d'un ton maussade. "Marcoux" est pas un mot religieux. J'parlerais pas d'un animal comme ça devant un pasteur.»

« Mais si tu avais à le faire ? » insista Dora.

« J'dirais matou », répondit Davy.

« Je pense que monsieur chat serait plus poli », réfléchit Dora.

« Tu penses, toi ! » s'exclama Davy avec un mépris cinglant.

Davy se sentait mal à l'aise, bien qu'il fût mort plutôt que de l'avouer à Dora. À présent que s'était envolée l'ivresse du vagabondage interdit, sa conscience commençait à lui faire éprouver des tiraillements salutaires. Finalement, il aurait peut-être mieux fait d'aller à l'école du dimanche et à l'église. Mme Lynde se montrait peut-être autoritaire ; mais il y avait toujours une jarre de biscuits sur le comptoir de sa cuisine. À cet instant inopportun, Davy se souvint que lorsqu'il avait déchiré son pantalon neuf une semaine auparavant, Mme Lynde l'avait magnifiquement reprisé sans en souffler mot à Marilla.

Pourtant, la coupe d'iniquité n'était pas encore pleine pour Davy. Il devait découvrir qu'il faut un autre péché pour couvrir le premier. Ils mangèrent avec Mme Rachel ce jour-là, et la première chose qu'elle lui demanda fut :

« Est-ce que tout le monde était présent à l'école du dimanche aujourd'hui ? »

« Ou...i. », répondit-il en ravalant sa salive. « Tout le monde sauf un. »

As-tu récité ton verset et ton catéchisme ? »

« Ou...i »

« As-tu donné les sous à la quête ? »

« Ou...i. »

« Mme Malcom MacPherson était-elle à l'église ? »

« J'sais pas. »

Ceci, au moins, était la vérité, songea misérablement Davy.

« La réunion des dames patronnesses a-t-elle été annoncée pour la semaine prochaine ? »

« Ou...i », fit-il d'une voix tremblante.

« Et l'assemblée de prières ? »

« Je… je sais pas. »

« Tu devrais le savoir. Tu devrais prêter plus d'attention aux annonces qui sont faites. Quel était le texte de M. Harvey ? »

Davy prit frénétiquement une gorgée d'eau et l'avala en même temps que la dernière protestation de sa conscience. Il récita sans hésiter un verset appris quelques semaines auparavant. Heureusement pour lui, Mme Lynde cessa de le questionner ; mais Davy n'apprécia pas son dîner. Il ne put avaler plus qu'une portion de pouding.

« Qu'est-ce qui t'arrive ? » s'étonna Mme Lynde, abasourdie. « Es-tu malade ? »

« Non », marmonna Davy.

« Tu as l'air pâle. Tu ferais mieux de te tenir loin du soleil, cet après-midi », lui recommanda-t-elle.

« Sais-tu combien de mensonges tu as dit à Mme Lynde ? » lui demanda Dora d'un ton accusateur dès qu'ils se retrouvèrent seuls après le repas.

Davy, complètement à bout, se retourna avec rage.

« J'sais pas et j'm'en fous », éclata-t-il. « Maintenant, ferme-la, Dora Keith. »

Ensuite, le pauvre Davy alla s'isoler derrière une corde de bois afin de réfléchir à ce que c'était que de transgresser les lois.

La noirceur et le silence enveloppaient Green Gables lorsque Anne arriva. Elle se hâta de monter se coucher, car elle était rompue de fatigue. Il y avait eu plusieurs parties de plaisir à Avonlea la semaine précédente, et certaines s'étaient terminées fort tard. Anne avait à peine posé la tête sur l'oreiller qu'elle dormait déjà à demi ; mais à cet instant, la porte s'ouvrit doucement et une voix suppliante murmura : « Anne ».

Anne se redressa d'un air endormi.

« Davy, qu'est-ce qui se passe ? »

Une silhouette vêtue de blanc se précipita dans la pièce et s'approcha du lit.

« Anne », sanglota Davy en lui mettant les bras autour du cou, « j'suis rudement content d'te voir. J'pouvais pas aller me coucher avant de l'avoir dit à quelqu'un. »

« Dit quoi ? »

« Que j'suis un misérable. »

« Et pourquoi l'es-tu, mon trésor ? »

« Parce que j'ai été méchant aujourd'hui, Anne. Oh ! j'ai été terriblement méchant. Pire que je l'ai jamais été. »

« Qu'est-ce que tu as fait ? »

« Oh ! J'ose pas te le dire. Tu m'aimeras plus jamais, Anne. J'pouvais pas réciter mes prières ce soir. J'pouvais pas raconter à Dieu c'que j'avais fait. J'avais honte de lui avouer ça. »

« Mais il le savait de toute façon, Davy. »

« C'est c'que dit Dora. Mais j'pensais que peut-être il s'en était pas rendu compte. En tout cas, j'préfère t'en parler en premier. »

« Qu'est-ce que tu as fait ? » répéta-t-elle.

« J'me suis sauvé de l'école du dimanche et j'suis allé à la pêche avec les Cotton, et j'ai raconté des tas de menteries à Mme Lynde, au moins une demi-douzaine, et j'ai dit un juron, Anne, en tout cas, presque un juron, et j'ai insulté Dieu. »

Il y eut un silence. Davy ne savait plus que penser. Anne était-elle si fâchée qu'elle ne lui adresserait plus jamais la parole !

« Anne, qu'est-ce que tu vas me faire ? » chuchota-t-il.

« Rien, mon chéri. Je pense que tu as déjà été puni. »

« Non, je l'ai pas été. On m'a rien fait. »

« Tu t'es senti passablement malheureux depuis que tu t'es mal conduit, n'est-ce pas ? »

« Tu parles ! » s'écria énergiquement Davy.

« C'était ta conscience qui te punissait, Davy. »

« C'est quoi, ma conscience ? J'veux savoir. »

« C'est quelque chose en toi qui t'avertit toujours quand tu es en train de faire le mal et qui te rend malheureux si tu persistes. Tu n'as jamais remarqué cela ? »

« Oui, mais j'savais pas c'que c'était. J'aimerais mieux pas l'avoir. J'm'amuserais bien plus. Où elle est, ma conscience, Anne ? J'veux savoir. Est-ce qu'elle est dans mon ventre ? »

« Non, elle est dans ton âme », répondit Anne, soulagée qu'il fasse noir, car ces sujets sérieux exigeaient d'être traités avec gravité.

« J'suppose que j'peux pas m'en débarrasser, alors », soupira Davy. « Vas-tu le dire à Marilla et à M\ :sup:`me` Lynde, Anne ? »

« Non, mon chéri, je ne le dirai à personne. Tu regrettes ta conduite, n'est-ce pas ? »

« Tu parles ! »

« Et tu ne le feras plus jamais ? »

« Non, mais », ajouta prudemment Davy, « ça s'peut que j'sois vilain d'une autre façon. »

« Tu ne jureras plus, tu ne te sauveras plus du catéchisme et tu ne diras plus de mensonges pour camoufler tes autres fautes ? »

« Non, ça vaut rien. »

« Eh bien, Davy, dis seulement à Dieu que tu le regrettes et demande-lui de te pardonner. »

« Mais toi, m'as-tu pardonné, Anne ? »

« Oui, mon chéri. »

« Alors », déclara joyeusement Davy, « j'm'en fous que Dieu me pardonne ou non. »

« Davy ! »

« Ça va, j'vais lui demander », reprit vivement Davy en sautant du lit, convaincu à entendre le ton d'Anne qu'il venait de proférer quelque énormité. « Ça m'fait rien de lui demander, Anne. S'il te plaît, Dieu, j'suis rudement désolé de m'être mal conduit aujourd'hui et j'vais essayer d'être bon le dimanche et pardonne-moi s'il te plaît. C'est fait, Anne. »

« Et maintenant, cours te coucher comme un bon garçon. »

« D'accord. Dis, j'me sens plus triste. J'me sens bien. Bonne nuit. »

« Bonne nuit. »

Anne remit sa tête sur ses oreillers avec un soupir de soulagement. Oh! Comme elle avait sommeil! Dans une seconde…

« Anne! »

Davy était de retour près de son lit. Anne ouvrit les yeux.

« Qu'est-ce qu'il y a, maintenant, mon chéri? » demanda-t-elle en s'efforçant de ne pas avoir l'air trop impatiente.

« Anne, as-tu déjà r'marqué comment M. Harrison crache? Penses-tu que si j'pratique fort, j'arriverai à cracher comme lui? »

Anne se redressa.

« Davy Keith », dit-elle. « Va immédiatement au lit et que je ne te reprenne pas à te relever cette nuit! Tout de suite! »

Davy s'en alla et ne se releva pas.

14

La sommation

Anne était assise avec Ruby dans le jardin des Gillis;
le soleil s'en était allé, après y avoir flâné toute la journée.
Cela avait été un après-midi d'été chaud et brumeux. Le
paysage était une fête de fleurs. Des vapeurs montaient des
vallées. Des ombres jouaient dans les sentiers et les
champs avaient pris la teinte violette des asters.

Anne avait renoncé à se rendre à la plage de White
Sands au clair de lune pour venir passer la soirée avec
Ruby. Elle l'avait fait souvent au cours de l'été, tout en se
demandant souvent quel bien cela leur faisait à toutes
deux et il lui était parfois arrivé de retourner chez elle en
se disant que c'était la dernière fois.

Ruby devenait de plus en plus pâle à mesure que
décroissait l'été. Elle avait abandonné l'idée d'enseigner à
White Sands – «parce que son père était d'avis qu'elle ne
devrait pas travailler avant le Nouvel An» – et elle était si
faible que les travaux d'aiguille qu'elle affectionnait tant
lui tombaient de plus en plus souvent des mains. Elle était
pourtant toujours gaie, toujours pleine d'espoir, parlant à
voix basse des rivalités et des désespoirs de ses amoureux.
C'était pourquoi Anne trouvait si pénible d'aller la voir.
Ce qui avait coutume d'être amusant et un peu bête était
devenu horrible; c'était la mort qui pointait derrière le
masque de la volonté de vivre. Ruby semblait cependant
s'accrocher à Anne et ne la laissait jamais partir avant
qu'elle ait promis de revenir bientôt. Mme Lynde maugréait

qu'Anne s'y rendait trop souvent et qu'elle attraperait la tuberculose; même Marilla doutait du bien-fondé de ces visites.

«Chaque fois que tu reviens de chez Ruby, tu as l'air éreintée», remarqua-t-elle.

«C'est tellement triste et épouvantable», murmura Anne. «Ruby ne semble pas avoir le moindrement conscience de son état. Et pourtant, je sens que d'une certaine façon elle a désespérément besoin d'aide. Je voudrais la lui donner et je ne peux pas. Tout le temps que je passe avec elle, j'ai l'impression de la regarder lutter contre un ennemi invisible et tenter de le repousser avec le peu de résistance qu'il lui reste. C'est cela qui m'épuise.»

Mais c'était beaucoup moins perceptible ce soir-là. Ruby était étrangement calme. Elle ne mentionna pas une seule fois les fêtes, les sorties, les robes et les garçons. Elle était étendue dans le hamac, les épaules enveloppées dans un châle blanc; près d'elle, le travail d'aiguille auquel elle n'avait pas touché. Ses longues boucles blondes – oh! comme Anne les avait enviées du temps qu'elles allaient ensemble à l'école! – encadraient son visage. Elle avait dénoué ses cheveux car, disait-elle, les épingles lui faisaient mal à la tête. Ses couleurs fiévreuses l'avaient quittée, la laissant pâle et lui donnant l'apparence d'une enfant.

La lune se leva dans un ciel d'argent, nacrant les nuages qui l'entouraient. Plus bas, l'étang avait pris un aspect chatoyant et vaporeux. L'église, flanquée du vieux cimetière, se dressait derrière la maison des Gillis. La lune qui brillait sur les pierres blanches les faisait ressortir sur le fond sombre des arbres.

«Comme le cimetière a l'air bizarre au clair de lune!» s'écria soudainement Ruby. «Spectral!» ajouta-t-elle en frissonnant. «Anne, dans peu de temps, j'y reposerai, moi aussi. Toi et Diana et tous les autres continuerez à vivre et moi je serai là, dans le vieux cimetière, morte!»

La surprise laissa Anne confondue. Pendant quelques instants, elle fut incapable de prononcer une parole.

«Tu le sais, n'est-ce pas?» insista Ruby.

«Oui, je le sais», répondit doucement Anne. «Je le sais, ma chérie.»

«Tout le monde le sait», reprit Ruby d'un ton amer. «Je le sais, je l'ai su tout l'été même si je refusais de me résigner. Et, oh! Anne», poursuivit-elle d'un ton suppliant en se redressant et en agrippant impulsivement la main d'Anne, «je ne veux pas mourir. J'ai peur de mourir.»

«Pourquoi aurais-tu peur, Ruby?» demanda calmement Anne.

«Parce que... parce que... oh! je n'ai pas peur de ne pas aller au ciel, Anne. Je fréquente régulièrement l'église. Mais... ce sera si différent. Quand j'y pense... je deviens terrifiée et... et nostalgique. Ce doit être très beau au paradis, la Bible le dit... mais ce ne sera pas ce à quoi j'ai été habituée.»

Une anecdote amusante qu'Anne avait entendu raconter par Philippa Gordon lui passa par la tête; c'était l'histoire d'un homme qui avait dit à peu près la même chose au sujet de l'au-delà. Cela lui avait alors paru hilarant – elle se souvenait combien elle en avait ri avec Philippa. Mais cela n'avait plus rien de drôle sortant des lèvres exsangues et tremblantes de Ruby. C'était triste, tragique, et vrai. Le ciel ne serait pas ce que Ruby connaissait. Il n'y avait rien eu dans sa vie joyeuse et frivole, ses aspirations et ses idéaux volages qui pût la préparer au grand changement, ou faire que ce qui l'attendait ne fût pas étranger, irréel et indésirable. Anne se demanda avec désespoir ce qu'elle pourrait dire pour l'aider. Pouvait-elle seulement dire quelque chose?

«Je pense, Ruby», commença-t-elle en hésitant, car s'il lui était difficile de parler de ses pensées les plus profondes ou des nouvelles idées qui, remplaçant ses conceptions puériles, avaient vaguement commencé à germer dans son esprit sur les grands mystères de la vie ici et de l'au-delà, il lui était encore plus ardu de les confier à quelqu'un comme Ruby Gillis, «je pense que, peut-être, avons-nous des idées très erronées sur le paradis, sur ce qu'il est et ce qu'il nous réserve. Je ne crois pas que, comme la plupart des gens semblent le croire, ce soit si différent là de la vie ici. Je pense que nous continuerons simplement à vivre, en grande partie comme ici, et serons nous-mêmes de la même façon. Seulement, ce sera plus facile d'être bons et de s'élever. Nous ne connaîtrons plus d'entraves ni de doutes et nous pourrons voir clairement. N'aie pas peur, Ruby. »

« Je ne peux pas m'en empêcher », dit Ruby d'un ton pitoyable. « Même si ce que tu dis sur le ciel est vrai – et tu ne peux pas en être certaine, c'est peut-être simple imagination de ta part –, ce ne sera pas exactement pareil. C'est impossible. Moi, je veux continuer à vivre ici. Je suis si jeune, Anne. Je n'ai pas encore vécu ma vie. J'ai lutté fort pour rien. Il faut que je meure et que je quitte tout ce que j'aime. »

Anne ressentit une souffrance presque intolérable. Elle ne pouvait proférer des mensonges pour la consoler; et tout ce que Ruby disait était horriblement vrai. Elle devait vraiment quitter tout ce qui lui plaisait. Ses trésors ne se trouvaient qu'ici-bas; elle n'avait vécu que pour les petites choses de la vie, les choses éphémères, en oubliant les grandes qui se perpétuent dans l'éternité, formant un pont entre les deux vies et faisant de la mort un simple passage d'un domicile à un autre, d'un clair de lune à un jour sans nuages. Dieu veillerait sur elle là-bas, Anne en était convaincue, elle apprendrait. Mais en ce moment, il n'était pas étonnant que son âme s'agrippât, dans un désespoir aveugle, aux seules réalités qu'elle connaissait et aimait.

Ruby s'appuya sur un bras et leva vers le ciel éclairé par la lune ses beaux yeux clairs.

« Je veux vivre », reprit-elle d'une voix tremblante. « Je veux vivre comme les autres filles. Je… je veux me marier, Anne, et… et avoir des enfants. Tu sais combien j'ai toujours aimé les bébés. Je ne pourrais dire cela à

personne d'autre que toi. Je sais que tu me comprends. Et
ce pauvre Herb... il... il m'aime et je l'aime, Anne. Les
autres n'avaient pas d'importance pour moi, mais lui... si
je vivais, je deviendrais sa femme et je serais heureuse.
Oh! Anne, c'est si difficile. »

Ruby retomba sur ses oreillers et éclata en sanglots
convulsifs. Anne lui pressa la main, remplie d'une compassion silencieuse qui firent peut-être à Ruby davantage de
bien que ne l'auraient fait des paroles troublées, impar-
faites; elle se calma et cessa de pleurer.

« Je suis contente de t'avoir parlé, Anne », chuchota-
t-elle. « Cela m'a soulagée de confier tout cela. Tout l'été
j'ai voulu le faire; chaque fois que tu es venue, je voulais
en parler avec toi, mais je ne le pouvais pas. J'avais
l'impression que cela rendrait la mort si certaine si je disais
que j'allais mourir, ou si quelqu'un d'autre le disait ou y
faisait allusion. Pendant la journée, quand j'étais entourée
de gens et que tout était joyeux, ce n'était pas si difficile
d'éviter d'y penser. Mais la nuit, quand je ne trouvais pas
le sommeil, c'était si affreux, Anne. Je ne pouvais pas y
échapper, alors. La mort venait et me dévisageait jusqu'à
ce que je sois si terrifiée que j'aurais pu hurler. »

« Mais tu n'auras plus peur, Ruby, n'est-ce pas? Tu
seras courageuse et tu croiras que tout se passera bien? »

« J'essaierai. Je penserai à ce que tu m'as dit et j'essaierai d'y croire. Et tu viendras aussi souvent que tu le
pourras, n'est-ce pas, Anne? »

« Oui, ma chérie. »

« Je... je n'en ai plus pour très longtemps, Anne, j'en
ai la certitude. Et je préfère t'avoir auprès de moi plutôt
que n'importe qui d'autre. Tu as toujours été celle que
j'aimais le mieux parmi les filles de l'école. Tu n'étais
jamais jalouse, ni mesquine, comme certaines. Cette
pauvre Em White est venue me voir hier. Tu te rappelles
qu'elle et moi étions de si bonnes amies pendant trois ans
quand nous étions écolières? Puis nous nous sommes
querellées au moment du concert de l'école. Nous ne nous

étions jamais réadressé la parole. N'était-ce pas stupide ? Toutes ces choses semblent idiotes, à présent. Mais Em et moi avons réglé ce vieux différend hier. Elle m'a dit qu'elle m'aurait parlé, il y a trois ans, mais qu'elle croyait que je ne voulais pas. Et moi je ne lui ai jamais parlé pour la même raison. C'est étrange comme les gens ne se comprennent pas, Anne. »

« Je crois que, dans la vie, la majorité des problèmes proviennent de malentendus », acquiesça Anne. « Je dois partir maintenant, Ruby. Il se fait tard, et ce n'est pas bon pour toi d'être dehors dans l'humidité. »

« Tu reviendras bientôt ? »

« Oui, très bientôt. Et n'hésite pas à me le dire si je peux faire quelque chose pour toi. J'en serais si heureuse. »

« Je sais. Tu m'as déjà aidée, Anne. Les choses ne me semblent plus si effrayantes. Bonne nuit, Anne. »

« Bonne nuit, ma chérie. »

Anne retourna chez elle en marchant très lentement dans le clair de lune. La soirée avait transformé quelque chose en elle. La vie revêtait une signification différente, un sens plus profond. À la surface, tout semblait pareil ; c'était le fond qui avait été remué. Elle ne voulait pas que les choses se passent pour elle comme pour ce pauvre papillon de Ruby. Lorsqu'elle parviendrait à la fin d'une vie, elle ne voulait pas affronter la suivante, épouvantée comme devant quelque chose de totalement inconnu, un monde auquel ses pensées, ses idéaux et ses aspirations ne l'auraient pas préparée. Elle ne devait pas consacrer toutes ses énergies aux futilités de la vie, par ailleurs bonnes et excellentes à leur place, mais avoir un but élevé et chercher à l'atteindre ; c'était ici-bas qu'elle devait préparer son au-delà.

Cette bonne soirée dans le jardin resterait pour toujours gravée dans sa mémoire. Anne ne devait jamais revoir Ruby vivante. Le soir suivant, la S.A.V.A. donna une fête d'adieu à Jane Andrews avant son départ pour l'Ouest. Et pendant que des pieds légers dansaient, que des yeux brillants riaient et que des langues se faisaient joyeusement aller, une âme à Avonlea reçut une sommation à laquelle il était impossible d'échapper. Le lendemain matin, la nouvelle que Ruby Gillis était morte se répandit de maison en maison. Elle s'était éteinte dans son sommeil, paisiblement et sans souffrir, et un sourire éclairait son visage comme si, en fin de compte, la mort était venue non comme l'horrible fantôme qui la terrifiait, mais comme une amie bienveillante pour l'aider à franchir le seuil.

Après les funérailles, Mme Rachel affirma catégoriquement qu'elle n'avait jamais vu de cadavre plus beau que celui de Ruby Gillis. À Avonlea, on se souvint et on parla longtemps de sa beauté, alors qu'elle gisait, vêtue de blanc, parmi les fleurs délicates qu'Anne avait disposées autour d'elle. Ruby avait toujours été ravissante; mais sa grâce était terrestre, matérielle; elle comportait une certaine qualité insolente, comme si tout son regard proclamait à quel point elle était consciente de son charme; l'esprit n'y avait jamais brillé, la réflexion ne l'avait jamais raffinée. Mais la mort l'avait touchée et consacrée, faisant ressortir la délicatesse et la pureté de ses traits; elle apparaissait telle qu'on ne l'avait jamais vue auparavant; la mort lui donnait ce que la vie, l'amour, les grands chagrins et les joies profondes de la condition féminine auraient pu lui donner. Anne, contemplant sa vieille camarade de jeu à travers un voile de larmes, crut voir le visage que Dieu avait voulu pour Ruby, et c'est toujours ainsi qu'elle se la rappela par la suite.

Mme Gillis prit Anne à part et l'amena dans une pièce à côté avant que le cortège ne quitte la maison; elle lui remit un petit paquet.

«C'est pour toi», sanglota-t-elle. «Ruby aurait aimé que tu l'aies. C'est le centre de table qu'elle était en train de broder. L'aiguille est restée là où ses pauvres petits doigts l'ont laissée avant qu'elle arrête d'y travailler l'après-midi avant sa mort.»

« Il reste toujours un travail inachevé », dit Mme Lynde, les larmes aux yeux. « Mais je présume qu'il se trouve toujours quelqu'un pour le terminer. »

« Comme c'est difficile de réaliser qu'une personne qu'on a toujours connue est vraiment morte », confia Anne à Diana pendant qu'elles revenaient à la maison. « Ruby est la première d'entre nous à s'en aller. Une par une, tôt ou tard, nous la suivrons. »

« Oui, j'imagine », répondit Diana, mal à l'aise.

Elle ne voulait pas en parler. Elle aurait préféré discuter des détails des funérailles, le splendide cercueil coussiné de velours blanc que M. Gillis avait voulu pour Ruby – « il faut toujours que les Gillis fassent de l'esbroufe, même aux funérailles », ironisa Mme Lynde –, l'expression triste de Herb Spencer, la douleur hystérique, incontrôlable d'une des sœurs de Ruby. Mais Anne ne voulait pas évoquer ces choses. Elle semblait enveloppée dans une rêverie dont Diana se sentait malheureusement exclue.

« Ruby Gillis était une fille qui aimait beaucoup rire », lança soudainement Davy. « Est-ce qu'elle rira au ciel autant qu'à Avonlea, Anne ? J'veux savoir. »

« Je crois que oui », répondit Anne.

« Oh ! Anne ! » protesta Diana avec un sourire stupéfait.

« Eh bien, pourquoi pas, Diana ? » demanda sérieusement Anne. « Penses-tu que nous ne rirons jamais au ciel ? »

« Je… je… l'ignore », pataugea Diana. « D'une certaine façon, il me semble que non. C'est plutôt incorrect de rire à l'église, tu sais. »

« Mais ce ne sera pas comme à l'église, au paradis… enfin pas tout le temps », dit Anne.

« J'espère bien », s'écria énergiquement Davy. « Si c'est pour être comme à l'église, j'veux pas y aller. C'est rudement ennuyant, l'église. En tout cas, j'ai pas l'intention d'y aller avant longtemps. J'veux vivre une centaine d'années, comme M. Thomas Blewett de White Sands. Il raconte qu'il a vécu si longtemps parce qu'il a toujours fumé du tabac et que ça tue les germes. Est-ce que j'pourrai bientôt fumer du tabac, Anne ?»

«Non, Davy, j'espère que tu ne fumeras jamais», répondit-elle d'un air absent.

«Comment tu te sentiras alors si les germes me tuent ?» demanda Davy.

15

Un rêve sens dessus dessous

« Encore une semaine et nous serons de retour à Redmond », dit Anne.

La perspective de retrouver son travail, ses cours et ses amis de Redmond la remplissait de joie. Il lui plaisait aussi de songer à *La Maison de Patty*, qui revêtait pour elle une agréable et chaleureuse signification de foyer, même si elle n'y avait encore jamais vécu.

Mais son été avait également été très heureux; cela avait été une période de plaisirs, de soleils et de ciels d'été pendant laquelle elle avait intensément profité d'une vie saine, réapprivoisé et approfondi de vieilles amitiés, appris à vivre plus noblement, à démontrer davantage de patience dans le travail et de ferveur dans le jeu.

« Les leçons de la vie ne sont pas toutes apprises à l'université », songea-t-elle. « La vie les enseigne partout. »

Malheureusement, Anne vit sa dernière semaine de vacances gâchée par un de ces événements malicieux qui font penser à un rêve tourné sens dessus dessous.

« Avez-vous écrit d'autres nouvelles dernièrement ? » s'informa M. Harrison d'un air candide un soir que la jeune fille prenait le thé avec lui et Mᵐᵉ Harrison.

« Non », répondit Anne, plutôt crispée.

« Je ne voulais pas vous offenser. Mᵐᵉ Hiram Sloane m'a raconté l'autre jour qu'une grosse enveloppe adressée à la Compagnie de poudre à pâte Rollings Reliable avait été jetée dans la boîte aux lettres du bureau de poste. Elle soupçonnait quelqu'un de tenter sa chance pour le prix qu'ils offrent à la meilleure histoire mentionnant le nom de leur poudre à pâte. Elle n'a pas reconnu votre écriture sur l'enveloppe, mais elle a pensé que c'était peut-être vous. »

« Certainement pas ! J'ai bien vu l'annonce de leur concours, mais l'idée ne m'a même pas effleurée d'y participer. Je crois que ce serait déshonorant d'écrire une histoire pour faire la publicité d'une marque de poudre à pâte. Ce serait presque aussi scandaleux que lorsque Judson Parker voulait coller des affiches de médicaments sur sa clôture. »

Ainsi parlait Anne avec hauteur, n'ayant aucune idée de la vallée d'humiliation qui l'attendait. Le soir même, Diana se présenta une lettre à la main dans la chambre du pignon, le regard brillant et les joues enflammées.

« J'ai une lettre pour toi, Anne. Comme elle était au bureau de poste, j'ai cru que je pourrais te l'apporter. Ouvre-la vite. Si c'est ce que je pense, je serai folle de joie. »

Perplexe, Anne ouvrit la lettre et parcourut le texte tapé à la machine.

Mademoiselle Anne Shirley
Green Gables
Avonlea
Île-du-Prince-Édouard

Chère madame,
Nous avons le grand plaisir de vous informer que votre charmante nouvelle intitulée L'Expiation d'Averil *a remporté le prix de trente-cinq dollars offert dans le cadre de notre récent concours. Vous trouverez le chèque ci-inclus. Nous avons conclu des arrangements avec plusieurs importants journaux canadiens concernant la publication et nous prévoyons également la faire imprimer sous forme de dépliant pour la distribuer à nos clients. En vous remerciant de l'intérêt que*

vous avez démontré pour notre entreprise, nous vous prions d'agréer l'expression de nos sentiments distingués.

La Compagnie de poudre à pâte Rollings Reliable.

« Je ne comprends pas », dit Anne, stupéfaite.

Diana battit des mains.

« Oh ! Je savais que tu gagnerais le prix. J'en étais certaine. C'est moi qui l'ai soumise, Anne. »

« Diana Barry ! »

« Oui, c'est moi », poursuivit allègrement Diana en grimpant sur le lit. « Quand j'ai vu l'annonce, j'ai immédiatement songé à ta nouvelle ; j'ai d'abord pensé te demander de la présenter. Puis j'ai eu peur que tu refuses — tu y croyais si peu. C'est pourquoi j'ai décidé d'envoyer la copie que tu m'avais donnée sans t'en parler. Comme ça, si elle ne gagnait pas, tu n'en saurais rien et tu n'en aurais pas de peine, parce que les histoires refusées n'étaient pas retournées. Mais si tu gagnais, tu aurais une surprise merveilleuse. »

Diana n'était peut-être pas très perspicace, mais à ce moment précis, elle s'aperçut que son amie n'avait pas l'air tout à fait submergée de bonheur. La surprise était là, cela ne faisait aucun doute, mais où donc était la joie ?

« Eh bien, Anne, tu ne sembles pas enchantée ! » s'exclama-t-elle.

Anne se forgea aussitôt un sourire de circonstance.

« Je ne peux évidemment qu'être ravie de ton généreux désir de me faire plaisir », répondit-elle lentement. « Mais vois-tu, je suis si stupéfaite, je ne le réalise pas encore, et je ne comprends pas. Mon texte ne contenait aucune allusion à la… » Anne eut quelque difficulté à prononcer le mot — « poudre à pâte. »

« Oh ! C'est moi qui ai ajouté ça », la rassura-t-elle. « C'était vraiment l'enfance de l'art, et bien entendu mon expérience dans notre ancien club littéraire m'a grandement aidée. Tu sais, la scène où Averil prépare le gâteau ? Eh bien, j'ai tout simplement écrit qu'elle utilisait la

poudre à pâte Rollings Reliable et que c'était la raison
pour laquelle il était si réussi; ensuite, dans le dernier
paragraphe, lorsque Perceval serre Averil dans ses bras et
dit : «Ma chérie, les belles années à venir verront la
réalisation de notre maison de rêves», j'ai ajouté : «où
nous ne nous servirons jamais d'une autre marque de
poudre à pâte que Rollings Reliable. »

«Oh ! » s'étrangla la pauvre Anne comme si on venait
de lui renverser un seau d'eau froide sur la tête.

«Et tu as gagné les trente-cinq dollars», continua
Diana au comble du bonheur. «Tu sais, j'ai entendu
Priscilla dire que *La Femme canadienne* ne paie que cinq
dollars pour une nouvelle. »

Anne lui tendit, de ses doigts tremblants, l'exécrable
rectangle de papier rose.

«Je ne peux l'accepter, cela te revient de droit, Diana.
C'est toi qui as envoyé la nouvelle et effectué les
modifications. Je… je ne l'aurais certainement jamais
présentée moi-même. Tu dois prendre le chèque. »

«J'aimerais bien me voir faire une telle chose», s'écria
Diana avec hauteur. «Ce que j'ai fait n'était rien. L'honneur d'être l'amie de la lauréate me suffit amplement. Bon,
je dois partir. J'aurais dû rentrer directement à la maison
en sortant du bureau de poste, car nous avons de la visite.
Mais il fallait que je vienne et que je sache de quoi il
retournait. Je suis si contente pour toi, Anne. »

Anne se pencha brusquement, prit Diana dans ses
bras et l'embrassa sur la joue.

«Je crois que tu es l'amie la plus gentille et la plus
loyale au monde, Diana», dit-elle d'une voix légèrement
tremblante, «et je t'assure que j'apprécie le motif qui t'a
poussée à agir de la sorte. »

Diana s'en alla, heureuse et embarrassée, et la pauvre
Anne, après avoir jeté l'innocent chèque dans un tiroir de
son pupitre comme s'il s'agissait du prix du sang, s'écroula
sur son lit en pleurant des larmes d'humiliation et de

sensibilité outragée. Oh! elle ne pourrait jamais survivre à cela, jamais!

Gilbert arriva au crépuscule pour lui prodiguer ses félicitations, car il était allé à Orchard Slope et avait appris la nouvelle. Mais ses paroles moururent sur ses lèvres lorsqu'il vit le visage d'Anne.

«Eh bien, Anne, que se passe-t-il? Je m'attendais à te trouver radieuse après avoir remporté le prix de la Rollings Reliable. C'est merveilleux pour toi!»

«Oh! Gilbert, pas toi», implora Anne, d'un ton très *Tu quoque mi fili...* «Je pensais que tu comprendrais, toi. Ne vois-tu pas combien c'est épouvantable?»

«Je dois avouer que non. Qu'est-ce qui ne va pas?»

«Rien ne va», se lamenta Anne. «Je me sens déshonorée pour toujours. Comment crois-tu qu'une mère réagirait en voyant son enfant tatoué d'annonces de levure? C'est exactement comme cela que je me sens. J'aimais ma pauvre petite histoire. Et c'est un sacrilège de la voir avilie au rang d'une publicité de poudre à pâte. Tu te rappelles ce que nous disait M. Hamilton, notre professeur de littérature à Queen's? Il disait que nous ne devions jamais écrire un seul mot pour un motif vil ou sans valeur, mais que nous devions toujours aspirer aux idéaux les plus élevés. Que pensera-t-il quand il apprendra que j'ai écrit un texte pour annoncer Rollings Reliable? Et quand la nouvelle parviendra à Redmond? Imagine comme je serai tournée en ridicule!»

«Tu ne le seras pas», déclara Gilbert, se demandant, un peu mal à l'aise, si c'était surtout l'opinion confuse des étudiants de Redmond qui inquiétait Anne. «Les étudiants de Redmond penseront tout comme moi que, comme les neuf dixièmes d'entre nous, tu n'es pas accablée par le poids des richesses de ce monde et que tu as pris ce moyen de gagner honnêtement de l'argent qui t'aidera à passer l'année. Je ne vois pas ce qu'il y a de vil là-dedans, ni ce qu'il peut y avoir de ridicule. Il ne fait aucun doute qu'on aimerait mieux écrire des chefs-d'œuvre littéraires, mais en même temps il faut bien payer sa pension et ses études. »

Ce point de vue rationnel et terre à terre de la situation la rasséréna quelque peu. Cela la soulagea au moins de la crainte d'être l'objet des railleries, bien que demeurât la blessure plus profonde de l'idéal profané.

16

Des rapports ajustés

« Je n'ai jamais vu un endroit qui ressemble davantage à un chez-soi ; on s'y sent encore plus à l'aise qu'à la maison », admit Philippa en regardant partout avec des yeux émerveillés. C'était le soir et tout le monde était réuni dans le grand salon de *La Maison de Patty*, tout le monde c'est-à-dire Anne et Priscilla, Phil et Stella, tante Jamesina, Rusty, Joseph, la Chatte-à-Sarah, ainsi que Gog et Magog. Les ombres du feu de cheminée dansaient sur les murs, les chats ronronnaient ; et un grand vase de chrysanthèmes de serre, envoyé à Phil par une de ses victimes, brillait dans l'obscurité dorée comme un bouquet de lunes blanchâtres.

Il y avait trois semaines qu'elles se considéraient comme établies, et déjà elles étaient toutes convaincues que l'expérience serait un succès. La première quinzaine après leur retour avait été une période d'agitation et de plaisir ; elles avaient été occupées à ranger leurs effets, à organiser leur petit foyer et à ajuster des points de vue différents.

Anne n'était pas plus peinée qu'il le fallait de quitter Avonlea lorsque vint le temps de retourner à l'université. Ses derniers jours de vacances n'avaient pas été très plaisants. Sa nouvelle primée avait été publiée dans les journaux de l'Île. On l'avait également imprimée sous forme de dépliants roses, verts et jaunes ; M. William Blair en avait une grosse pile sur le comptoir de son magasin et il en remettait un à chaque client. Il en avait, à titre gracieux, envoyé un paquet à Anne et elle les avait aussitôt jetés dans le poêle de la cuisine. Son humiliation n'était causée que par ses propres idéaux, car tout le monde à Avonlea trouvait plutôt extraordinaire qu'elle ait gagné ce prix. Ses nombreux amis la considéraient avec une admiration sincère; ses quelques ennemis avec une envie méprisante. Josie Pye déclara qu'elle croyait qu'Anne avait simplement copié l'histoire; elle était sûre qu'elle se rappelait l'avoir lue dans un journal quelques années plus tôt. Les Sloane, qui découvrirent ou devinèrent que Charlie avait été «rembarré», dirent qu'ils ne pensaient pas qu'il y avait là de quoi être très fier; pratiquement n'importe qui aurait pu faire la même chose en essayant. Tante Atossa confia à Anne qu'elle était très peinée d'apprendre qu'elle s'était mise à écrire des romans; personne né ou élevé à Avonlea ne l'aurait fait; c'était ce qui arrivait quand on adoptait des orphelins venus de Dieu sait où et engendrés par Dieu sait quel genre de parents. Même Mme Rachel Lynde doutait sombrement du bien-fondé d'écrire de la fiction, bien que le chèque de trente-cinq dollars l'eût presque réconciliée avec l'idée.

«C'est tout à fait ahurissant le prix qu'ils paient pour de telles sornettes, voilà», déclara-t-elle, partagée entre la fierté et la réprobation.

Tout compte fait, ce fut un soulagement lorsque vint le temps de partir. Et c'était très valorisant d'être de retour à Redmond, en étudiante de deuxième année, sage et pleine d'expérience, avec une foule d'amis qu'on retrouvait avec plaisir dès le premier jour. Prissy, Stella et Gilbert étaient là, Charlie Sloane, l'air plus important qu'aucun étudiant de deuxième n'eut jamais l'air, Phil, dont la question Alec-et-Alonzo n'avait pas encore été réglée, et Moody Spurgeon MacPherson. Moody Spurgeon enseignait depuis son départ de Queen's, mais sa mère pensait qu'il était grand temps qu'il cesse d'enseigner et se consacre à ses études pour devenir pasteur. Le pauvre

Moody Spurgeon commença très brutalement sa carrière universitaire. Une demi-douzaine d'impitoyables étudiants de deuxième qui logeaient à la même pension que lui se jetèrent sur lui un soir et lui rasèrent la moitié de la tête. Le malchanceux garçon dut garder cette apparence jusqu'à ce que ses cheveux repoussent. Il confia amèrement à Anne qu'il lui arrivait de douter de sa vocation.

Tante Jamesina n'arriva pas avant que les filles n'aient préparé la place pour elle. Mlle Patty avait envoyé la clef à Anne ainsi qu'une lettre dans laquelle elle disait que Gog et Magog étaient dans une boîte sous le lit de la chambre d'amis, mais qu'elle pouvait les en sortir quand elle le désirerait; elle ajoutait dans un post-scriptum qu'elle espérait que ses locataires veilleraient à ne pas accrocher trop de cadres. On avait posé un nouveau papier peint dans le salon cinq ans auparavant et elle et Mlle Maria ne voulaient pas qu'on y fasse plus de trous que c'était absolument nécessaire. Pour le reste, elle s'en remettait à Anne.

Comme les jeunes filles aimèrent préparer leur nid! Ainsi que le disait Phil, c'était presque aussi bien que de se marier. On avait le plaisir d'organiser son foyer sans le souci d'avoir un mari. Toutes apportèrent quelque chose pour décorer la petite maison ou la rendre confortable. Prissy, Phil et Stella avaient des bibelots et des reproductions en abondance qu'elles suspendirent plus tard à leur goût sans se soucier du nouveau papier peint de Mlle Patty.

«Nous boucherons les trous quand nous partirons, ma chérie. Elle n'en saura jamais rien», déclarèrent-elles à Anne qui protestait.

Diana avait offert à Anne un coussin d'aiguilles de pin et Mlle Ada leur en avait donné un, à elle et à Priscilla, terriblement et magnifiquement brodé. Marilla avait envoyé une grosse boîte de conserves en faisant obscurément allusion à un panier pour l'Action de grâces, et Mme Lynde avait donné une courtepointe à Anne et lui en avait prêté cinq autres.

« Prends-les », avait-elle dit avec autorité. « J'aime autant qu'elles servent que de les laisser rangées dans cette malle au grenier à se faire ronger par les mites. »

Jamais une mite n'aurait osé s'aventurer près de ces courtepointes, car elles empestaient la naphtaline à un tel point qu'on avait dû les suspendre pendant quinze jours dans le verger de *La Maison de Patty* avant de pouvoir les supporter à l'intérieur. En vérité, l'aristocratique avenue Spofford n'avait jamais rien vu de tel. Le vieux million-naire bourru qui vivait à côté se présenta pour acheter la somptueuse rouge et jaune à motifs de tulipes que Mᵐᵉ Rachel avait offerte à Anne. Il déclara que sa mère avait coutume de fabriquer de ces édredons piqués et que, sapristi, il en voulait un pour la lui rappeler. Anne, à son grand désappointement, refusa de le vendre, mais elle écrivit à Mᵐᵉ Lynde pour lui raconter la chose. Hautement valorisée, la bonne dame lui répondit qu'elle en avait un autre identique dont elle ne se servait pas et c'est ainsi que le roi du tabac se retrouva finalement en possession de sa courtepointe et qu'il insista pour l'étendre sur son lit, malgré la désapprobation de sa chic épouse.

Les courtepointes de Mᵐᵉ Lynde se révélèrent très utiles cet hiver-là. Si *La Maison de Patty* avait beaucoup de vertus, l'endroit comportait également des défauts. C'était réellement une demeure plutôt froide ; et les nuits de gel, les filles furent très aises de s'enfouir sous les édredons de Mᵐᵉ Lynde et lui en furent très redevables. Anne avait la chambre bleue qu'elle avait convoitée. Priscilla et Stella partageaient la grande. Phil était béatement satisfaite de nicher dans la chambrette au-dessus de la cuisine ; et tante Jamesina devait prendre celle du rez-de-chaussée, à côté du salon. Au début, Rusty dormait sur le seuil.

Comme elle rentrait de Redmond quelques jours après son retour, Anne s'aperçut que les gens la regardaient avec un sourire furtif et indulgent. Mal à l'aise, elle se demanda ce qu'elle avait. Son chapeau était-il de travers ? Sa ceinture défaite ? Se dévissant la tête pour s'examiner, elle vit Rusty pour la première fois.

Il trottait sur ses talons ; jamais elle n'avait vu de plus triste spécimen de la race féline. L'animal avait depuis longtemps dépassé l'enfance, il était terne, maigre et avait l'air louche. Il lui manquait des bouts d'oreille, il avait un œil en piteux état et une de ses bajoues était incroyablement enflée. Pour définir sa couleur, il suffit d'imaginer un chat noir complètement roussi pour avoir une idée de la nuance de la fourrure de ce pauvre clochard décharné, maculé de boue et disgracieux.

Anne essaya de le chasser, mais il résista. Pendant tout le temps qu'elle se tint devant lui, il resta assis sur son arrière-train et la dévisagea de son œil valide avec une expression de reproche ; quand elle recommença à marcher, il la suivit. Anne se résigna à sa compagnie jusqu'à ce qu'elle arrive à la barrière de *La Maison de Patty* qu'elle lui ferma froidement au nez, supposant avec soulagement que c'était la dernière fois qu'elle le voyait. Mais lorsque, quinze minutes plus tard, Phil ouvrit la porte, le chat couleur brun rouille était sur le seuil. Plus encore, il se précipita à l'intérieur et sauta sur les genoux d'Anne en poussant un miaulement mi-suppliant, mi-victorieux.

« Anne », demanda sévèrement Stella, « cette bête t'appartient-elle ? »

« Non, pas du tout », protesta Anne, dégoûtée. « Cette créature m'a suivie jusqu'ici de je ne sais où. Je n'ai pas réussi à m'en débarrasser. Allez, descends. J'aime raisonnablement les chats bien élevés ; mais pas les fauves de ton espèce. »

Minet refusa cependant de descendre. Désinvolte, il se coucha en boule sur les genoux d'Anne et se mit à ronronner.

« C'est évident qu'il t'a adoptée », remarqua Priscilla en riant.

« Je ne veux pas être adoptée », répliqua Anne, têtue.

«La pauvre bête meurt de faim», constata Phil avec compassion. «Les os lui sortent pratiquement de la peau. »

«Je vais lui donner un repas convenable, et ensuite il devra retourner d'où il vient », dit Anne d'un ton résolu.

Le chat fut nourri et mis dehors. Le matin suivant, il était encore sur le seuil. Et sur le seuil il continua à s'asseoir, bondissant dans la maison chaque fois qu'on ouvrait la porte. La froideur de l'accueil ne produisait aucun effet sur lui; il n'acceptait les avertissements de personne à l'exception d'Anne. Remplies de pitié, les filles le nourrirent, mais au bout d'une semaine, elles décidèrent qu'il fallait faire quelque chose. L'apparence du chat s'était améliorée. Son œil et sa joue avaient retrouvé leur aspect normal; il était un peu moins maigre; et on l'avait même aperçu en train de se laver le visage.

«Malgré tout cela, nous ne pouvons le garder», décréta Stella. «Tante Jimsie arrive la semaine prochaine avec la Chatte-à-Sarah. Nous ne pouvons garder deux chats; et si nous le faisions, ce chat rouillé* passerait son temps à se battre avec la Chatte-à-Sarah. Il a une nature de combattant. Hier soir, il a eu un affrontement en règle avec le chat du roi du tabac et il l'a mis en déroute avec cavalerie, infanterie et artillerie. »

«Il faut nous en débarrasser», admit Anne en jetant un regard sombre à l'objet de leur discussion qui, l'air doux comme un agneau, ronronnait devant le foyer. «Mais la question est de savoir comment. Comment quatre femmes sans défense peuvent-elle jeter dehors un chat qui refuse de se laisser faire ? »

«Il faut le chloroformer», dit vivement Phil. «C'est le moyen le plus humain. »

«Quelqu'un d'entre nous a-t-il la moindre idée de la façon de chloroformer un chat ?» interrogea lugubrement Anne.

---

* N.D.L.T. : Rusty signifie rouillé.

«Moi, ma chère. C'est une des rares – c'est triste à dire – choses utiles que je sais faire. J'ai traité ainsi plusieurs chats à la maison. On prend l'animal le matin et on lui donne un bon déjeuner. Puis on prend un vieux sac de toile – il y en a un dans le porche arrière –, on place le chat dessus et on renverse une caisse de bois sur lui. Ensuite, on prend un flacon de deux onces de chloroforme, on le débouche et on le glisse sous le bord de la boîte. On place un poids lourd sur le dessus et on attend jusqu'au soir. Le chat sera mort, couché paisiblement en boule comme s'il dormait. Pas de douleur, pas de lutte.»

«Cela paraît facile», dit dubitativement Anne.

«C'est facile. Laisse-moi faire. Je m'en chargerai», la rassura Phil.

C'est ainsi qu'on se procura le chloroforme et que, le lendemain matin, Rusty fut attiré par ruse à sa perte. Il mangea son déjeuner, se pourlécha et grimpa sur les genoux d'Anne. Cette dernière en eut le cœur brisé. La pauvre créature l'aimait, lui faisait confiance. Comment pourrait-elle participer à sa destruction?

«Voilà, prends-le», dit-elle vivement à Phil. «J'ai l'impression d'être une meurtrière.»

«Il ne souffrira pas, tu sais», la réconforta Phil, mais Anne avait disparu.

L'acte fatal fut exécuté dans le porche arrière. Personne ne s'en approcha ce jour-là. Mais à la tombée de la nuit, Phil déclara qu'il fallait enterrer Rusty.

«Prissy et Stella doivent creuser sa fosse dans le verger», décréta-t-elle, «et Anne viendra avec moi enlever la boîte. C'est une scène que je déteste.»

À contrecœur, les deux conspiratrices se dirigèrent sur la pointe des pieds vers le porche arrière. Phil retira vivement la pierre qu'elle avait placée sur la caisse. Soudain, faible mais distinct, on entendit un indéniable miaulement provenant de dessous la boîte.

«Il… il n'est pas mort», bredouilla Anne, s'asseyant d'un air interdit sur le seuil de la cuisine.

« Il doit l'être », objecta Phil, incrédule.

Un autre petit miaulement prouva qu'il ne l'était pas. Les deux filles se regardèrent fixement.

« Qu'est-ce qu'on va faire ? » questionna Anne.

« Voulez-vous me dire pourquoi vous ne venez pas ? » demanda Stella, surgissant dans l'embrasure de la porte. « La fosse est prête. "Oh ! Silence total ! Immobilité magistrale" », poursuivit-elle d'un ton taquin.

« Oh ! non, les voix de l'au-delà
Résonnent comme le torrent lointain »

répliqua Anne d'un ton aussi théâtral, en pointant solennellement la caisse du doigt.

Un éclat de rire brisa la tension.

« Il faut le laisser ici jusqu'à demain matin », déclara Phil en replaçant la pierre. « Il n'a pas miaulé depuis cinq minutes. Peut-être les miaulements que nous avons entendus étaient-ils ses râles d'agonie. Ou peut-être les avonsnous simplement imaginés, sous la pression de nos consciences coupables. »

Mais lorsque la boîte fut retirée le lendemain matin, Rusty sauta d'un bond joyeux sur l'épaule d'Anne et se mit à lui lécher affectueusement le visage. On n'avait jamais vu un chat plus résolument en vie.

« Il y a un nœud dans le bois », grommela Phil. « Je n'avais pas vu le trou. Voilà pourquoi il n'est pas mort. Maintenant, il faut tout recommencer. »

« Non », décida tout à coup Anne. « Rusty ne sera pas tué une deuxième fois. C'est mon chat et vous devez en prendre votre parti. »

« Oh ! si tu arrives à t'entendre avec tante Jimsie et la Chatte-à-Sarah », dit Stella avec l'air de quelqu'un qui se lavait les mains de toute l'affaire.

À partir de ce jour, Rusty fit partie de la famille. Il passait ses nuits sur le paillasson du porche arrière et vivait grassement. À l'arrivée de tante Jamesina, il était devenu potelé, lustré et modérément respectable. Mais, tout comme le chat de Kipling, il faisait son chemin. Il levait la patte contre tous les chats, et tous les chats levaient la leur contre lui. Un par un, il vainquit tous les aristocratiques félins de l'avenue Spofford. En ce qui concernait les êtres humains, il aimait Anne et Anne exclusivement. Personne d'autre n'osait même le flatter. Un crachement de colère et quelque chose qui ressemblait à un langage très incorrect accueillaient quiconque s'y risquait.

«Les airs que les chats se donnent sont parfaitement intolérables», déclara Stella.

«Chelui-chi est un gentil vieux minet», prononça Anne en le caressant d'un air plein de défi.

«Eh bien, je me demande comment la Chatte-à-Sarah et lui arriveront à cohabiter», poursuivit pessimistement Stella. «Les batailles nocturnes des chats dans le verger sont déjà bien assez pénibles. Mais dans le salon, c'est proprement inconcevable.»

Tante Jamesina arriva le jour fixé. Anne, Priscilla et Phil avaient attendu son arrivée avec une certaine appréhension; mais lorsque tante Jamesina fut installée dans la berçante comme sur un trône devant le feu de cheminée, elles s'inclinèrent au sens figuré devant elle et la vénérèrent.

Tante Jamesina était une vieille dame menue avec un petit visage légèrement triangulaire, de grands yeux bleus très doux animés d'une jeunesse insatiable et aussi pleins d'espoir que ceux d'une jeune fille. Ses joues étaient roses et ses cheveux blanc neige coiffés à l'ancienne mode, en bandeaux gonflés sur ses oreilles.

«C'est très démodé», admit-elle, tout en tricotant avec application quelque chose d'aussi ravissant et rosé qu'un coucher de soleil. «Mais je suis démodée. Mes vêtements le sont, et il est logique que mes opinions le soient, elles aussi. Je ne dis pas qu'elles valent mieux que d'autres, n'ayez crainte. En fait, je dirais même qu'elles sont bien pires. Mais je m'en accommode facilement et sans problème. Les chaussures neuves paraissent mieux que les vieilles, mais les vieilles sont plus confortables. J'ai atteint l'âge de me gâter en ce qui concerne les souliers et les opinions. J'ai l'intention de me la couler douce ici. Je sais que vous vous attendez à ce que je veille sur vous et vous indique la conduite à suivre. Mais je ne le ferai pas. Vous êtes assez mûres, si jamais vous devez l'être, pour savoir comment vous comporter. Donc, pour ma part », conclut tante Jamesina avec une étincelle dans ses yeux juvéniles, « vous pouvez toutes aller à votre perte par vos propres moyens. »

« Oh ! quelqu'un va-t-il séparer ces chats ? » supplia Stella en frémissant.

Tante Jamesina n'avait pas apporté que la Chatte-à-Sarah, mais également Joseph. Ce chat, expliqua-t-elle, avait appartenu à une de ses amies très chères qui était partie vivre à Vancouver.

« Comme elle ne pouvait pas emmener Joseph, elle m'a priée de le prendre. Je ne pouvais vraiment pas refuser. C'est un beau chat – c'est-à-dire qu'il a une disposition à être beau. Elle l'a appelé Joseph à cause de sa fourrure de plusieurs couleurs. »

C'était certainement vrai. Joseph, comme le disait Stella d'un air dégoûté, ressemblait à un sac de guenilles ambulant. C'était impossible de déterminer quelle était sa couleur de base. Il avait des pattes blanches, parsemées de taches noires. Son dos était gris avec une plaque jaune d'un côté et une noire de l'autre. Sa queue était jaune avec l'extrémité grise. Il avait une oreille noire et l'autre jaune. Un bandeau noir sur un œil lui donnait un air terriblement libertin. En réalité, il était doux et inoffensif, d'un caractère très sociable. D'une certaine façon, sinon d'une autre, Joseph était comme un lis des champs. Il ne faisait aucun effort et n'attrapait pas de souris. Même Salomon dans toute sa gloire ne dormait pas sur des coussins plus douillets, ne se régalait pas de mets plus succulents.

Joseph et la Chatte-à-Sarah arrivèrent par express dans des caisses séparées. Après avoir été libérés et nourris,

Joseph choisit le coussin et le coin qui lui plaisaient et la Chatte-à-Sarah s'assit gravement devant le feu et commença à se laver la face. C'était une grosse chatte grise et blanche au poil soyeux, imbue d'une énorme dignité qui n'était pas altérée par ses origines plébéiennes. Elle avait été donnée à tante Jamesina par sa blanchisseuse.

« Son nom était Sarah et mon mari l'a toujours appelée la Chatte-à-Sarah », expliqua tante Jamesina. « Elle a huit ans et elle chasse remarquablement. Ne t'inquiète pas, Stella. La Chatte-à-Sarah ne se bat jamais, et Joseph, rarement. »

« Ici, ils auront à se battre pour se défendre », affirma Stella.

À ce moment, Rusty entra en scène. Il avait déjà traversé allègrement la moitié de la pièce quand il aperçut les intrus. Alors, il s'arrêta net, sa queue se gonfla jusqu'à devenir aussi grosse que trois queues. Les poils de son dos se hérissèrent en formant un arc provocateur; Rusty baissa la tête, poussa un terrifiant hurlement de haine et de défi et se précipita sur la Chatte-à-Sarah.

Cet animal majestueux avait cessé de se laver le visage et le contemplait avec curiosité. Elle para son attaque d'un coup méprisant de sa puissante patte qui envoya désespérément Rusty rouler sur le tapis; il en fut sidéré. Quel était donc ce chat qui lui avait flanqué une gifle? Il regarda la Chatte-à-Sarah d'un air perplexe. Irait-il ou n'irait-il pas? La Chatte-à-Sarah lui tourna délibérément le dos et reprit sa toilette où elle l'avait laissée. Il n'y alla pas. À partir de ce moment, la Chatte-à-Sarah tint le haut du pavé. Rusty ne l'affronta jamais plus.

Mais Joseph s'assit imprudemment et bâilla. Rusty, brûlant de prendre sa revanche, fondit sur lui. Joseph, bien que d'une nature pacifique, pouvait se battre à l'occasion, et bien se battre. Il en résulta une suite d'affrontements indécis. Chaque jour, Rusty et Joseph se sautaient dessus dès qu'ils s'apercevaient. Anne prenait la part de Rusty et détestait Joseph. Stella était au désespoir. Mais tante Jamesina se contentait d'en rire.

« Laissons-les vider cette querelle », conseilla-t-elle, tolérante. « Ils deviendront des amis après un certain temps. Joseph a besoin d'un peu d'exercice – il devenait trop gras. Et Rusty doit apprendre qu'il n'est pas le seul chat au monde. »

Joseph et Rusty acceptèrent finalement la situation et d'ennemis jurés ils devinrent des amis pour la vie. Ils dormaient sur le même coussin, enlacés, et d'un air grave, ils se léchaient mutuellement le visage.

« Nous nous sommes tous habitués les uns aux autres », constata Phil. « Et nous avons appris à laver la vaisselle et à balayer le plancher. »

« Mais n'essaie pas de nous faire croire que tu peux chloroformer un chat », ajouta Anne en riant.

« C'était à cause de ce nœud dans le bois », protesta Phil.

« C'est une bonne chose qu'il y ait eu un nœud dans le bois », dit tante Jamesina d'un ton sévère. « J'admets qu'il faille noyer les chatons, sinon le monde en serait envahi. Mais un chat convenable, adulte, ne doit pas être mis à mort, à moins qu'il ne gobe des œufs. »

« Tu n'aurais pas trouvé Rusty très convenable si tu l'avais vu quand il est arrivé ici », objecta Stella. « Il avait tout à fait l'air de Belzébuth. »

« Je ne crois pas que Belzébuth soit si laid », répondit Jamesina d'un air songeur. « Il ne ferait pas tant de mal s'il l'était. Je l'ai toujours imaginé comme un monsieur plutôt séduisant. »

17

Une lettre de Davy

« Il commence à neiger, les filles », annonça Phil en rentrant un soir de novembre, « et le chemin du jardin est couvert de petites étoiles et de cristaux absolument ravissants. Je n'avais jamais remarqué avant comme les flocons de neige sont des choses exquises. On a le temps de remarquer ces choses quand on mène une vie simple. Bénies soyez-vous de me permettre de la vivre. C'est vraiment merveilleux de s'inquiéter parce que le prix de la livre de beurre a grimpé de cinq cents. »

« Est-ce vrai ? » questionna Stella, qui tenait la comptabilité de la maison.

« C'est vrai, et voici ton beurre. Je suis en train de devenir une spécialiste du marché. C'est beaucoup plus amusant que de flirter », conclut-elle gravement.

« Tout coûte de plus en plus cher. C'est scandaleux », soupira Stella.

« Peu importe. Grâce à Dieu, l'air et le salut sont encore gratuits », dit tante Jamesina.

« De même que le rire », ajouta Anne. « Il n'est pas encore taxé et c'est tant mieux parce que vous allez rire à présent. Je vais vous lire la lettre de Davy. Son orthographe s'est énormément améliorée depuis un an, bien qu'il ne soit pas encore très fort dans les apostrophes et les accords de participes, mais il a certainement le don d'écrire des lettres intéressantes. Écoutez et riez, avant que nous nous installions pour passer la soirée à étudier. »

Chère Anne, commençait la lettre de Davy, *je prends ma plume pour te dire que nous allons tous bien et j'espère que c'est la même chose pour toi. Il neige un peu aujourd'hui et Marilla dit que c'est la vieille bonne femme dans le ciel qui secoue ses matelas de plumes. Est-ce que la vieille bonne femme dans le ciel est mariée avec Dieu, Anne? Je veux savoir.*

Mme Lynde a été vraiment malade mais elle se porte mieux maintenant. Elle a déboulé lescalier de la cave la semaine dernière. En tombant, elle a agrippé létagère sur laquelle se trouvent tous les seaux à lait et les casseroles, et létagère a cédé, est tombé en même temps que Mme Lynde et ça été un fracas du tonnerre. Pour commencer, Marilla a cru que c'était un tremblement de terre. Un des chaudrons était tout cassé et Mme Lynde s'est étiré les côtes. Le docteur est venu et lui a donner un remède pour se frictionné les côtes mais elle a pas comprit et la avalé à la place. Le docteur a dit que cétait un miracle quelle se soit pas tuée mais elle était pas morte et ça la guéri et Mme Lynde dit que les médecins ne connaissent pas grand chose de toute façon. Mais on a pas pu réparé la marmite. Marilla a été obligé de la jeter. Laction de Grâces était la semaine dernière. Il y avait pas décole et on a eu un grand dîner. J'ai manger de la tarte au minsemeat, de la dinde roti et du gâteau au fruit et des bègnes et du fromage et de la confiture et du gâteau au chocola. Marilla a dit que jen mourrais mais jen suis pas mort. Dora a eu mal aux oreilles après ça et cétait pas dans ses oreilles mais dans son ventre. Moi jai eu mal aux oreilles nulle part.

Notre nouvel instituteur est un homme. Il fait des choses pour samusé. La semaine dernière, il a demandé aux garçons de troisième année décrire une composicion sur le genre de femme qu'on voudrait marié et aux filles décrire sur le genre de mari quelle voudraient. Il a fayi mourir de rire en les lisant. Voici la mienne. Jai penser que t'aimerais la lire.

Le genre de femme que jaimerais avoir.

Elle doit avoir de bonnes manières et préparé mes repas à leure et faire ce que je lui dis et être toujours très poli avec moi.

*Elle doit avoir quinze ans. Elle doit être bonne avec les pauvres
et tenir la maison propre et avoir un bon caractère et allé
régulièremen à l'église. Elle doit être très belle et avoir les
cheveux frisés. Si je trouve une femme qui est exactement
comme je la veux, je lui ferai un mari rudement bon. Je pense
qu'une femme doit être rudement bonne pour son mari. Il y a
des pauvres femmes qui ont pas de mari.*

FIN

J'ai été au funéraye de Mme Isaac Wright à White Sands la
semaine dernière. Le mari du cadavre avait vraimen de la
peine. Mme Lynde dit que le grand-père de Mme Wright a voler
un mouton mais Marilla dit qui faut pas parler en mal des
morts. Pourquoi il faut pas, Anne? Je veux savoir. On risque
pas grand chose, tu trouve pas?

Mme Lynde ses mise en colère la semaine dernière parce que
je lui ai demander si elle vivait au temps de Noé. Je voulais pas
lui faire de la peine. Je voulais juste savoir. Èce quelle vivait
dans ce temps la, Anne?

M. Harisson voulait se débarrassé de son chien. Alors il la
pendu une fois mais il est ressucité et il est sorti en courant de la
grange pendant que M. Harrison creusait sa fosse, alors il la
rependu et cette fois il est resté mort. M. Harrison a un
nouvel homme qui travaille pour lui. Il est rudement bizare.
M. Harrison dit qu'il est gauché des deux pieds. L'engagé de
M. Barry est paresseux. Cest Mme Barry qui dit ça mais
M. Barry dit quil est pas exactement paresseux mais quil pense
que cest mieux de prier pour les choses que travaillé pour les
faire.

Le cochon primé de Mme Harmon Andrews dont elle
parlait tant est mort de convulsion. Mme Lynde dit quelle a été
juger pour son orgueil. Mais je pense que ca été dur pour le
cochon. Milty Boulter a été malade. Le docteur lui a donner un
remède qui goutait très mauvais. Je lui ai offer de le prendre a
sa place pour vingt-cinq cents mais les Boulter sont si mesquin.
Milty a dit quil le prendrait plutot lui même et économiserais
son argen. Jai demander à Mme Boulter comment une personne

fait pour atrapé un homme et elle ses facher et a dit quelle le savait pas parce quelle en avait jamais chassé.

La S.A.V.A. va repindre la salle. Elle est fatigué de la voir bleu.

Le nouveau pasteur est venu prendre le thé hier soir. Il a pris trois morceaux de tarte. Si je faisait ça, Mme Lynde dirait que je suis un porc. Et il mangeait vite et prenais de grosse bouchés et Marilla me dit toujours de pas le faire. Pourquoi les pasteurs peuve faire des choses que les garçons ont pas de droit de faire ? Je veux savoir.

Jai pas dautre nouvelles. Voici six becs. xxxxxx. Dora ten envoit un. Le voici. x.

Ton ami qui taime,
David Keith

P.S. Anne, qui était le père de Satan ? Je veux savoir.

18

Mlle Josephine se souvient de la petite Anne

Lorsque arriva le temps des vacances de Noël, les filles de chez Patty se dispersèrent dans leurs foyers respectifs, mais tante Jamesina choisit de ne pas bouger.

« Je ne pourrais emmener ces trois chats à aucun des endroits où j'ai été invitée », expliqua-t-elle. « Et je ne vais pas laisser ces pauvres créatures seules ici pendant presque trois semaines. Je pourrais le faire si nous avions de braves voisins qui viendraient les nourrir, mais il n'y a que des millionnaires dans cette rue. Je resterai donc ici et je garderai la place chaude pour vous. »

Anne s'en alla chez elle remplie d'heureux pressentiments qui ne se réalisèrent pas entièrement. Elle trouva Avonlea paralysé par un hiver si précoce, si froid et si violent que même le plus vieil habitant ne se souvenait pas d'en avoir connu de semblable. Green Gables était littéralement cerné d'énormes congères. Presque chaque jour de ces malheureuses vacances fut un jour de féroce tempête ; et même les jours de soleil, la poudrerie ne cessa pas. Les chemins n'étaient pas sitôt déblayés qu'ils étaient de nouveau bloqués par la neige. Il était pratiquement impossible de mettre le nez dehors. La S.A.V.A. tenta, à trois reprises, d'organiser une fête en l'honneur des étudiants d'université, et chaque fois la tempête fit rage avec une telle violence que personne ne put s'y rendre et qu'en désespoir de cause, on renonça au projet. Anne, malgré l'affection loyale qu'elle éprouvait envers Green

Gables, ne put s'empêcher de songer à chez Patty avec nostalgie, à son douillet feu de foyer, au regard pétillant de tante Jamesina, aux trois chats, au bavardage enjoué des filles et à l'agrément des vendredis soirs quand les amis de l'université venaient faire un tour pour discuter de choses graves ou gaies.

Anne s'ennuyait; Diana, pendant toute la durée des vacances, resta emprisonnée chez elle en proie à une grave attaque de bronchite. Il lui était impossible de venir à Green Gables et Anne ne put que rarement se rendre jusqu'à Orchard Slope, car les bancs de neige rendaient impraticable le vieux chemin de la Forêt hantée et la longue route par le Lac aux miroirs était presque aussi mauvaise. Ruby Gillis reposait dans le cimetière recouvert d'un manteau blanc; Jane Andrews enseignait dans une école des Prairies. Bien sûr, Gilbert était fidèle et tous les soirs où c'était possible, il se frayait péniblement un chemin jusqu'à Green Gables. Mais ses visites n'étaient plus ce qu'elles avaient coutume d'être et Anne les craignait presque. C'était très déconcertant de lever les yeux au milieu d'un silence inopiné et d'apercevoir les yeux noisette de Gilbert fixés sur elle avec une expression grave et profonde sur laquelle il était difficile de se méprendre, et c'était encore plus déroutant de se retrouver en train de rougir, mal à l'aise et le visage brûlant sous son regard, tout comme si – et seulement si – heu… c'était vraiment embarrassant. Anne aurait voulu être chez Patty où il se trouvait toujours quelqu'un aux alentours pour atténuer ce côté périlleux de certaines situations. À Green Gables, Marilla se hâtait d'aller rejoindre Mme Lynde dans ses quartiers quand Gilbert se présentait et elle insistait pour amener les jumeaux avec elle. La signification de tout ceci était évidente, et Anne en ressentait une rage impuissante.

Toutefois, Davy se sentait parfaitement heureux. C'était une joie pour lui que de sortir le matin et de pelleter des chemins jusqu'au puits et au poulailler. Il se régalait des friandises du temps des Fêtes que Mme Lynde et Marilla rivalisaient à préparer pour Anne, et il était à lire un conte passionnant, dans un livre emprunté à la bibliothèque de l'école, dans lequel un héros fabuleux semblait doté du pouvoir miraculeux de se mettre dans le pétrin et de s'en sortir habituellement grâce à un tremblement de terre ou une éruption volcanique, ce qui lui permettait de planter là ses ennuis et de conserver son aura et l'histoire s'achevait avec tout le brio approprié.

«J'te jure que c'est une histoire épatante, Anne», affirma-t-il en extase. «J'aime tellement mieux lire ça que la Bible.»

«C'est vrai?» sourit Anne.

Davy la considéra avec curiosité.

«T'as pas l'air fâchée du tout, Anne. Mme Lynde était rudement en colère quand j'lui ai dit ça.»

«Non, je ne suis pas choquée, Davy. Je pense que c'est tout à fait normal pour un garçon de neuf ans de préférer une histoire d'aventures à la Bible. Mais quand tu seras plus vieux, j'espère et je crois que tu réaliseras que la Bible est un livre extraordinaire.»

«Oh! J'pense qu'il y a de bons passages», concéda Davy. «Celui sur Joseph par exemple – c'est fameux. Mais si j'avais été Joseph, j'aurais pas pardonné à mes frères. Non, tu peux en être sûre, Anne. J'leur aurais tous coupé la tête. Mme Lynde a piqué toute une colère quand j'lui ai dit ça, elle a fermé la Bible et a dit qu'elle m'en lirait jamais plus si j'parlais comme ça. Alors maintenant j'dis plus rien quand elle la lit le dimanche après-midi; j'me contente de penser à des choses et de les raconter à Milty Boulter le lendemain à l'école. J'ai raconté à Milty l'histoire d'Élie et des ours et ça lui a flanqué une telle frousse qu'il s'est plus jamais moqué du crâne chauve de M. Harrison. Est-ce qu'il y a des ours sur l'Île-du-Prince-Édouard, Anne? J'veux savoir.»

«Plus de nos jours», répondit Anne d'un air absent pendant que le vent soufflait une rafale de neige contre la fenêtre. «Oh! mon Dieu, cette tempête finira-t-elle?»

« Dieu seul le sait », dit légèrement Davy en se préparant à reprendre sa lecture.

Cette fois, Anne fut choquée.

« Davy ! » s'exclama-t-elle d'un ton de reproche.

« Mme Lynde le dit, elle aussi », protesta celui-ci. « Un soir, la semaine dernière, Marilla a dit "Ludovic Speed et Theodora Dix vont-ils se marier un jour ?" et Mme Lynde a répondu "Dieu seul le sait", comme ça. »

« Eh bien, elle a eu tort de le dire », observa Anne, prise dans un dilemme et décidant rapidement quel parti prendre. « Personne ne devrait jamais invoquer ce nom en vain ni en parler à la légère, Davy. Ne le fais plus. »

« Même si je le dis lentement et solennellement, comme le pasteur ? » s'informa gravement Davy.

« Non, même là. »

« Eh ben, j'le ferai plus. Ludovic Speed et Theodora Dix vivent à Middle Grafton et Mme Lynde raconte qu'il lui fait la cour depuis cent ans. Est-ce qu'ils vont pas être bientôt trop vieux pour se marier, Anne ? J'espère que Gilbert te courtisera pas si longtemps. Quand vas-tu te marier, Anne ? Mme Lynde dit que c'est une chose certaine. »

« Mme Lynde est une… », commença violemment Anne ; puis elle s'arrêta.

« Affreuse vieille commère », compléta calmement Davy. « C'est comme ça que tout le monde l'appelle. Mais est-ce que c'est une chose certaine, Anne ? J'veux savoir. »

« Tu es un petit garçon très stupide, Davy », déclara Anne en quittant la pièce d'un air indigné.

La cuisine était déserte et elle s'assit près de la fenêtre dans le soir qui, l'hiver, tombait vite. Le soleil s'était couché et le vent s'était calmé. À l'ouest, une lune pâle et frileuse risquait un œil derrière un banc de nuages violets. Le ciel perdait ses couleurs, mais la bande de jaune zébrant l'horizon à l'ouest devenait de plus en plus claire et ardente, comme si tous les rayons de lumière avaient cessé d'errer pour se concentrer en ce point unique ; les collines, au loin, bordées de sapins aux silhouettes de prêtres, ressortaient distinctement sur le fond noir. Anne balaya du regard les champs immobiles et blancs, froids et sans vie dans la lumière âpre de ce mélancolique coucher de soleil, et soupira. Elle se sentait très seule ; et elle avait le cœur gros, car elle se demandait si elle pourrait retourner à Redmond l'année suivante. Cela semblait peu probable. La seule bourse possible en troisième année d'université était un montant très insignifiant. Elle ne voulait pas toucher aux économies de Marilla ; et il y avait très peu de possibilités qu'elle gagne suffisamment d'argent pendant les vacances d'été.

« Je présume que je devrai abandonner mes études l'an prochain », songea-t-elle lugubrement, « et enseigner de nouveau dans une école de district jusqu'à ce que j'aie gagné assez pour terminer mes études. Et à ce moment-là, tous mes confrères de classe seront déjà diplômés et il ne sera plus question d'habiter chez Patty. Mais ça suffit ! Je ne serai pas une lâche. C'est déjà beau que je puisse gagner ma vie au besoin. »

« Voilà M. Harrison qui avance dans le chemin », annonça Davy en se précipitant dehors. « J'espère qu'il apporte le courrier. On l'a pas reçu depuis trois jours. J'veux savoir c'que font ces fichus libéraux. J'suis conservateur, Anne. Et j'te l'dis, il faut garder l'œil sur ces rouges. »

M. Harrison avait apporté le courrier et les missives enjouées de Stella, Priscilla et Phil dissipèrent bientôt le cafard d'Anne. Tante Jamesina lui avait également écrit, disant que le feu brûlait dans la cheminée, et que les chats et les plantes de la maison se portaient bien.

Comme le temps a été très frisquet, écrivait-elle, *j'ai laissé les chats dormir dans la maison, Rusty et Joseph sur le sofa du salon, et la Chatte-à-Sarah au pied de mon lit. Cela me tient vraiment compagnie de l'entendre ronronner quand je me réveille, la nuit, et que je pense à ma pauvre fille en terre étrangère. Si elle était n'importe où ailleurs qu'aux Indes, je ne*

m'inquiéterais pas, mais on raconte que les serpents sont
terribles là-bas. J'ai besoin de tout le ronronnement de la
Chatte-à-Sarah pour chasser l'idée de ces serpents. Je fais assez
confiance à tout, sauf aux serpents. Je ne comprends pas
pourquoi la Providence les a créés. Il m'arrive de penser qu'ils
ne sont pas Son œuvre. J'ai tendance à croire que le Malin a
joué un rôle important dans leur création.

Anne avait gardé pour la fin une courte missive, tapée
à la machine, la croyant sans importance. Après l'avoir
lue, elle s'assit et resta immobile, les yeux remplis de
larmes.

« Que se passe-t-il, Anne ? » demanda Marilla.

« Mme Josephine Barry est morte », répondit Anne à
voix basse.

« Alors elle a fini par trépasser », observa Marilla.
« Ma foi, elle a été malade pendant un an, et les Barry
s'attendaient à apprendre son décès d'un moment à l'autre.
C'est une bonne chose qu'elle repose en paix, Anne, car
elle a souffert horriblement. Elle a toujours fait preuve
d'une grande bonté à ton égard. »

« Elle a été bonne jusqu'à la fin, Marilla. C'est son
notaire qui m'envoie cette lettre. Elle m'a légué mille
dollars par testament. »

« Bonté divine ! c'est tout un magot ! » s'exclama
Davy. « C'est pas la femme sur qui vous êtes grimpées
quand vous avez sauté dans le lit de la chambre d'amis,
Diana et toi ? Diana m'a raconté l'histoire. C'est pour ça
qu'elle t'laisse autant d'argent ? »

« Chut, Davy », dit doucement Anne.

Elle alla s'isoler dans sa chambre, le cœur gros,
laissant Marilla et Mme Lynde commenter tout leur soûl les
nouvelles.

« Pensez-vous qu'Anne va se marier un jour, maintenant ? » spécula Davy avec inquiétude. Quand Dorcas
Sloane s'est mariée l'été dernier, elle a dit que si elle avait
eu assez d'argent pour vivre, elle se s'rait jamais bâdrée

d'un homme, mais c'était encore mieux de vivre avec un veuf et ses huit enfants qu'avec une belle-sœur. »

« Davy Keith, tiens ta langue ! » ordonna sévèrement Mme Lynde. « C'est scandaleux d'entendre un petit garçon de ton âge tenir de tels propos. »

19

Un intermède

«Quand je pense que c'est mon vingtième anniversaire et que je laisse à jamais mon adolescence derrière moi», dit Anne, blottie avec Rusty devant le foyer, à tante Jamesina qui lisait dans son fauteuil préféré. Elles étaient seules dans le salon. Stella et Priscilla s'étaient rendues à une réunion de comité et Phil était en haut, en train de se pomponner pour une fête.

«J'imagine que cela t'attriste un peu», observa tante Jamesina. «L'adolescence est une si belle époque de la vie. Je suis contente de n'en être jamais sortie.»

Anne rit.

«Vous n'en sortirez jamais, ma tante. Vous aurez encore dix-huit ans quand vous serez centenaire. C'est vrai, je me sens triste, et quelque peu insatisfaite aussi. Mlle Stacy m'a déjà dit il y a longtemps que quand j'atteindrais vingt ans, mon caractère serait formé, pour le meilleur ou pour le pire. Je n'ai pas l'impression qu'il est ce qu'il devrait être. Il est plein de défauts.»

«C'est la même chose pour tout le monde», remarqua gaiement tante Jamesina. Le mien est fêlé à une centaine d'endroits. Ta Mlle Stacy voulait probablement dire qu'à vingt ans, ton caractère continuerait à se développer selon tes penchants. Ne te préoccupe pas de ça, Anne. Fais ton devoir envers Dieu, ton voisin et toi-même, et amuse-toi. C'est ma philosophie et elle ne m'a jamais causé de problème. Où va Phil, ce soir?»

« Elle va danser, et elle portera la robe la plus mignonne, en soie jaune pâle, garnie de dentelle arachnéenne. Cela convient parfaitement à son teint de brunette. »

« Il y a de la magie dans les mots "soie" et "dentelle", n'est-ce pas ? » dit tante Jamesina. « Rien qu'à les entendre, je me sens comme si je partais pour le bal. Et soie jaune. On a l'impression qu'il s'agit d'une robe de soleil. J'ai toujours désiré une robe de soie jaune, mais pour commencer ma mère, puis mon mari n'ont jamais voulu en entendre parler. La toute première chose que je ferai en arrivant au ciel sera de me procurer une robe de soie jaune. »

Tandis qu'Anne éclatait de rire, Phil descendit, dans toute sa splendeur, et se contempla dans le long miroir ovale.

« Un miroir flatteur favorise l'humeur aimable », déclara-t-elle. « Dans celui de ma chambre, j'ai certainement l'air verdâtre. Suis-je jolie, Anne ? »

« Sais-tu vraiment combien tu es ravissante, Phil ? » demanda Anne avec une admiration sincère.

« Bien sûr que oui. À quoi servent les miroirs et les hommes ? Ce n'est pas ce que je voulais dire. Ma jupe tombe-t-elle droit ? Et ne ferais-je pas mieux de poser cette rose plus bas ? Je crains qu'elle ne soit placée trop haut, j'aurai l'air asymétrique. Mais je déteste les choses qui me chatouillent les oreilles. »

« Tout est parfait et ta fossette au sud-ouest est ravissante. »

« Anne, il y a une chose en particulier que j'apprécie chez toi : tu es si généreuse. Tu n'as pas une once d'envie. »

« Pourquoi t'envierait-elle ? » s'étonna tante Jamesina. « Elle ne paraît peut-être pas aussi bien que toi, mais elle a un bien plus beau nez. »

« C'est vrai », concéda Phil.

« Mon nez a toujours été une grande source de réconfort pour moi », confessa Anne.

« Et j'aime la façon dont tes cheveux poussent sur ton front, Anne. Et cette petite boucle, qui a toujours l'air sur le point de tomber mais qui ne tombe jamais, est délicieuse. Mais en ce qui concerne les nez, le mien m'inquiète horriblement. Je sais que lorsque j'aurai quarante ans, ce sera un nez Byrne. De quoi penses-tu que j'aurai l'air à quarante ans, Anne ? »

« D'une vieille et digne matrone », la taquina Anne.

« Non », dit Phil en s'asseyant confortablement pour attendre son escorte. « Joseph, espèce de bête bariolée, n'essaie pas de grimper sur mes genoux. Je n'irai pas danser couverte de poils de chat. Non, Anne, je n'aurai pas l'air d'une matrone. Mais il ne fait aucun doute que je serai mariée. »

« Avec Alec ou Alonzo ? » demanda Anne.

« Avec l'un des deux, j'imagine », soupira Phil, « si jamais j'arrive à décider lequel. »

« Ça ne devrait pas être difficile de décider », la réprimanda tante Jamesina.

« Je suis une balançoire à bascule de naissance, et rien ne peut m'empêcher d'osciller, ma tante. »

« Tu devrais être plus équilibrée, Philippa. »

« C'est évidemment préférable d'être équilibrée », acquiesça Philippa, « mais on se prive d'une grande partie de plaisir. Quant à Alec et Alonzo, si vous les connaissiez, vous comprendriez pourquoi c'est si difficile de choisir entre les deux. Ils sont aussi bien l'un que l'autre. »

« Alors, prends-en un autre qui les surpasse », suggéra tante Jamesina. « Il y a cet étudiant de dernière année qui t'est si dévoué, Will Leslie. Il a de si beaux yeux, grands et doux. »

« Ils sont un peu trop grands et trop doux, comme ceux d'une vache », répliqua cruellement Phil.

« Et que dis-tu de George Parker ? »

« Il n'y a rien à dire à son sujet sauf qu'il a toujours l'air d'être empesé et repassé. »

« Marr Holworthy, alors. Tu ne peux pas lui trouver un seul défaut. »

« Non, je ne le pourrais pas s'il n'était pas pauvre. Je dois marier un homme riche, tante Jamesina. La richesse et une belle apparence sont indispensables. J'épouserais Gilbert Blythe s'il était riche. »

« Oh ! Crois-tu ? » demanda assez méchamment Anne.

« Nous n'apprécions pas du tout cette idée même si nous ne voulons pas de Gilbert, oh ! non », se moqua Phil. « Mais ne parlons pas de choses désagréables. Il faudra que je me marie un jour, je présume, mais je vais reculer l'échéance aussi longtemps que je le pourrai. »

« Tout compte fait, tu ne dois pas épouser un homme que tu n'aimes pas, Phil », conseilla tante Jamesina.

« Oh ! je vois. "On ne badine pas avec l'amour", n'est-ce pas ? » roucoula Phil d'un ton sarcastique. « Voici la voiture. Je file. Adieu, mes deux chères fleurs bleues. »

Après son départ, tante Jamesina regarda Anne d'un air solennel.

« Cette fille est jolie, gentille et a bon cœur, mais ne crois-tu pas qu'elle ait l'esprit un peu dérangé, Anne ? »

« Oh ! Je pense que tout va bien de ce côté-là », affirma Anne en camouflant un sourire. « C'est juste sa façon de parler. »

« Ma foi, je l'espère, Anne. Je l'espère parce que je l'aime. Mais je n'arrive pas à la comprendre, elle me dépasse. Elle ne ressemble à aucune des filles que j'ai connues, ni à aucune de celles que j'étais moi-même. »

« Combien de filles étiez-vous, tante Jamesina ? »

« À peu près une demi-douzaine, ma chérie. »

20

Gilbert se déclare

«La journée a été terne et ennuyeuse», bâilla Phil en s'étirant paresseusement sur le sofa après en avoir chassé deux chats excessivement indignés.

Anne leva les yeux du livre qu'elle était en train de lire, *Les Aventures de M. Pickwick*. À présent que la période d'examens du printemps était passée, elle se gâtait en lisant Dickens.

«La journée a été ennuyeuse pour nous», remarqua-t-elle d'un ton posé, «mais pour d'autres, elle a été magnifique. Elle a apporté à certaines personnes un bonheur indescriptible. On a peut-être conclu un accord important aujourd'hui, ou écrit un poème remarquable. Ou peut-être encore qu'un grand homme est né. Et qu'un cœur a été brisé, Phil.»

«Pourquoi as-tu gâché tes belles pensées en ajoutant cette dernière phrase, mon chou?» grommela Phil. «Je n'aime pas penser aux cœurs brisés ni à quoi que ce soit de désagréable.»

«Crois-tu que tu pourras éviter les choses désagréables toute ta vie, Phil?»

«Grand Dieu, non! Est-ce que je ne suis pas plongée dans les choses désagréables, actuellement? Tu ne considères certainement pas qu'Alec et Alonzo me rendent la vie facile alors qu'ils ne font que me tourmenter.»

«Tu ne prends jamais rien au sérieux, Phil.»

« Pourquoi le devrais-je ? Il y a bien assez de gens qui le font. Le monde a besoin de personnes comme moi, Anne, juste pour l'égayer. Ce serait un endroit terrible si tout le monde était intellectuel, sérieux, profondément et mortellement consciencieux. Ma mission consiste, comme le dit Josiah Allen, à charmer et séduire. Avoue, maintenant. La vie chez Patty n'a-t-elle pas été plus brillante et agréable cet hiver parce que j'étais là pour vous rasséréner ? »

« C'est vrai », admit Anne.

« Et vous m'aimez toutes – même tante Jamesina qui me prend pour une folle à lier. Alors pourquoi essaierais-je d'être différente ? Oh ! Mon Dieu ! que je suis fatiguée. Je suis restée éveillée jusqu'à une heure la nuit dernière à lire une poignante histoire de revenants. Je lisais dans mon lit, et quand j'eus terminé, penses-tu que j'ai pu me relever pour éteindre ? Bien sûr que non ! Si Stella n'était pas, par chance, rentrée tard, cette lampe serait restée allumée jusqu'au matin. Quand j'ai entendu Stella, je l'ai appelée, lui ai expliqué la situation et l'ai convaincue d'éteindre la lumière. Je savais que si je me relevais pour le faire, quelque chose me saisirait par le pied au moment de retourner dans mon lit. À propos, Anne, tante Jamesina a-t-elle décidé ce qu'elle ferait cet été ? »

« Oui, elle restera ici. Je sais qu'elle le fait pour ses chats bien-aimés, même si elle affirme que c'est trop fastidieux d'ouvrir sa propre maison et qu'elle déteste aller en visite. »

« Qu'est-ce que tu lis ? »

« *Pickwick*. »

« C'est un livre qui me donne toujours faim », observa Phil. « Il y a tant de bonnes choses à manger dedans. Les personnages ont toujours l'air de se régaler de jambon, d'œufs et de punch au lait. Je fais habituellement une razzia dans les provisions après avoir lu *Pickwick*. Rien que d'y penser me rappelle que je suis affamée. Reste-t-il quelque friandise à grignoter dans ce garde-manger, Anne ? »

« J'ai fait une tarte au citron ce matin. Tu peux en prendre un morceau. »

Phil se rua vers la cuisine pendant qu'Anne déménageait dans le verger en compagnie de Rusty. C'était une soirée humide du début du printemps, exhalant de suaves parfums. Il restait encore de la neige dans le parc ; un petit tas misérable subsistait sous les pins du chemin du port, à l'abri du soleil d'avril, ce qui gardait le chemin boueux et rafraîchissait l'air du soir. Mais l'herbe poussait dans les endroits protégés et Gilbert avait découvert des fleurs de mai pâles et douces dans un recoin caché. Il arriva du parc, un bouquet dans les mains.

Anne était assise sur une grosse roche grise dans le verger, en contemplation devant un bosquet de bouleaux aux branches dénudées se découpant avec une grâce parfaite sur le fond rosé du soleil couchant. Elle construisait son château en Espagne, un palais somptueux dont les cours intérieures inondées de soleil et les salles majestueuses embaumaient tous les parfums d'Arabie, et dont elle était la châtelaine, la souveraine. Elle fronça les sourcils en apercevant Gilbert qui traversait le verger. Ces derniers temps, elle s'était arrangée pour ne pas se retrouver seule avec lui. Mais il venait de l'attraper maintenant ; même Rusty l'avait abandonnée.

Gilbert s'assit auprès d'elle sur la pierre et lui tendit son bouquet de fleurs de mai.

« Cela ne te rappelle-t-il pas notre village et les pique-niques que nous faisions, enfants ? »

Anne prit le bouquet et y enfouit son visage.

« À ce moment précis, je suis dans le champ de M. Silas Sloane », s'exclama-t-elle avec ravissement.

« Je suppose que tu y seras en chair et en os dans quelques jours ? »

« Non, pas avant deux semaines. Je me rends chez Phil à Bolingbroke avant d'aller chez moi. Tu seras à Avonlea avant moi. »

« Non, je ne serai pas à Avonlea de l'été, Anne. On m'a proposé un emploi au bureau du *Daily News* et je vais l'accepter. »

« Oh ! dit-elle d'un ton vague. Elle se demandait à quoi ressemblerait tout un été à Avonlea sans Gilbert. D'une certaine façon, cette perspective ne lui plaisait guère. « Ma foi », conclut-elle d'un ton neutre, « c'est évidemment une bonne chose pour toi. »

« Oui, j'espérais bien obtenir ce poste. Cela me sera utile, l'an prochain. »

« Il ne faut pas que tu travailles trop fort », poursuivit Anne, sans avoir une idée très précise de ce qu'elle disait. Elle souhaitait désespérément voir arriver Phil. « Tu as étudié avec beaucoup d'application, l'hiver dernier. Cette soirée n'est-elle pas délicieuse ? Tu sais, aujourd'hui j'ai trouvé une talle de violettes blanches sous le vieil arbre tordu, là-bas. J'avais l'impression de découvrir une mine d'or. »

« Tu découvres toujours des mines d'or », répondit Gilbert d'un air également absent.

« Allons voir si nous pouvons en trouver d'autres », proposa ardemment Anne. « Je vais appeler Phil et… »

« Oublie Phil et les violettes à présent, Anne », dit calmement Gilbert en prenant la main d'Anne dans un étau dont elle ne pouvait se libérer. « J'ai quelque chose à te dire. »

« Non, ne dis rien », supplia Anne. « Je t'en prie, Gilbert. »

« Il le faut. Les choses ne peuvent rester plus long-temps comme cela. Anne, je t'aime. Tu le sais. Je… je ne peux te dire à quel point je t'aime. Peux-tu me promettre qu'un jour tu seras ma femme ? »

« Je… je ne peux pas », fit-elle misérablement. « Oh ! Gilbert, tu as tout gâché. »

« Tu ne ressens donc rien pour moi ? » demanda celui-ci après un silence absolument horrible durant lequel Anne n'osa pas le regarder.

«Non, pas de cette façon. J'éprouve une grande amitié pour toi. Mais je ne suis pas amoureuse de toi, Gilbert.»

«Ne peux-tu pas me donner un petit espoir qu'un jour tu le seras?»

«Non, c'est impossible», s'écria Anne, au désespoir. «Je ne pourrai jamais, jamais t'aimer de cette façon, Gilbert. Tu ne dois plus aborder ce sujet avec moi.»

Il y eut un autre silence, si long et si pesant qu'Anne leva finalement les yeux. Le visage de Gilbert était totalement livide. Et ses yeux... mais Anne frémit et détourna le regard. Cela n'avait rien de romantique. Les déclarations d'amour devaient-elles nécessairement être grotesques ou horribles? Pourrait-elle oublier un jour l'expression de Gilbert?

«Y a-t-il quelqu'un d'autre?» demanda-t-il enfin à voix basse.

«Non, non», répondit Anne avec impatience. «Je n'aime personne de cette façon et j'ai pour toi plus d'amitié que pour n'importe qui au monde, Gilbert. Nous devons... nous devons continuer à être des amis, Gilbert.»

Ce dernier éclata d'un petit rire amer.

«Des amis! Ton amitié ne peut me satisfaire, Anne. Je veux ton amour et tu me dis que je ne pourrai jamais l'avoir.»

«Je suis désolée. Pardonne-moi, Gilbert», fut tout ce qu'Anne arriva à prononcer. Oh! qu'étaient donc devenus les discours élégants et raffinés par lesquels, en imagination, elle avait coutume de congédier ses soupirants évincés?.

Gilbert libéra doucement sa main.

«Il n'y a rien à pardonner. À certains moments, j'ai cru que tu éprouvais quelque chose pour moi. Je me suis trompé, voilà tout. Au revoir, Anne.»

Anne s'en alla dans sa chambre, s'assit sur sa chaise près de la fenêtre derrière les pins et pleura amèrement. Elle avait la sensation qu'elle venait de perdre quelque chose d'inestimablement précieux. C'était évidemment l'amitié de Gilbert. Oh ! pourquoi fallait-il qu'elle la perde de cette façon ?

« Qu'est-ce qui t'arrive, Anne ? » s'inquiéta Phil qui surgit dans la pénombre faiblement éclairée par la lune.

Anne ne répondit pas. À ce moment précis, elle aurait voulu voir Phil à des milliers de milles.

« Je suppose que tu viens de refuser Gilbert Blythe. Tu es une imbécile, Anne Shirley ! »

« Tu considères idiot de refuser d'épouser un homme que je n'aime pas ? » répliqua froidement Anne, piquée au vif.

« Tu ne reconnais pas l'amour quand tu le croises. Tu as inventé quelque chose d'imaginaire que tu appelles l'amour et tu t'attends à ce que la réalité ait la même apparence. Eh ! voici la première chose sensée que je dis de toute ma vie. Je me demande comment j'ai fait. »

« Phil », supplia Anne, « va-t'en s'il te plaît ; j'ai besoin d'être seule quelques instants. Mon monde vient d'éclater en mille morceaux. Je veux le reconstruire. »

« Sans Gilbert ? » demanda Phil en s'en allant.

Un monde sans Gilbert ! Anne se répéta sombrement ces mots. Ne serait-ce pas un lieu solitaire et malheureux ? Tout était la faute de Gilbert. Il avait anéanti leur belle camaraderie. Elle n'avait rien d'autre à faire qu'apprendre à s'en passer.

21

Les roses du passé

Anne passa une très plaisante quinzaine à Bolingbroke, traversée d'un vague sentiment de tristesse et de mécontentement lorsqu'il lui arrivait de songer à Gilbert. Elle n'avait toutefois pas le temps d'y penser beaucoup. Mount Holly, la ravissante vieille demeure des Gordon, était un endroit très gai, où se réunissaient les innombrables amis et amies de Phil. Il y eut une ahurissante succession de sorties en voiture, de bals, de pique-niques et d'excursions en bateau, le tout rassemblé par Phil sous la rubrique « réjouissances »; Alec et Alonzo étaient si continuellement dans les parages qu'Anne se demandait s'ils faisaient parfois autre chose que d'assister aux danses, menés par le bout du nez par ce petit bout de fille de Phil. Ils étaient tous deux sympathiques et virils, et Anne aurait été bien embarrassée de dire lequel lui plaisait davantage.

« Et moi qui comptais sur toi pour m'aider à décider à qui je devrais promettre de l'épouser », se lamenta Phil.

« C'est ta responsabilité. Tu es assez experte à décider qui les autres devraient marier », rétorqua Anne, d'un ton plutôt acerbe.

« Oh ! C'est une chose très différente », affirma Phil sans mentir.

Mais l'incident le plus agréable de tout le séjour d'Anne à Bolingbroke fut la visite qu'elle fit à son lieu de naissance – une petite maison jaune décrépite dans une rue isolée et dont elle avait si souvent rêvé. Elle la

contempla d'un air émerveillé alors qu'en compagnie de
Phil elle passait la barrière.

« C'est presque exactement tel que je me l'étais
figuré », observa-t-elle. « Il n'y a pas de chèvrefeuille au-
dessus des fenêtres, mais il y a bien un lilas près de la
clôture et, oui, des rideaux de mousseline aux fenêtres.
Comme je suis contente qu'elle soit toujours peinte en
jaune. »

Une femme grande et très maigre ouvrit la porte.

« Oui, les Shirley ont vécu ici il y a vingt ans », dit-
elle en réponse à une question d'Anne. « Ils avaient loué
la maison. Je m'en rappelle. Tous les deux sont morts d'la
fièvre en même temps. C'était ben triste à voir. Ils
laissaient un bébé. J'suppose qu'il a trépassé depuis
longtemps. C'était une petite chose maladive. Le vieux
Thomas et sa femme l'ont pris, comme s'ils en avaient pas
déjà assez d'leur propre marmaille. »

« Il n'est pas mort », lui apprit Anne en souriant.
« J'étais ce bébé. »

« Vous m'dites pas ! Ma foi, vous avez grandi », s'exclama la femme, comme si elle était vraiment très surprise
qu'Anne ne soit plus un nourrisson. « Approchez que
j'vous regarde, que j'voie à qui vous ressemblez. Vous avez
le teint de vot'papa. L'était roux. Mais les yeux et la
bouche, c'est vot'maman. C'était une jolie petite. Ma fille
est allée à son école et elle l'adorait. Ils ont été enterrés
dans la même tombe et la Commission scolaire leur a mis
une pierre tombale en remerciement de leurs loyaux
services. Voulez-vous entrer ? »

« Me permettez-vous de faire le tour de la maison ? »
demanda anxieusement Anne.

« Ben sûr, si ça vous chante. Ça vous prendra pas beaucoup d'temps, l'est pas ben grande. J'arrête pas d'd'mander
à mon homme d'bâtir une nouvelle cuisine, mais c'est pas
un type très débrouillard. Le salon est là et il y a deux
chambres en haut. Faites le tour toute seule. Y faut que
j'm'occupe du bébé. C'est dans la chambre de l'est qu'vous

êtes née. J'me rappelle qu'vot'maman disait qu'elle aimait voir le lever du soleil ; et on m'a dit qu'vous êtes née juste comme le soleil se levait et que la lumière sur votre visage a été la première chose que vot'maman a vue. »

Anne monta l'étroit escalier et elle avait le cœur serré en pénétrant dans la petite chambre est. C'était pour elle un sanctuaire. Dans cette pièce, sa mère avait fait des rêves de maternité exquis et heureux ; ici, la lumière rouge du soleil levant les avait toutes deux nimbées au moment sacré de la naissance ; ici, sa mère était morte. Anne la parcourut d'un regard respectueux, les yeux pleins de larmes. Cet instant était pour elle un moment privilégié de la vie, de ceux qui brillent à jamais dans la mémoire.

« Quand je pense qu'à ma naissance maman était plus jeune que moi maintenant », murmura-t-elle.

Lorsqu'elle redescendit, la dame de la maison la rencontra dans le couloir. Elle tenait à la main un petit paquet couvert de poussière, entouré d'un ruban bleu fané.

« C'est un paquet d'vieilles lettres que j'ai trouvées dans l'placard en haut quand on est arrivés ici », dit-elle. « J'sais pas c'que c'est, j'les ai jamais lues, celle du dessus est adressée à Mlle Bertha Willis, et c'était l'nom d'fille de vot' maman. Vous pouvez les avoir si ça vous l'dit. »

« Oh ! merci, merci ! » s'écria Anne en saisissant le paquet avec ravissement.

« Y avait rien d'autre dans la maison », reprit son hôtesse. « Tous les meubles avaient été vendus pour payer les factures du docteur et c'est Mme Thomas qui a pris les vêtements et les petites affaires de vot'maman. J'imagine que ça a pas fait long feu avec la ribambelle d'enfants Thomas. Tels que j'm'en rappelle, c'étaient de vrais brise-fer. »

« Je n'avais rien qui ait appartenu à ma mère », dit Anne d'une voix étranglée. « Je… je ne pourrai jamais assez vous remercier pour ces lettres. »

« Y a pas d'quoi. Dites donc, vous avez les yeux d'vot' maman. Elle pouvait vraiment parler avec ses yeux. Vot'

papa était plus simple, mais rud'ment gentil. J'me rappelle
que quand ils se sont mariés, les gens disaient qu'on avait
jamais vu deux personnes plus en amour. Pauv' créatures,
elles ont pas vécu très longtemps. Mais ils étaient rud'ment
heureux quand ils étaient en vie, et j'suppose qu'ça
compte pas mal. »

Anne avait hâte de retourner à la maison pour lire ses
précieuses missives ; mais elle fit un petit pèlerinage avant.
Elle se rendit seule au coin vert du vieux cimetière de
Bolingbroke où reposaient ses parents et elle déposa sur
leur tombe les fleurs blanches qu'elle avait apportées. Puis
elle se hâta de retourner à Mount Holly, et là, elle s'en-
ferma dans sa chambre pour se plonger dans sa lecture.
Certaines lettres étaient écrites par son père, les autres par
sa mère. Elles étaient peu nombreuses – une douzaine en
tout – car Walter et Bertha Shirley n'avaient pas été
séparés souvent durant leurs fréquentations. Elles étaient
jaunies, pâlies, effacées par les années. Les pages tachées et
chiffonnées ne révélaient pas une sagesse profonde, mais
on y lisait des paroles d'amour et de confiance. La douceur
des choses oubliées y était attachée – cette lointaine
tendresse d'amoureux morts depuis longtemps. Bertha
Shirley avait eu le don d'écrire des lettres où s'exprimait sa
personnalité charmante en mots et en pensées qui gar-
daient leur beauté et leur parfum malgré le passage du
temps. Les lettres étaient tendres, intimes, sacrées. Pour
Anne, la plus belle de toutes était celle écrite après sa
naissance à son père absent pour quelques jours. Sa mère
s'y disait très fière du bébé – son intelligence, son éclat, ses
mille finesses.

« C'est quand elle dort que je l'aime le plus, et quand
elle se réveille je l'aime plus encore », ajoutait Bertha
Shirley dans le post-scriptum. C'était peut-être la dernière
phrase qu'elle eut jamais écrite. La fin, pour elle, était très
proche.

« Ce fut le plus beau jour de ma vie », confia Anne à
Phil ce soir-là. « J'ai retrouvé mon père et ma mère. Ces

lettres me les ont rendus réels. Je ne suis plus une orpheline. C'est comme si j'avais ouvert un livre et qu'entre ses pages, j'avais trouvé des roses du passé, douces et bien-aimées.

22
Le printemps et le retour d'Anne
à Green Gables

Les ombres du feu de cheminée dansaient sur les murs de la cuisine de Green Gables, car cette soirée de printemps était frisquette ; les voix subtiles et douces de la nuit entraient par la fenêtre ouverte à l'est. Marilla était assise auprès du feu. En esprit, elle voyageait dans le passé, d'une démarche juvénile. C'était ainsi qu'elle avait dernièrement passé plus d'une heure alors que, pensait-elle, elle aurait dû plutôt tricoter pour les jumeaux.

« Je suppose que je vieillis », songeait-elle.

Elle avait pourtant peu changé au cours des neuf dernières années, sauf qu'elle était plus maigre et plus anguleuse ; il y avait un peu plus de gris dans ses cheveux qu'elle nouait toujours en un petit chignon dur, retenu par deux épingles – s'agissait-il des mêmes épingles ? Mais son expression était très différente ; ce quelque chose dans le modelé de sa bouche qui laissait deviner son sens de l'humour s'était magnifiquement développé ; ses yeux étaient plus aimables et plus doux ; son sourire plus fréquent et plus tendre.

Marilla songeait à toute sa vie passée, l'enfance modeste sans pourtant avoir été malheureuse, les rêves jalousement cachés et les espoirs brisés de sa jeunesse, les années interminables, grises, étroites, monotones de la terne vie d'adulte qui avait suivi. Et l'arrivée d'Anne – la vivante, l'imaginative, l'impétueuse fillette avec son cœur plein d'amour et son monde imaginaire, qui apportait avec elle couleur, chaleur et éclat ; le désert de son existence s'était alors épanoui comme une rose. Marilla avait l'impression que des soixante années de sa vie, elle n'avait vécu que les neuf ayant suivi l'arrivée d'Anne. Et Anne serait là le lendemain soir.

La porte de la cuisine s'ouvrit. Marilla leva les yeux, s'attendant à apercevoir Mᵐᵉ Lynde. Anne se tenait devant elle, élancée et le regard scintillant, les bras chargés de fleurs d'aubépine et de violettes.

« Anne Shirley ! » s'écria Marilla. Pour la première fois de sa vie, la surprise lui fit oublier toute réserve ; elle saisit la jeune fille dans ses bras et la serra, elle et ses fleurs, contre sa poitrine, embrassant avec chaleur la chevelure luisante et le joli visage. « Je ne m'attendais jamais à te voir avant demain. Comment es-tu venue de Carmody ? »

« J'ai marché, très chère Marilla. Ne l'avais-je pas fait trente-six fois quand j'allais à Queen's ? Le facteur doit apporter ma malle demain ; c'est tout simplement que je me suis soudain ennuyée et j'ai décidé d'avancer mon retour d'une journée. Et j'ai fait une promenade si charmante dans ce crépuscule printanier ; je me suis arrêtée dans les landes pour cueillir des fleurs de mai ; j'ai marché dans le Vallon des violettes ; il ressemble en ce moment à un vase de violettes, ces adorables petites choses couleur de ciel. Respire-les, Marilla, bois leur parfum. »

Marilla les huma de bon cœur, mais elle était plus intéressée par Anne qu'à boire le parfum des fleurs.

« Assieds-toi, mon enfant. Tu dois être réellement fatiguée. Je vais t'apporter ton souper. »

« Le clair de lune derrière les collines est splendide ce soir, Marilla, et si tu savais comme le chant des grenouilles m'a tenu compagnie de Carmody jusqu'à la maison. J'adore la musique des grenouilles. On dirait qu'elle contient mes souvenirs de soirées de printemps les plus heureux. Et cela me rappelle toujours le soir de mon arrivée ici. T'en souviens-tu, Marilla ? »

« Bien sûr », répondit Marilla avec conviction. « C'est une chose que je n'oublierai jamais. »

« Elles chantaient si fort, cette année-là, dans le marais et près du ruisseau. Je les écoutais dans le noir, à ma fenêtre, en me demandant comment elles pouvaient sembler à la fois si joyeuses et si tristes. Oh! que c'est bon d'être de retour à la maison! Redmond était splendide et Bolingbroke merveilleux, mais Green Gables, c'est chez nous. »

« J'ai entendu dire que Gilbert ne viendrait pas, cet été », remarqua Marilla.

« Non. » Quelque chose dans le ton d'Anne incita Marilla à lui jeter un regard inquisiteur, mais Anne était apparemment absorbée à disposer les violettes dans un vase. « Regarde comme elles sont mignonnes », poursuivit-elle vivement. « La vie est un livre, n'est-ce pas, Marilla? Les pages du printemps sont écrites en aubépines et en violettes, celles de l'été en roses, celles de l'automne en feuilles d'érable rouges et celles de l'hiver en feuilles de houx et en aiguilles de conifères. »

« Gilbert a-t-il réussi ses examens? » insista Marilla.

« De façon excellente. Il était le premier de sa classe. Mais où sont les jumeaux et Mme Lynde? »

« Rachel et Dora sont allées chez M. Harrison. Davy s'est rendu chez les Boulter. Il me semble que je l'entends qui arrive. »

Davy entra en coup de vent, aperçut Anne, figea sur place avant de fondre sur elle avec un cri de joie.

« Oh! Anne! C'que j'suis content de t'voir. Regarde, Anne, j'ai grandi de deux pouces depuis l'automne dernier. Mme Lynde m'a mesuré avec son gallon aujourd'hui et dis, Anne, regarde ma dent en avant. Elle est partie. Mme Lynde a attaché un bout de ficelle à ma dent et l'autre bout à la porte, ensuite elle a fermé la porte. Je l'ai vendue deux cents à Milty. Il fait une collection de dents. »

« Veux-tu bien me dire ce qu'il fabrique avec des dents? » s'étonna Marilla.

« Un collier pour jouer au grand chef indien », expliqua Davy en grimpant sur les genoux d'Anne. « Il en a déjà seize, et comme tout l'monde a promis d'lui en donner, ça nous sert à rien de commencer une collection. J't'assure que les Boulter sont forts en affaires. »

« As-tu été un bon garçon chez les Boulter ? » s'enquit sévèrement Marilla.

« Oui, mais dis, Marilla, j'suis fatigué d'être bon. »

« Tu te fatiguerais encore bien plus vite d'être mauvais, mon petit Davy », observa Anne.

« Eh bien, ce s'rait amusant le temps que ça durerait », insista Davy. « J'pourrais toujours regretter après, non ? »

« Le fait de regretter n'effacerait pas les conséquences d'avoir été mauvais, Davy. Tu te souviens de ce dimanche de l'été dernier quand tu t'es sauvé du catéchisme ? Tu m'as dit alors que cela ne valait pas la peine d'être vilain. Qu'est-ce que vous avez fait aujourd'hui, Milty et toi ? »

« Oh ! on a pêché, et couru après le chat, et cherché des œufs, et crié après l'écho. Y a un écho fantastique dans le bois derrière la grange des Boulter. Dis, Anne, c'est quoi, l'écho ? J'veux savoir. »

« C'est une belle nymphe, Davy, qui vit très loin dans la forêt et qui se moque des gens derrière les collines. »

« À quoi elle ressemble ? »

« Ses cheveux et ses yeux sont foncés, mais son cou et ses bras sont blancs comme la neige. Aucun mortel n'a jamais pu voir combien elle est ravissante. Elle est plus rapide que le chevreuil et tout ce que nous connaissons d'elle, c'est sa voix moqueuse. On peut l'entendre appeler, la nuit ; on peut l'entendre rire sous les étoiles. Mais on ne peut jamais la voir. Elle s'envole au loin si on la suit et rit toujours de toi du sommet de la colline suivante. »

« C'est vrai, Anne, ou c'est une menterie ? » questionna Davy en la dévisageant.

« Davy », dit désespérément Anne, « n'as-tu pas assez de bon sens pour faire la différence entre un mensonge et un conte de fées ? »

« Alors, c'est quoi la chose qui nous répond dans le bois des Boulter ? J'veux savoir », insista Davy.

« Je t'expliquerai tout cela quand tu seras un peu plus vieux, Davy. »

La mention de l'âge donna évidemment une nouvelle orientation aux pensées de Davy car, après quelques instants de réflexion, il chuchota solennellement :

« Anne, j'vais me marier. »

« Quand ? » interrogea celle-ci d'un ton tout aussi solennel.

« Oh ! Pas avant d'être grand, bien sûr. »

« Eh bien, cela me soulage, Davy. Qui est l'heureuse élue ? »

« Stella Fletcher, elle est dans ma classe à l'école. Et dis, Anne, c'est la plus jolie fille qu'on a jamais vue. Si j'meurs avant d'être grand, tu garderas l'œil sur elle, hein ? »

« Davy Keith, arrête de dire des âneries », ordonna sévèrement Marilla.

« C'est pas des âneries », protesta Davy d'un ton offensé. « C'est ma femme promise, et si j'mourrais, elle serait ma veuve promise, non ? Et elle a personne pour s'occuper d'elle sauf sa vieille grand-mère. »

« Viens manger ton souper, Anne », dit Marilla, « et n'encourage pas cet enfant dans ses bavardages insensés. »

23
Paul ne retrouve pas ses
personnages des rochers

La vie coula très agréablement cet été-là à Avonlea, bien qu'Anne, au milieu de toutes les joies que lui procuraient ses vacances, fût hantée par la sensation que «quelque chose s'en était allé qui aurait dû être là». Elle n'aurait jamais admis, même dans ses réflexions les plus intimes, que cette impression lui était causée par l'absence de Gilbert. Mais quand elle devait revenir seule à la maison après les assemblées de prières et les fêtes de la S.A.V.A., alors que Diana et Fred et tant d'autres couples insouciants flânaient sous les étoiles, dans la campagne sombre, un sentiment étrange, douloureux et inexplicable de solitude la prenait au cœur. Gilbert ne lui écrivait même pas, comme elle avait cru qu'il le ferait. Elle savait que Diana recevait occasionnellement des lettres de lui, mais elle ne voulait pas prendre de ses nouvelles; et Diana, supposant qu'Anne entendait parler de lui, ne lui fournissait aucun renseignement. La mère de Gilbert, qui était une dame joviale, franche et enjouée, mais pas spécialement diplomate, avait l'habitude passablement embarrassante de demander à Anne, d'une voix péniblement claire et toujours en présence d'une foule, si elle avait reçu des nouvelles de Gilbert dernièrement. La pauvre Anne en était réduite à murmurer, en rougissant horriblement : «non, pas depuis quelque temps», ce que tout le monde, y compris Mme Blythe, prenait pour de la simple timidité de jeune fille.

À part cela, Anne aima son été. Elle fut heureuse de recevoir la visite de Priscilla en juin; et après son départ, M. et Mme Irving, Paul et Charlotta IV revinrent « chez eux » passer les mois de juillet et août.

Le Pavillon de l'Écho fut de nouveau le théâtre de réjouissances et les échos par delà la rivière furent occupés à mimer les rires résonnant dans le vieux jardin à l'ombre des épinettes.

« Mlle Lavendar » n'avait pas changé, sinon qu'elle était devenue encore plus mignonne et plus jolie. Paul raffolait d'elle et la complicité qui existait entre eux était bonne à voir.

« Mais je ne l'appelle pas "maman" tout simplement », expliqua-t-il à Anne. « Vous voyez, ce nom appartient seulement à ma propre petite maman et je ne peux le donner à personne d'autre. Vous comprenez cela, vous, Anne. Alors je l'appelle "maman Lavendar" et c'est elle que j'aime le mieux tout de suite après mon père. Je… je l'aime même un petit peu plus que vous, Anne. »

« Ce qui est tout à fait naturel », approuva cette dernière.

Paul avait maintenant treize ans et il était très grand pour son âge. Son visage et ses yeux étaient aussi beaux qu'avant et son imagination ressemblait toujours à un prisme, multipliant les arcs-en-ciel. Anne fit avec lui de mémorables randonnées dans les landes et sur la plage. Ils se sentaient plus que jamais des « âmes sœurs ».

Charlotta IV était devenue une jeune fille épanouie. Elle coiffait maintenant à la Pompadour son abondante chevelure et avait abandonné les rubans bleus du bon vieux temps, mais son visage était aussi couvert de taches de son, son nez aussi retroussé et sa bouche et ses sourires aussi larges qu'avant.

« Trouvez-vous que j'parle avec l'accent américain, mademoiselle Shirley, m'dame ? » s'informa-t-elle anxieusement.

«Je n'ai pas remarqué que tu avais un accent, Charlotta.»

«Ça m'fait vraiment plaisir. Chez nous, ils ont dit que j'en avais un, mais j'ai pensé qu'ils voulaient probablement m'exaspérer. C'est pas que j'aie quoi que ce soit contre les Américains, mademoiselle Shirley, m'dame. Ils sont vraiment civilisés. Mais donnez-moi n'importe quand ma bonne vieille Île-du-Prince-Édouard.»

Paul passa la première quinzaine chez sa grand-mère Irving à Avonlea. Anne, qui alla le voir à son arrivée, le trouva fou d'impatience de se rendre à la plage – Nora, la Dame dorée et les Jumeaux marins seraient là. C'est à peine s'il pouvait attendre d'avoir terminé son souper. Ne pouvait-il pas apercevoir le visage d'elfe de Nora sur la pointe, et qui le cherchait mélancoliquement? Mais le Paul qui revint de la plage au clair de lune était passablement moins agité.

«Tu n'as pas retrouvé tes personnages des rochers?» lui demanda Anne.

Paul secoua tristement ses boucles châtaines.

«Les Jumeaux marins et la Dame dorée ne sont pas venus du tout», raconta-t-il. «Nora était là, mais elle n'est pas la même. Elle a changé, Anne.»

«Oh! Paul, c'est toi qui as changé», dit Anne. «Tu es devenu trop vieux pour les personnages des rochers. Ils n'aiment que les enfants comme compagnons de jeu. J'ai bien peur que les Jumeaux marins ne viennent plus jamais vers toi dans leur navire enchanté couleur de nacre avec une voile de lune; et la Dame dorée ne jouera plus jamais pour toi sur sa harpe d'or. Même Nora ne viendra plus te voir encore très longtemps. Tu dois payer le prix de grandir, Paul. Tu dois laisser derrière toi le monde des contes de fées.»

«Vous vous racontez encore les mêmes sornettes qu'avant», observa la vieille Mme Irving d'un ton mi-indulgent, mi-grondeur.

«Oh! non, pas du tout», protesta Anne en hochant gravement la tête. «Nous sommes en train de devenir très, très sages, et c'est triste. Nous ne sommes jamais la moitié aussi intéressants lorsque nous avons admis que le langage nous est donné pour nous permettre de camoufler nos pensées.»

«Mais c'est faux, il nous est donné pour échanger nos réflexions», objecta sérieusement Mme Irving. Elle n'avait jamais entendu parler de Talleyrand et ne comprenait pas les épigrammes.

Anne passa deux semaines paisibles au Pavillon de l'Écho, pendant les beaux jours du merveilleux mois d'août. Pendant son séjour, elle s'arrangea incidemment pour stimuler Ludovic Speed qui courtisait Theodora Dix avec trop d'indolence. Cet épisode est dûment relaté dans une autre chronique de cette histoire*. Arnold Sherman, un vieil ami des Irving, se trouvait là en même temps qu'elle, ce qui ne contribua pas peu à rendre la vie généralement agréable.

«Quel merveilleux séjour j'ai fait», dit Anne. «J'ai l'impression d'être un géant régénéré. Et dire qu'il ne me reste plus que quinze jours avant de retourner à Kingsport, Redmond et chez Patty. *La Maison de Patty* est un endroit tout simplement adorable, mademoiselle Lavendar. C'est comme si j'avais deux foyers, Green Gables et *La Maison de Patty*. Mais où donc est parti l'été? Il me semble qu'il ne s'est pas passé un jour depuis que je suis arrivée avec mes aubépines, un soir de printemps. Quand j'étais petite, il m'était impossible de voir l'été d'un bout à l'autre. Il s'étirait devant moi comme une saison sans fin. Et maintenant, on dirait qu'il n'a guère plus que la largeur d'une main.»

«Anne, Gilbert et vous êtes-vous toujours d'aussi bons amis qu'avant?» demanda calmement Mlle Lavendar.

---

* N.D.L.T. : *Chronicles of Avonlea*.

« J'éprouve exactement la même amitié qu'avant envers Gilbert, mademoiselle Lavendar. »

Mlle Lavendar hocha la tête.

« Je vois que quelque chose ne va pas, Anne. Je vais me montrer impertinente et vous demander de quoi il s'agit. Vous êtes-vous querellés ? »

« Non, c'est seulement que Gilbert désire plus que mon amitié et que je ne peux lui donner plus. »

« En êtes-vous sûre, Anne ? »

« Absolument sûre. »

« Vous m'en voyez très très désolée. »

« Je me demande pourquoi tout le monde semble penser que je devrais épouser Gilbert Blythe », dit vivement Anne.

« Parce que vous êtes faits l'un pour l'autre et destinés l'un à l'autre, Anne, voilà. Il ne faut pas que vous vous mettiez martel en tête, jeune fille. C'est un fait. »

24

Entrée en scène de Jonas

Prospect Point,
Le 20 août

Chère Anne-avec-un-e, écrivait Phil, *il faut que je réussisse à garder les yeux ouverts assez longtemps pour t'écrire. Je t'ai honteusement négligée cet été, ma chérie, mais tous mes autres correspondants peuvent me faire le même reproche. Comme j'ai une énorme pile de lettres auxquelles je dois répondre, je vais donc retrousser les manches de mon esprit et me mettre à l'ouvrage. Excuse mes métaphores un peu boiteuses. J'ai affreusement sommeil. Hier soir, ma cousine Emily et moi sommes allées chez des voisins. Il y avait là plusieurs autres visiteurs et aussitôt après le départ de ces infortunées créatures, notre hôtesse et ses trois filles les ont déchirées à belles dents. Je savais que nous subirions, ma cousine et moi, un traitement identique dès que nous aurions refermé la porte derrière nous. De retour chez nous, Mme Lily nous a informées que le domestique de ces voisins était censé être atteint de la scarlatine. On peut toujours compter sur Mme Lily pour nous faire part de nouvelles réjouissantes comme celle-là. J'ai horreur de la scarlatine. Je n'ai pu fermer l'œil quand je suis allée me coucher tellement j'y pensais. Je ne cessais de me retourner dans mon lit, faisant des cauchemars épouvantables dans lesquels j'éternuais pendant une minute ; à trois heures, je me suis réveillée avec une forte fièvre, un mal de gorge et une migraine terrible. Je savais que j'avais la scarlatine ;*

prise de panique, je me suis levée et j'ai cherché le livre de médecine d'Emily pour lire les symptômes. Je les avais tous, Anne. Alors je suis retournée me coucher et, connaissant le pire, j'ai dormi comme une souche le reste de la nuit. Mais pourquoi une souche dort-elle plus profondément que n'importe quoi d'autre ? Je ne l'ai jamais compris. Ce matin, je me portais pourtant comme un charme ; je ne pouvais donc pas avoir eu la scarlatine. Je suppose que si je l'avais attrapée hier soir, la maladie n'aurait pu se développer si tôt. Si je peux comprendre cela le jour, il m'est cependant impossible de raisonner logiquement à trois heures du matin.

Tu dois sans doute te demander ce que je fais à Prospect Point. Eh bien, je passe toujours un mois à la plage en été et papa insiste pour que j'aille à la chic pension de sa cousine germaine Emily à Prospect Point. Je suis donc venue comme d'habitude il y a deux semaines. Et comme d'habitude, le vieux Mark Miller m'a amenée de la gare dans son antique boghei tiré par ce qu'il appelle son généreux cheval. C'est un vieux bonhomme très gentil et il m'a donné une poignée de pastilles de menthe roses. J'ai toujours considéré les pastilles de menthe comme des bonbons tellement religieux, peut-être parce que quand j'étais petite, grand-maman Gordon m'en donnait toujours à l'église. Un jour, j'ai demandé, en parlant de l'odeur des pastilles de menthe : « Est-ce l'odeur de la sainteté ? » Je n'aimais pas l'idée de manger celles du vieux Mark parce qu'il venait de les sortir de sa poche et qu'il avait dû retirer quelques clous rouillés et autres objets analogues avant de me les donner. Mais comme je ne voulais pas blesser le cher vieil homme, je les ai soigneusement semées le long de la route à intervalles réguliers. Quand la dernière fut partie, le vieux Mark m'a dit, en me grondant un peu : « C'est pas bien d'toutes les manger d'un coup, mademoiselle Phil. Vous allez avoir mal au ventr. »

Cousine Emily a cinq pensionnaires à part moi, quatre vieilles dames et un jeune homme. Ma voisine de droite est M\u1D50ᵉ Lily. Elle fait partie de ces gens qui semblent prendre un épouvantable plaisir à décrire tous leurs malaises, leurs douleurs et leurs maladies. On ne peut mentionner la moindre *indisposition sans qu'elle commente, en hochant la tête : « Ah ! Je connais trop bien ce que c'est », et elle ne nous épargne alors aucun détail. Jonas affirme avoir un jour parlé d'ataxie locomotrice de l'ouïe et elle a déclaré savoir exactement de quoi il retournait. Elle en avait souffert pendant dix ans avant d'avoir été guérie par un médecin ambulant.*

Qui est Jonas? Attends un peu, Anne Shirley. Tu sauras tout sur Jonas en temps et lieu. Il ne doit pas être confondu avec ces respectables vieilles dames.

Ma voisine de gauche à table est Mme Phinney. Elle parle toujours d'une voix plaintive, douloureuse, ce qui fait qu'on s'attend toujours à la voir fondre en larmes d'un moment à l'autre. Elle donne l'impression que la vie est vraiment pour elle une vallée de larmes et qu'un sourire, sans parler d'un rire, constitue une frivolité franchement répréhensible. Elle a de moi une opinion pire encore que celle de tante Jamesina, et elle ne m'aime pas beaucoup, pour employer un euphémisme, au contraire de tante J.

Mlle Maria Grimsby est assise de biais avec moi. Le premier jour, j'ai fait remarquer à Mlle Maria qu'il allait peut-être pleuvoir, et Mlle Maria a ri. J'ai dit que le chemin depuis la gare était très joli, et Mlle Maria a ri. J'ai dit qu'il semblait y avoir encore quelques maringouins, et Mlle Maria a ri. J'ai déclaré que Prospect Point était toujours un endroit aussi ravissant, et Mlle Maria a ri. Si je lui disais : « Mon père s'est pendu, ma mère s'est empoisonnée, mon frère est au pénitencier et je suis en phase terminale de tuberculose », Mlle Maria rirait. Elle ne peut s'en empêcher, elle est née comme ça. Pourtant, c'est très triste et affreux. « La dernière vieille dame est Mme Grant. C'est une petite vieille charmante, elle ne dit toujours que du bien de tout le monde, ce qui rend sa conversation très ennuyeuse.

Et maintenant, voici Jonas, Anne.

Le jour de mon arrivée, j'ai vu un jeune homme assis en face de moi à la table et qui me souriait comme s'il me connaissait depuis le berceau. Je savais, par le vieux Mark, qu'il s'appelait Jonas Blake, qu'il étudiait la théologie à Sainte-

Columba et qu'il était chargé de la paroisse de Prospect Point pour l'été.

C'est un jeune homme très laid ; c'est vraiment le jeune homme le plus moche qu'il m'ait jamais été donné de voir. Il a une grande silhouette dégingandée avec des jambes absurdement longues. Ses cheveux sont blond filasse, raides et ternes, ses yeux sont verts ; il a une grande bouche et des oreilles… mais je préfère ne pas penser à ses oreilles quand je peux l'éviter.

Il a une voix charmante ; si on ferme les yeux, il devient adorable et sa beauté réside certainement dans son âme et dans son caractère.

Nous sommes immédiatement devenus de bons amis. Il est évidemment un diplômé de Redmond et cela crée un lien entre nous. Nous avons pêché et fait des promenades en bateau ensemble ; et nous avons marché sur le sable au clair de lune. Il n'était plus aussi dénué de charme au clair de lune et il était si gentil. Il exhalait la gentillesse comme un parfum. Les vieilles dames, sauf Mme Grant, ne l'approuvent pas parce qu'il rit et plaisante et parce qu'il préfère de façon évidente la société de personnes frivoles comme moi à la leur.

D'une certaine façon, Anne, je ne veux pas qu'il pense que je suis frivole. C'est ridicule. Pourquoi me préoccuper de ce qu'une personne aux cheveux filasse appelée Jonas et que je n'avais jamais vue de ma vie pense de moi ?

Dimanche dernier, Jonas a prêché à l'église du village. J'y suis allée, bien entendu, mais je ne pouvais réaliser que Jonas allait prononcer le sermon. Je persistais à considérer comme une énorme farce le fait qu'il était un pasteur – ou qu'il allait en devenir un.

Eh bien, Jonas a prêché. Et il n'y avait pas dix minutes qu'il prêchait que je me sentais si petite et si insignifiante que j'ai cru être invisible à l'œil nu. Il n'a pas dit une seule parole sur les femmes et ne m'a pas regardée une seule fois. Pourtant, j'ai pris conscience de quel papillon pitoyable, futile et léger j'étais et combien je devais être horriblement différente de l'idéal féminin de Jonas. Elle devait être impressionnante, forte et noble. Il était si sérieux, si tendre et si authentique. Il était tout ce qu'un pasteur doit être. En voyant ce regard inspiré et ce front intellectuel que les cheveux raides cachaient pendant la semaine, je me demandais comment j'avais pu un jour le trouver laid – et pourtant il l'est!

Le sermon était splendide et j'aurais pu l'écouter toute la vie; il me faisait me sentir totalement misérable. Oh! J'aurais tant voulu te ressembler, Anne.

Il m'a rattrapée sur le chemin de la maison et m'a adressé un sourire aussi joyeux que d'habitude. Mais son sourire ne pouvait plus me tromper. J'avais vu le vrai Jonas. Je me demandais s'il pourrait un jour voir la vraie Phil, que personne, même pas toi, Anne, n'avait encore jamais vue.

«Jonas», ai-je dit – j'ai oublié de l'appeler M. Blake, n'est-ce pas terrible? Mais il arrive que des choses comme ça n'aient plus d'importance –, «Jonas, vous étiez né pour devenir pasteur. Vous ne pouviez être quoi que ce soit d'autre.»

«Non, je ne le pouvais pas», m'a-t-il répondu d'un ton posé. 'J'ai longtemps essayé d'être autre chose, car je ne voulais pas devenir pasteur. Mais j'en suis finalement venu à la conclusion que c'était là la tâche qu'il m'avait été donné d'accomplir et, avec l'aide de Dieu, je tenterai de la remplir.'»

Il parlait d'une voix basse et respectueuse. Je me disais qu'il ferait son travail et qu'il le ferait bien et noblement; et heureuse la femme qui, de par sa nature et sa formation, pourrait l'assister. Elle ne serait pas une plume emportée par le moindre petit vent capricieux. Elle saurait toujours quel chapeau porter. Elle n'en posséderait probablement qu'un seul. Les pasteurs n'ont jamais beaucoup d'argent. Mais cela lui serait égal de n'avoir qu'un chapeau ou même de ne pas en avoir du tout, parce qu'elle aurait Jonas.

Anne, n'essaie pas de dire, d'insinuer ou de penser que je suis devenue amoureuse de M. Blake. Puis-je éprouver de l'amour pour un théologien terne, pauvre et laid – qui s'appelle Jonas? Comme le dit le vieux Mark, «C'est impossible, et plus encore, c'est improbable.»

Bonne nuit,
Phil

P.S. C'est impossible, mais j'ai horriblement peur que ce soit vrai. Je suis heureuse et misérable et terrifiée. Il ne m'aimera jamais, je le sais. Penses-tu que je pourrais devenir une femme de pasteur acceptable, Anne? Et s'attendrait-on à ce que je dirige la prière? P.G.

25

Entrée en scène du Prince Charmant

« Je suis en train de comparer les avantages entre aller dehors et rester à l'intérieur », dit Anne qui contemplait de la fenêtre de *La Maison de Patty* les pins au loin dans le parc.

« J'ai un après-midi à consacrer à la douceur du farniente, tante Jimsie. Devrais-je le passer ici où un feu flambe agréablement dans l'âtre et où il y a un bol de délicieuses pommettes, trois chats qui ronronnent harmonieusement et deux impeccables chiens de porcelaine au nez vert ? Ou devrais-je préférer le parc et la splendeur des bois cendrés et des vagues grises léchant les rochers du port ? »

« Si j'étais jeune comme toi, je pencherais en faveur du parc », répondit tante Jamesina en chatouillant l'oreille de Joseph avec une aiguille à tricoter.

« Je croyais que vous vous proclamiez aussi jeune que n'importe laquelle d'entre nous, ma tante », la taquina Anne.

« Oui, mon cœur l'est. Mais je dois admettre que mes jambes sont moins jeunes que les vôtres. Va prendre de l'air frais, Anne. Tu sembles pâle depuis quelque temps. »

« Je pense que je vais aller au parc », dit nerveusement Anne. « Les plaisirs domestiques ne me disent rien aujourd'hui. J'ai envie de me sentir seule, libre et sauvage. Comme tout le monde assiste au match de football, il n'y aura personne dans le parc. »

« Pourquoi n'y es-tu pas allée, toi aussi ? »

«"Y a personne qui m'a invitée, m'sieur, dit la jeune fille" – du moins personne à l'exception de cet horrible petit Dan Ranger. Je ne voudrais me montrer nulle part en sa compagnie, mais plutôt que de faire de la peine à ce pauvre petit au cœur si tendre, j'ai dit que je n'irais pas au match. Cela m'est égal. D'une certaine façon, je ne suis pas d'humeur à apprécier le football aujourd'hui. »

« Va respirer de l'air frais », répéta tante Jamesina, « mais apporte ton parapluie car je crois qu'il va pleuvoir. J'ai du rhumatisme dans ma jambe. »

« Seules les vieilles personnes devraient souffrir de rhumatisme, ma tante. »

« Tout le monde est sujet au rhumatisme dans les jambes, Anne. Cependant seules les vieilles personnes devraient en avoir dans le cœur. Dieu merci, ce n'est pas mon cas. Quand on commence à souffrir de rhumatisme dans le cœur, on est aussi bien d'aller choisir son cercueil. »

On était en novembre, le mois des couchers de soleil écarlates, des migrations d'oiseaux, des profonds et tristes hymnes de la mer et du chant passionné du vent dans les pins. Anne erra dans les allées bordées de conifères du parc et, comme elle le disait, elle laissa le grand vent balayer la brume qui envahissait son âme. Anne n'avait pas l'habitude d'être troublée par une âme embrumée. Mais on aurait dit que depuis son retour à Redmond pour la troisième année, la vie ne lui était plus reflétée avec cette ancienne clarté parfaite et éblouissante.

Vue de l'extérieur, l'existence chez Patty se déroulait tout comme avant, alternant entre le travail, les études et les loisirs. Le vendredi soir, le grand salon éclairé par un feu de cheminée était toujours aussi bondé de visiteurs et on pouvait toujours entendre l'écho d'interminables rires et de plaisanteries pendant que tante Jamesina adressait à tous des sourires radieux. Le « Jonas » de la lettre de Phil venait souvent, arrivant par le premier train de Sainte-

Columba et repartant par le dernier. Il était en général le favori chez Patty, même si tante Jamesina hochait la tête en opinant que les étudiants en choses divines n'étaient plus ce qu'ils avaient coutume d'être.

«Il est très gentil, ma chère», avait-elle dit à Phil, «mais les pasteurs doivent être plus graves et plus dignes.»

«Un homme ne peut-il pas rire et rire encore tout en restant un chrétien?» avait demandé Phil.

«Oh! les hommes, bien sûr. Mais je parlais des pasteurs, ma chère», l'avait réprimandée tante Jamesina. «Et tu as tort de flirter avec M. Blake, tu as réellement tort.»

«Je ne flirte pas avec lui», avait protesté Phil.

Personne, sauf Anne, ne l'avait crue. Les autres pensaient que, comme d'habitude, elle s'amusait et lui faisaient carrément savoir que sa conduite était des plus répréhensibles.

«M. Blake n'est pas quelqu'un du type Alec-et-Alonzo, Phil», avait dit sévèrement Stella. «Il prend les choses au sérieux. Tu pourrais lui briser le cœur.»

«Le penses-tu réellement?» avait demandé Phil. «J'aimerais vraiment le croire.»

«Philippa Gordon! Je n'aurais jamais cru que tu étais aussi insensible. Dire que tu aimerais briser le cœur d'un homme!»

«Ce n'est pas ce que j'ai dit, mon chou. Cite-moi correctement. J'ai dit que j'aimerais penser que je peux le briser. J'aimerais savoir que j'ai le pouvoir de le faire.»

«Je ne te comprends pas, Phil. Tu conduis délibérément cet homme dans une direction tout en sachant que cela ne veut rien dire pour toi.»

«J'ai l'intention, si je le peux, de l'amener à me demander en mariage», avait annoncé calmement Phil.

«J'abandonne», avait soupiré Stella au désespoir.

Gilbert venait aussi faire un tour à l'occasion, le vendredi soir. Il paraissait toujours d'excellente humeur et ne cédait pas sa place dans les plaisanteries et les reparties qui fusaient. Il ne recherchait ni n'évitait Anne. Lorsque

les circonstances les mettaient en contact, il lui adressait
la parole de façon sympathique et courtoise tout comme à
n'importe quelle personne dont il viendrait de faire la
connaissance. Leur ancienne camaraderie avait complètement disparu. Cela touchait profondément Anne; pourtant, elle se disait très contente et soulagée que Gilbert ait
si complètement surmonté sa déception à son égard. Elle
avait eu réellement peur, ce soir d'avril dans le verger, de
l'avoir blessé terriblement et que la blessure mît beaucoup
de temps à se cicatriser. À présent, elle conistatait qu'elle
avait eu tort de s'inquiéter. Si les humains mouraient et
étaient rongés par les vers, il n'en était pas de même de
l'amour. Gilbert n'était évidemment pas en danger de se
désintégrer. Il aimait la vie et était plein d'ambition et
d'entrain. Il ne gaspillait pas son énergie à se morfondre
parce qu'une femme s'était montrée juste et froide. En
entendant l'incessant badinage entre lui et Phil, Anne se
demandait si elle avait seulement imaginé le regard qu'il
lui avait jeté lorsqu'elle lui avait déclaré qu'elle ne serait
jamais amoureuse de lui.

Il ne manquait pas de candidats qui auraient été trop
heureux de prendre la place laissée vacante par Gilbert.
Mais Anne les repoussait d'un cœur sans peur et sans
reproche. Si le Prince Charmant véritable devait un jour
se présenter, ce serait lui et personne d'autre. C'était ce
qu'elle se disait sombrement ce jour gris dans le parc
balayé par le vent.

Tout à coup, la pluie prophétisée par tante Jamesina
se mit à tomber accompagnée d'une bourrasque sifflante.
Anne ouvrit son parapluie et se hâta de descendre la côte.
Comme elle arrivait à la route du port, le vent se mit à
souffler encore plus violemment et son parapluie tourna
immédiatement à l'envers. Anne l'agrippa désespérément.
Puis, elle entendit une voix près d'elle :

« Pardonnez-moi… puis-je vous offrir le refuge de
mon parapluie ? »

Anne leva les yeux. Grand, beau, l'air distingué, les yeux sombres, mélancoliques, impénétrables, la voix modulée, musicale, sympathique, oui, le héros de ses rêves se tenait devant elle en chair et en os. Il n'aurait pu ressembler de plus près à son idéal même s'il avait été fait sur mesure.

«Merci», murmura-t-elle, pleine de confusion.

«Nous ferions mieux de nous hâter vers ce petit pavillon sur la pointe», suggéra l'inconnu. «Nous pourrons y attendre que l'averse soit finie. Il ne pleuvra sans doute pas comme ça très longtemps.»

Les paroles étaient très banales, mais quel ton! Et le sourire qui les accompagnait! Anne sentait son cœur battre étrangement.

Ensemble, ils se ruèrent vers cet abri et, à bout de souffle, s'assirent sous le toit hospitalier. Anne leva en riant son déloyal parapluie.

«C'est quand mon parapluie tourne à l'envers que je suis convaincue de l'absolue perversité des objets inanimés», déclara-t-elle gaiement.

Les gouttes de pluie scintillaient sur sa chevelure luisante qui frisait dans son cou et sur son front. Ses joues étaient roses et ses grands yeux brillaient. Son compagnon la regarda d'un air admiratif. Elle se sentit rougir sous son regard. Qui pouvait-il bien être? Elle voyait bien une partie de l'écusson blanc et rouge de Redmond sur le revers de son manteau. Elle croyait pourtant connaître, du moins de vue, tous les étudiants de Redmond à l'exception des nouveaux. Et ce jeune homme élégant n'était sûrement pas un nouveau.

«Nous sommes des collègues d'université», constata-t-il en souriant de la confusion d'Anne. «Cela devrait suffire pour être présentés. Mon nom est Royal Gardner. Et vous êtes la Mlle Shirley qui a lu la communication sur Tennyson à la société philomatique l'autre soir, n'est-ce pas?»

«Oui, mais je n'arrive pas à vous replacer», dit-elle franchement. «S'il vous plaît, d'où êtes-vous?»

«J'ai l'impression de n'avoir encore jamais été de nulle part. J'ai fait mes deux premières années d'université à Redmond il y a deux ans. Après, je suis allé en Europe. Maintenant, je suis de retour pour finir ma licence en lettres.»

«Je suis également en troisième année», lui apprit Anne.

«Nous sommes donc des collègues de classe en plus d'être des collègues d'université. Cela me réconcilie avec la perte des années que les sauterelles ont mangées», dit son compagnon, ses yeux magnifiques exprimant mille choses.

La pluie continua de tomber sans arrêt pendant une heure. Le temps sembla pourtant très court. Quand les nuages eurent disparu et qu'un rayon du pâle soleil de novembre éclaira le port et les conifères, Anne et son compagnon prirent le chemin du retour. Lorsqu'ils furent arrivés à la barrière de chez Patty, il lui avait déjà demandé l'autorisation de lui rendre visite, et l'avait obtenue. Anne entra, les joues enflammées et sentant son cœur battre jusqu'au bout de ses doigts. Rusty, grimpant sur ses genoux et essayant de l'embrasser, reçut un accueil passablement indifférent. Le cœur débordant d'émotions romanesques, Anne n'était alors en état d'accorder aucune attention à un chat aux oreilles endommagées.

Ce soir-là, un colis fut déposé chez Patty pour Mlle Shirley. Il s'agissait d'une boîte contenant douze superbes roses. Phil sauta sans vergogne sur la carte qui s'en échappa, lut le nom et le poème cité au verso.

«Royal Gardner!» s'exclama-t-elle. «Eh bien, Anne, je ne savais pas que tu avais fait la connaissance de Roy Gardner!»

«Je l'ai rencontré cet après-midi dans le parc, sous la pluie», se hâta d'expliquer Anne. «Mon parapluie avait tourné à l'envers et il est venu à mon secours avec le sien.»

«Oh!» Phil dévisagea Anne avec curiosité. «Et cet incident excessivement banal justifie-t-il qu'on nous envoie une douzaine de roses à tiges longues, accompagnées d'un quatrain très sentimental? Ou que nous rougissions si divinement en lisant la carte? Anne, votre expression vous trahit.»

«Ne dis pas de sottises, Phil. Connais-tu M. Gardner?»

«J'ai rencontré ses deux sœurs et je l'ai vu quelques fois, comme tout le monde à Kingsport. Les Gardner font partie des familles les plus riches et les plus anciennes de la Nouvelle-Écosse. Roy est adorablement beau et intelligent. Il y a deux ans, comme la santé de sa mère laissait à désirer, il a dû abandonner l'université et aller à l'étranger avec elle – son père était décédé. Il a dû être très déçu de laisser ses études, mais on dit qu'il s'y est plié avec une parfaite gentillesse. Eh bien, eh bien, Anne, je flaire une histoire d'amour. Je t'envie presque, mais pas tout à fait. Après tout, Roy Gardner n'est pas Jonas.»

«Tu es stupide», répliqua hautainement Anne.

Pourtant, elle resta longtemps éveillée, cette nuit-là, ne souhaitant même pas trouver le sommeil. Ses rêves éveillés étaient bien plus séduisants que n'importe quel songe. Le véritable Prince Charmant n'était-il pas enfin venu? En se rappelant les splendides yeux ténébreux qui avaient plongé si profondément dans les siens, Anne était fortement portée à croire que c'était vrai.

26

Entrée en scène de Christine

Les filles de chez Patty étaient en train de s'habiller pour la réception donnée par les étudiants de troisième année en l'honneur des finissants. Anne s'examinait dans le miroir de la chambre bleue avec une satisfaction toute féminine. Elle portait une robe particulièrement seyante. Il ne s'agissait à l'origine que d'un simple petit fourreau de soie crème agrémenté d'une chasuble de chiffon. Mais Phil avait insisté pour l'apporter chez elle pendant les vacances et avait brodé de minuscules boutons de roses sur tout le chiffon. Comme elle avait des doigts de fée, il en était résulté une robe qui faisait l'envie de toutes les filles de Redmond. Même Allie Boone, qui commandait ses vêtements à Paris, avait coutume de lorgner d'un regard plein de convoitise cette création de boutons de roses quand Anne montait le grand escalier de Redmond revêtue de cette robe.

Anne jugeait de l'effet d'une orchidée blanche dans ses cheveux. Roy Gardner lui avait envoyé des orchidées blanches pour la réception et elle savait qu'aucune autre fille de Redmond n'en aurait ce soir-là. Phil entra et la considéra avec admiration.

« Anne, c'est certainement ta soirée pour être en beauté. Je t'éclipse peut-être neuf soirs sur dix, mais le dixième, tu t'épanouis soudainement en quelque chose qui me rejette totalement dans l'ombre. Comment y arrives-tu ? »

« C'est la robe, ma chère. Une véritable réussite. »

« Pas du tout. Le dernier soir où tu as resplendi comme ça, tu portais cette vieille robe de flanelle bleue confectionnée par Mme Lynde. Si Roy n'avait pas déjà perdu la tête et le cœur pour toi, cela lui arriverait sûrement ce soir. Mais je n'aime pas les orchidées sur toi, Anne. Non, ce n'est pas de la jalousie. Les orchidées ne vont pas avec toi. Elles sont trop exotiques, trop tropicales, trop insolentes. En tout cas, ne les mets pas dans tes cheveux. »

« Ma foi, tu as raison. J'admets que moi-même je ne raffole pas des orchidées. Je ne crois pas qu'elles m'aillent. Roy ne m'en envoie pas souvent. Il sait que j'aime les fleurs avec lesquelles je peux vivre. Les orchidées sont des choses que l'on peut seulement visiter. »

« Jonas m'a envoyé ces adorables petites roses en boutons pour la soirée, mais il ne viendra pas. Il dit qu'il doit animer une assemblée de prières dans les quartiers pauvres. Je crois qu'il ne désirait pas venir. Anne, j'ai horriblement peur que Jonas ne soit pas vraiment amoureux de moi. Et j'essaie de décider s'il vaut mieux me laisser dépérir et rendre l'âme ou poursuivre sur ma lancée, obtenir ma licence et devenir sensée et utile. »

« Comme il te serait impossible de devenir sensée et utile, tu ferais mieux de te laisser dépérir et de rendre l'âme, Phil », rétorqua cruellement Anne.

« Méchante Anne ! »

« Stupide Phil ! Tu sais bien que Jonas t'aime. »

« Mais il ne me le dit pas. Et je ne peux pas l'amener à le faire. J'admets qu'il paraît m'aimer. Mais le fait de me parler avec ses yeux n'est réellement pas une raison suffisante pour me faire broder des napperons ou ourler des nappes. Je ne veux pas commencer ce travail avant d'être vraiment fiancée. Ce serait provoquer le destin. »

« M. Blake a peur de te demander en mariage, Phil. Il est pauvre et ne peut t'offrir le train de vie auquel tu es habituée. Tu sais que c'est uniquement à cause de cela qu'il ne s'est pas déjà déclaré. »

«Je présume que oui», acquiesça tristement Phil. «Eh bien», poursuivit-elle en s'animant, «s'il ne veut pas me demander en mariage, c'est moi qui le ferai, c'est tout. Alors tout va s'arranger. Je suis sans inquiétude. À propos, Gilbert Blythe sort constamment avec Christine Stuart. Le savais-tu ?»

Anne essayait d'attacher une petite chaîne en or autour de son cou. Elle trouva soudainement le fermoir difficile à manipuler. Que se passait-il avec celui-ci – ou avec ses doigts ?

«Non», répondit-elle négligemment. «Qui est Christine Stuart ?»

«La sœur de Ronald Stuart. Elle étudie la musique à Kingsport cet hiver. Je ne l'ai jamais vue, mais on dit qu'elle est très jolie et que Gilbert en est fou. Comme j'étais en colère quand tu as refusé Gilbert, Anne. Mais Roy Gardner te convient parfaitement. Je m'en aperçois à présent. En fin de compte, tu avais raison.»

Anne ne rougit pas comme elle avait coutume de le faire quand les filles considéraient son éventuel mariage avec Roy Gardner comme un fait établi. Elle se sentit tout à coup plutôt ennuyée. Le bavardage de Phil paraissait trivial et la réception une corvée. Elle flanqua une claque à ce pauvre Rusty.

«Ôte-toi immédiatement de ce coussin, espèce de vieux chat! Pourquoi ne restes-tu pas à ta place sur le plancher ?»

Anne prit ses orchidées et descendit ; tante Jamesina s'occupait d'une rangée de manteaux suspendus devant le feu pour être tenus au chaud. Roy Gardner attendait Anne en taquinant la Chatte-à-Sarah. Cette dernière n'avait pas bonne opinion de lui. Elle lui tournait toujours le dos. Mais à part elle, tout le monde l'aimait beaucoup chez Patty. Tante Jamesina, conquise par sa courtoisie indéfectible et respectueuse ainsi que par les tonalités suppliantes de son irrésistible voix, affirmait qu'il était le jeune homme le plus charmant qu'elle ait jamais vu et qu'Anne était très chanceuse. Ces remarques hérissaient Anne. La cour de Roy avait certes été aussi romanesque que le cœur d'une jeune fille pouvait le souhaiter, pourtant… elle aurait préféré que tante Jamesina et les filles ne considèrent pas la chose comme si certaine. Lorsque Roy lui murmura un poétique compliment en l'aidant à endosser son manteau, elle ne rougit ni ne s'émut comme d'habitude ; et il la trouva plutôt silencieuse pendant qu'ils marchaient jusqu'à Redmond. Il pensa qu'elle avait l'air un peu pâle en sortant du vestiaire des étudiantes ; mais lorsqu'ils pénétrèrent dans la salle de réception, ses couleurs et son éclat lui revinrent soudain. Elle se tourna vers Roy avec une expression des plus gaies. Il lui rendit son sourire, ce sourire que Phil définissait comme « profond, ténébreux et velouté ». Pourtant, ce n'était pas Roy qu'elle voyait. Elle était intensément consciente que Gilbert se tenait sous les palmes de l'autre côté de la salle et qu'il conversait avec une jeune fille qui devait être Christine Stuart.

Elle était ravissante, d'une stature imposante destinée à devenir plutôt massive à un certain âge. Une fille élancée, aux grands yeux bleu foncé, aux traits ivoirins dont la chevelure soyeuse brillait d'un éclat sombre.

« Elle ressemble à ce que j'ai toujours voulu être », songea misérablement Anne. « Teint de rose, yeux violets et brillants, cheveux aile de corbeau, oui, elle a tout. C'est un miracle qu'elle ne s'appelle pas Cordelia Fitzgerald. Mais je ne crois pas que sa silhouette vaille la mienne, et mon nez est certainement plus joli que le sien. »

Anne se sentit un peu réconfortée par cette conclusion.

27

Confidences échangées

Cet hiver-là, mars se présenta comme le plus humble et le plus doux des agneaux, apportant des journées où le temps était vif, agréable et piquant, suivies d'un crépuscule rose givré se perdant peu à peu dans le pays des elfes éclairé par la lune.

L'ombre des examens d'avril planait sur les filles de la maison. Elles étudiaient avec acharnement ; même Phil se penchait sur ses livres et ses cahiers avec une obstination qu'on ne se serait pas attendu à voir chez elle.

« Je vais obtenir la bourse Johnson de mathématiques », annonça-t-elle calmement. « Je pourrais facilement gagner celle de grec, mais je préfère la bourse de math parce que je veux prouver à Jonas que je suis vraiment d'une intelligence au-dessus de la moyenne. »

« Jonas t'aime mieux pour tes grands yeux bruns et ton sourire de travers que pour toute la cervelle que tu pourrais avoir sous tes boucles », remarqua Anne.

« Dans ma jeunesse, il était mal vu pour une dame de connaître les mathématiques », observa tante Jamesina. « Mais les temps ont changé et je ne sais pas si c'est pour le mieux. Sais-tu cuisiner, Phil ? »

« Non, je n'ai jamais rien préparé de ma vie, sauf un pain d'épice et je l'ai raté – il était plat au centre et raboteux sur les bords. Vous voyez le genre. Mais, ma tante, quand je commencerai sérieusement à apprendre l'art culinaire, ne croyez-vous pas que l'intelligence qui me permet de remporter une bourse en mathématiques me servira aussi pour devenir un cordon-bleu ? »

« Peut-être », répondit prudemment tante Jamesina. « Je n'ai rien contre le fait que les femmes poursuivent des études supérieures. Ma fille possède une maîtrise. Elle sait aussi faire la cuisine. Mais je lui ai montré à cuisiner avant de laisser un professeur d'université lui enseigner les mathématiques. »

Vers la mi-mars, Mlle Patty Spofford écrivit pour dire qu'elle et Mlle Maria avaient décidé de rester à l'étranger une autre année.

« Vous pouvez donc garder la maison l'hiver prochain », écrivait-elle. « Maria et moi allons faire un saut en Égypte. Je veux voir le Sphinx avant de mourir. »

« Imaginez ces deux dames faisant un saut en Égypte ! Je me demande si elles vont continuer à tricoter en regardant le Sphinx », s'esclaffa Priscilla.

« Je suis si contente que nous puissions rester ici une année de plus », dit Stella. « J'avais peur qu'elles reviennent. Notre petit nid douillet aurait été démantelé et nous, pauvres oisillons, rejetées de nouveau vers le monde cruel des pensions. »

« Je vais faire un tour dans le parc », annonça Phil en repoussant son livre. « Je crois que quand j'aurai quatre-vingts ans, je serai heureuse d'être allée marcher dans le parc ce soir. »

« Que veux-tu dire ? » demanda Anne.

« Viens avec moi et tu sauras, mon chou. »

Pendant leur promenade, elles se laissèrent captiver par le mystère et la magie de cette soirée de mars. Un soir très calme, très doux, drapé dans un silence majestueux, blanc et évocateur, laissant pourtant passer une foule de petits sons argentés que l'on pouvait percevoir lorsqu'on écoutait autant avec le cœur qu'avec les oreilles. Les deux amies errèrent dans la pinède, marchant dans une longue allée qui semblait aboutir au cœur même d'un coucher de soleil d'hiver dont le rouge profond débordait sur le ciel.

« J'irais écrire un poème en cet instant béni, si seulement je savais comment faire », murmura Phil, s'arrêtant dans une clairière où une lueur rosée déteignait sur la cime des pins. « Tout est si merveilleux ici, cette grande immobilité blanche et ces arbres sombres qui semblent toujours en train de méditer. »

« Les bois furent les premiers temples de Dieu », déclama doucement Anne. « On ne peut s'empêcher d'éprouver un sentiment de respect et de vénération dans un tel endroit. Je me sens toujours si près de Lui quand je marche au milieu des pins. »

« Anne, je suis la fille la plus heureuse au monde », confessa soudainement Phil.

« Ainsi, M. Blake t'a finalement demandée en mariage ? » demanda calmement Anne.

« Oui. Et j'ai éternué trois fois pendant qu'il me le demandait. N'est-ce pas horrible ? Mais j'ai dit oui presque avant qu'il ait terminé tellement j'avais peur qu'il change d'idée. Je suis idiotement heureuse. Je n'avais jamais réellement pu croire que Jonas pourrait un jour aimer une fille frivole comme moi. »

« Tu n'es pas vraiment superficielle, Phil », dit gravement Anne. « Sous des apparences volages, tu possèdes une âme loyale et bonne, l'âme d'une vraie femme. Pourquoi la caches-tu autant ? »

« Je ne le fais pas exprès, Reine Anne. Mais tu as raison, je ne suis pas superficielle de cœur. Mais on dirait qu'il y a une peau de frivolité sur mon âme et je n'arrive pas à l'enlever. Comme le dit Mme Poyser*, pour changer, il faudrait que je sois couvée une nouvelle fois et couvée différemment. Mais Jonas connaît qui je suis réellement et il m'aime, avec ma frivolité et tout le reste. Et je l'aime. Je n'ai jamais été si étonnée de ma vie que le jour où j'ai découvert que je l'aimais. Je n'aurais jamais cru possible de

---

* N.D.L.T. : Personnage de *Adam Bede* de George Eliot, dont la langue est émaillée d'expressions imagées.

devenir amoureuse d'un homme laid. Quand je pense que
je me suis retrouvée avec un unique soupirant. Et qu'il
s'appelle Jonas, en plus. Mais j'ai l'intention de l'appeler
Jo. C'est un petit nom si joli, si pimpant. Je ne pouvais pas
donner de diminutif à Alonzo. »

« Au fait, que deviennent Alec et Alonzo ? »

« Oh ! je leur ai dit à Noël que je ne pourrais jamais
les épouser ni l'un ni l'autre. Cela me semble si amusant
maintenant de me rappeler l'avoir un jour cru possible. Ils
en ont eu tant de chagrin tous les deux que j'en ai été
bouleversée. Mais je savais qu'il y avait un seul homme au
monde que je pourrais épouser. J'avais pris ma décision
toute seule pour une fois et cela avait été vraiment facile.
C'est si bon de se sentir sûre, et que ce soit sa propre
certitude et non celle de quelqu'un d'autre. »

« Crois-tu que tu seras capable de persévérer ? »

« À prendre mes décisions, tu veux dire ? Je ne sais
pas, mais Jo m'a donné une règle formidable. Il m'a dit
que, lorsque je suis perplexe, je dois faire ce que je sou-
haiterais avoir fait quand j'aurai quatre-vingts ans. De
toute façon, Jo peut prendre des décisions assez vite et on
ne serait pas à l'aise s'il y avait trop de monde pour décider
dans la même maison. »

« Que diront tes parents ? »

« Papa ne dira pas grand-chose. Il considère que tout
ce que je fais est bien. Quant à maman, elle ne se privera
pas de parler. Oh ! sa langue sera aussi Byrne que son nez.
Mais pour finir, tout s'arrangera. »

« Tu devras renoncer à beaucoup des choses que tu as
toujours eues en épousant M. Blake, Phil. »

« Mais je l'aurai, lui. Le reste ne me manquera pas.
Nous devons nous marier l'an prochain, en juin. Jo
termine ce printemps ses études à Sainte-Columba. Après,
il prendra la charge d'une petite église de mission dans les
quartiers pauvres. Tu m'imagines dans les quartiers
pauvres ? Mais avec lui, j'irais dans les glaciers du
Groenland. »

« Et c'est là la fille qui jamais n'épouserait un homme sans le sou », expliqua Anne à un jeune pin.

« Oh ! ne me ramène pas mes folies de jeunesse. Je serai pauvre aussi allègrement que j'ai été riche. Tu verras. Je vais apprendre à faire la cuisine et à coudre mes robes. J'ai bien appris à faire le marché depuis que je vis chez Patty ; et il m'est arrivé d'enseigner à l'école du dimanche tout un été. Tante Jamesina dit que je vais gâcher la carrière de Jo si je le marie. C'est faux. Je sais que je ne possède pas beaucoup le sens de la mesure, mais en revanche, j'ai quelque chose de bien préférable, le don de me faire aimer des gens. À Bolingbroke, il y a un homme qui zézaie et qui prend toujours la parole lors des assemblées de prières. Il dit : "Si tu peux pas éclairer comme une ampoule électrique, alors éclaire comme une bougie." Je serai la petite bougie de Jo. »

« Tu es incorrigible, Phil. Eh bien, je t'aime tant qu'il m'est impossible de te faire un joli petit discours de félicitations. Mais je me réjouis du fond du cœur de ton bonheur. »

« Je le sais. Tes grands yeux gris expriment une amitié sincère, Anne. Un jour, je te regarderai de la même façon. Tu vas épouser Roy Gardner, n'est-ce pas, Anne ? »

« Ma chère Philippa, n'as-tu jamais entendu parler de la célèbre Betty Baxter qui a refusé un homme avant même qu'il ne l'ait demandée ? Je n'ai pas l'intention de suivre son exemple en refusant ou en acceptant quelqu'un avant qu'il m'ait fait sa proposition. »

« Tout le monde à Redmond sait que Roy Gardner est fou de toi », poursuivit candidement Phil. « Et tu l'aimes aussi, n'est-ce pas ? »

« Je… j'imagine », répondit Anne avec une certaine contrainte. Elle avait l'impression qu'elle aurait dû rougir en faisant cet aveu ; ce n'était pourtant pas le cas. D'autre part, elle rougissait toujours terriblement quand elle entendait des commérages sur Gilbert Blythe et Christine Stuart. Gilbert Blythe et Christine Stuart ne lui étaient rien – absolument rien. Mais Anne avait renoncé à analyser pourquoi elle rougissait. En ce qui concernait Roy, elle était évidemment amoureuse de lui, et même follement. Comment pouvait-il en être autrement ? Ne correspondait-il pas à son idéal ? Qui aurait pu résister à ces magnifiques yeux sombres et à cette voix modulée ? La moitié des filles de Redmond n'étaient-elles pas affreusement jalouses d'elle ? Et quel charmant sonnet il lui avait envoyé pour son anniversaire, avec un bouquet de violettes ! Anne en connaissait chaque mot par cœur. C'était un bon poème dans son genre. Pas tout à fait du calibre de Keats ou de Shakespeare – Anne n'était pas amoureuse au point de le croire. Mais ces vers auraient facilement pu être publiés dans une revue. Et ils lui étaient adressés à elle, non à Laura, Béatrice ou la Jeune Fille d'Athènes, mais bien à elle, Anne Shirley. De se faire dire en rimes cadencées que ses yeux étaient les étoiles du matin, que ses joues avaient dérobé leur teinte au soleil levant et que ses lèvres étaient plus vermeilles que les roses du firmament était une sensation des plus romantiques. Gilbert n'aurait jamais pensé à composer un sonnet sur son front. Pourtant Gilbert, lui, avait le sens de l'humour. Elle avait un jour raconté une anecdote amusante à Roy et il ne l'avait pas saisie. En se rappelant comme ils en avaient ri d'un rire complice, elle et Gilbert, elle se demandait, mal à l'aise, si la vie avec un homme dénué d'humour ne risquait pas de devenir un peu fade à la longue. Mais qui pouvait s'attendre à ce qu'un héros mélancolique et impénétrable voie le côté amusant des choses ? Ce serait tout simplement insensé.

28

Un soir de juin

« Je me demande ce que ce serait de vivre dans un monde où ce serait toujours le mois de juin », dit Anne qui, revenant un soir du verger embaumant des parfums de fleurs et d'épices, gravissait l'escalier avant où étaient assises Marilla et Mme Rachel ; elles commentaient les funérailles de Mme Samson Coates auxquelles elles s'étaient rendues ce jour-là. Dora, installée entre les deux, étudiait ses leçons avec application alors qu'assis en tailleur dans l'herbe, Davy paraissait aussi lugubre et déprimé que son unique fossette pouvait le permettre.

« Tu t'en lasserais », soupira Marilla.

« Sans doute ; mais en cet instant précis, j'ai l'impression que ce serait long avant que je m'en fatigue si c'était aussi charmant qu'aujourd'hui. Tout aime le mois de juin. Mon petit Davy, pourquoi affiches-tu cet air mélancolique de novembre en pleine période de floraison ? »

« J'suis juste écœuré et fatigué de la vie », rétorqua le jeune pessimiste.

« À dix ans ? Mon Dieu que c'est triste ! »

« J'dis pas ça pour rire », protesta Davy avec dignité. « J'suis dé… dé… couragé », affirma-t-il en faisant un vaillant effort pour trouver le terme juste.

« Pourquoi et comment est-ce arrivé ? » demanda Anne en prenant place auprès de lui.

« Parce que la nouvelle maîtresse d'école qui est venue quand M. Holmes est tombé malade m'a donné dix

additions à faire pour lundi. Ça m'prendra toute la journée
de demain pour les faire. C'est pas juste de travailler le
samedi. Milty Boulter dit qu'il les fera pas mais Marilla
veut que j'les fasse. J'aime pas du tout Mlle Carson. »

« Ne parle pas comme ça de ta nouvelle institutrice,
Davy Keith », ordonna sévèrement Mme Rachel.
« Mlle Carson est une jeune fille très sympathique et une
personne des plus sensées. »

« Cela ne semble pas très séduisant », remarqua Anne
en riant. « J'aime bien que les gens aient un petit grain de
folie. Mais je suis portée à avoir une meilleure opinion que
toi de Mlle Carson. Je l'ai aperçue à l'assemblée de prières
hier soir et elle avait une paire d'yeux qui ne peuvent être
toujours raisonnables. À présent, mon petit Davy, prends
ton courage à deux mains. Demain est un autre jour et je
t'aiderai de mon mieux à faire tes additions. Ne gaspille
pas des instants si privilégiés à broyer du noir et à te tourmenter à propos d'arithmétique. »

« D'accord », dit Davy qui retrouva aussitôt sa bonne
humeur. « Si tu m'aides à faire les additions, j'aurai fini à
temps pour aller pêcher avec Milty. J'aurais aimé qu'les
funérailles d'la vieille tante Atossa soient demain plutôt
qu'aujourd'hui. J'voulais y aller parce que Milty raconte
que sa mère a dit que la tante Atossa allait sûrement se
lever dans son cercueil pour dire des choses sarcastiques
aux gens venus à son enterrement. Mais Marilla dit qu'elle
l'a pas fait. »

« La pauvre Atossa reposait suffisamment en paix dans
son cercueil », prononça solennellement Mme Lynde. « Je
ne l'ai jamais vue avoir l'air si aimable. Ma foi, on ne l'a
pas beaucoup pleurée, la pauvre vieille. Les Elisha Wright
étaient bien contents d'en être débarrassés et je ne peux
pas dire que je les blâme un tant soit peu. »

« Cela me paraît vraiment une chose horrible que de
quitter ce monde sans que personne ne regrette notre
départ », dit Anne en frissonnant.

« Personne d'autre que ses parents n'ont jamais aimé la pauvre Atossa, c'est certain, et pas même mon mari », poursuivit Mme Lynde. « Elle était sa quatrième femme. On aurait dit qu'il avait pris l'habitude de se marier. Il n'a vécu que quelques années après l'avoir épousée. Le médecin a dit qu'il était mort de dyspepsie, mais moi je maintiendrai toujours que c'est la langue d'Atossa qui l'a tué. La pauvre, elle savait toujours tout ce qui se passait chez ses voisins, mais elle ne s'est jamais très bien connue elle-même. Eh bien, la voilà partie ; je présume que les noces de Diana seront le prochain événement important. »

« Cela me semble si étrange et affreux de penser que Diana se marie », soupira Anne en pressant ses genoux et en fixant, à travers une éclaircie de la Forêt hantée, la lumière qui brillait dans la chambre de Diana.

« Je ne vois pas ce qu'il y a d'affreux là-dedans ; c'est au contraire ce qui pouvait lui arriver de mieux », répliqua Mme Lynde d'un ton convaincu. « Fred Wright a une belle ferme et c'est un jeune homme exemplaire. »

« Ce n'est certes pas l'individu farouche, impétueux et cruel que Diana, un jour, rêvait d'épouser », remarqua Anne en souriant. « Fred est extrêmement bon. »

« C'est exactement ce qu'il doit être. Voudrais-tu que Diana épouse un homme cruel ? Ou en épouser un toi-même ? »

« Oh ! non. Je ne voudrais jamais me marier avec quelqu'un de méchant, mais je pense que j'aimerais qu'il puisse l'être et choisisse de ne pas l'être. Fred est désespérément bon. »

« J'espère que tu auras un jour du plomb dans la tête », dit Marilla.

Marilla avait parlé avec amertume. Elle était cruellement déçue. Elle savait qu'Anne avait refusé Gilbert Blythe. À Avonlea, les langues allaient bon train sur la nouvelle qui s'était répandue, Dieu sait comment. Peut-être Charlie Sloane l'avait-il deviné et avait-il rapporté ses suppositions comme s'il s'agissait de faits vérifiés. Ou peut-

être que Diana avait confié le secret à Fred et que ce
dernier s'était montré indiscret. Quoi qu'il en soit, la
chose était connue; Mme Blythe avait cessé de demander à
Anne, en privé ou en public, si elle avait reçu des nouvelles de Gilbert dernièrement, mais elle lui faisait un
salut glacial quand elle la croisait. Ayant toujours aimé la
mère de Gilbert, si joviale et jeune de cœur, Anne
souffrait en secret de la situation. Marilla ne disait rien;
mais Mme Lynde ne cessa de houspiller Anne à ce sujet
jusqu'à ce que, par le biais de la mère de Moody Spurgeon
MacPherson, la bonne dame apprenne qu'Anne était
courtisée par un autre soupirant à l'université qui était
tout à la fois beau, bon et riche. Sachant cela, Mme Rachel
tint sa langue même si, au fond de son cœur, elle eût
encore souhaité qu'Anne ait accepté Gilbert. C'était bien
d'être riche; pourtant même une personne aussi pratique
que Mme Rachel ne considérait pas la chose comme
essentielle; si Anne aimait le Bel Inconnu plus que
Gilbert, il n'y avait rien à redire; mais Mme Rachel avait
terriblement peur qu'Anne commette l'erreur de faire un
mariage d'argent. Marilla connaissait trop bien Anne pour
craindre une telle chose; mais elle avait l'impression que
quelque chose allait de travers dans le schéma universel.

« Ce qui doit arriver arrivera », dit sombrement
Mme Rachel, « et ce qui ne doit pas être arrive parfois. Je
ne peux m'empêcher de penser que c'est ce qui attend
Anne si la Providence n'intervient pas. »

Mme Rachel soupira. Elle craignait que la Providence
n'intervienne pas et n'osait le formuler.

Anne était allée se promener jusqu'à la Source des
fées et s'était réfugiée au milieu des fougères au pied du
grand bouleau blanc où, avec Gilbert, elle s'était si souvent assise les étés précédents. Il avait continué à
travailler au bureau du journal après la fin des cours et
Avonlea paraissait très morne sans lui. Il ne lui écrivait
jamais et Anne s'ennuyait des lettres qu'il ne lui envoyait
pas. Bien sûr, Roy lui écrivait deux fois par semaine; ses

lettres étaient d'exquises compositions qui auraient magnifiquement eu leur place dans un livre de mémoires ou une biographie. En les lisant, Anne se sentait encore plus profondément éprise de lui; pourtant, jamais leur vue ne suscitait ce coup au cœur étrange, fulgurant et douloureux qu'elle avait éprouvé lorsque Mme Hiram Sloane lui avait tendu une enveloppe adressée à l'encre noire, de l'écriture verticale de Gilbert. Anne était revenue en hâte et l'avait ouverte avec fébrilité dans sa chambre du pignon est – pour y trouver une copie dactylographiée d'un quelconque rapport de société universitaire, seulement cela et rien d'autre. Anne avait lancé l'inoffensive missive à travers la pièce et s'était mise à rédiger une épître particulièrement gentille à Roy.

Diana devait se marier cinq jours plus tard. Dans la maison grise d'Orchard Slope, on s'activait à faire cuire, concocter, bouillir et mijoter, car ce devait être un grand mariage à l'ancienne. Anne serait évidemment la demoiselle d'honneur selon l'entente conclue douze ans auparavant, et Gilbert devait revenir de Kingsport pour servir de garçon d'honneur. Tout en participant à la fièvre des divers préparatifs, Anne ressentait un petit pincement au cœur. Dans un certain sens, elle perdait sa vieille amie; la nouvelle maison de Diana se trouverait à deux milles de Green Gables et leur ancienne complicité de tous les instants ne serait plus jamais possible. Anne regarda fixement la lumière de la chambre de Diana et songea qu'elle lui avait servi de phare pendant tant d'années; mais bientôt elle ne brillerait plus dans les crépuscules d'été. Deux grosses larmes de chagrin montèrent dans ses yeux gris.

«Oh!» pensa-t-elle, «quelle chose horrible que de vieillir, se marier et changer!»

29

Le mariage de Diana

« Tout compte fait, les seules roses dignes de ce nom sont celles qui en portent la couleur », affirma Anne en nouant un ruban blanc autour du bouquet de Diana dans la chambre du pignon ouest d'Orchard Slope. « Ce sont les fleurs de l'amour et de la fidélité. »

Diana se tenait nerveusement debout au milieu de la pièce, sa robe blanche déployée et ses boucles noires givrées par son voile de mariée. C'était Anne qui l'avait drapée conformément à l'entente sentimentale conclue plusieurs années auparavant.

« Tout est aussi beau que je l'avais imaginé autrefois quand je pleurais sur ton inévitable mariage et la séparation qui en découlerait », fit-elle en riant. « Tu es la mariée de mes rêves, Diana, avec ton ravissant voile de brume ; et je suis ta demoiselle d'honneur. Mais hélas ! je n'ai pas de manches bouffantes, bien que ces courtes manches de dentelle soient encore plus seyantes. Mon cœur n'est pas non plus tout à fait brisé et disons que je ne déteste pas Fred tout à fait. »

« Nous ne nous séparons pas vraiment, Anne », protesta Diana. « Je ne m'en vais pas très loin. Nous continuerons à nous aimer autant qu'avant. N'avons-nous pas toujours tenu le "serment" d'amitié que nous avions fait dans le passé ? »

« C'est vrai. Nous l'avons respecté loyalement. Nous ne l'avons jamais terni d'aucune querelle, froideur ou parole mesquine; et j'espère qu'il en sera toujours de même. Pourtant, les choses ne pourront être tout à fait les mêmes après ceci. Tu auras d'autres intérêts, dont je serai exclue. Mais "ainsi va la vie", comme dit Mme Rachel. Mme Rachel t'a donné une de ses chères couvertures à rayures couleur tabac et elle dit qu'elle m'en donnera une à moi aussi quand je me marierai.»

«Ce qui me désole quand je songe à ton mariage, c'est que je ne pourrai pas être ta demoiselle d'honneur», se lamenta Diana.

«Je dois être celle de Phil en juin prochain, lorsqu'elle épousera M. Blake; après cela, je m'arrêterai parce que, tu connais le proverbe, "trois fois demoiselle d'honneur, jamais mariée"», dit Anne en jetant un coup d'œil par la fenêtre vers la magie rose et blanche du verger en fleurs. «Voici le pasteur, Diana.»

«Oh! Anne», s'étrangla Diana qui devint soudain très pâle et se mit à trembler. «Oh! Anne, je suis si nerveuse, je n'y arriverai pas, Anne, je sais que je vais m'évanouir.»

«Si tu fais ça, je te traînerai jusqu'à la barrique d'eau de pluie et je te plongerai dedans», déclara Anne sans sympathie. «Un peu de cran, ma chérie. Ce ne doit pas être si terrible de se marier puisque tant de gens survivent à la cérémonie. Regarde comme je reste calme et posée et reprends courage.»

«Attendez que ce soit votre tour, mademoiselle Anne. Oh! Anne, j'entends papa qui monte. Donne-moi mon bouquet. Est-ce que mon voile tombe bien? Suis-je très pâle?»

«Tu es tout simplement ravissante. Diana, ma chère, donne-moi un dernier baiser. Diana Barry ne m'embrassera plus jamais.»

«Mais Diana Wright le fera. Voilà, maman m'appelle. Viens.»

Selon la coutume simple et ancienne alors en vogue, Anne descendit au salon au bras de Gilbert. Ils se rencontrèrent au sommet de l'escalier pour la première fois depuis leur départ de Kingsport, car Gilbert n'était arrivé que ce jour-là. Il lui serra courtoisement la main. Il avait l'air très en forme bien qu'un peu amaigri, comme Anne le remarqua immédiatement. Il n'était pas pâle; ses joues s'étaient colorées comme sous l'effet d'une brûlure pendant qu'Anne se dirigeait vers lui dans le corridor sombre, vêtue d'une moelleuse robe blanche, du muguet dans la masse luisante de ses cheveux. Un murmure d'admiration les accueillit lorsqu'ils pénétrèrent ensemble dans le salon bondé. «Quel couple charmant ils forment!» chuchota l'impressionnable Mme Rachel à Marilla.

Fred fit son entrée seul, le visage écarlate, suivi de Diana au bras de son père. Elle ne perdit pas conscience et la cérémonie ne fut troublée par aucun incident incongru. Le banquet et la fête suivirent; puis, à la tombée de la nuit, Fred et Diana partirent sous les étoiles vers leur nouvelle demeure et Gilbert raccompagna Anne à Green Gables.

La nuit était si calme qu'on aurait pu entendre un chuchotement dans les rosiers en fleurs, un sifflotement dans les hautes herbes, et tant d'autres sons si doux, tout emmêlés. Le monde entier resplendissait de la splendeur du clair de lune sur les champs familiers.

«Veux-tu te promener sur le Chemin des amoureux avant d'entrer?» demanda Gilbert tandis qu'ils traversaient le pont du Lac aux miroirs où gisait la lune comme un grand bouquet d'or.

Anne acquiesça avec empressement. Cette nuit-là, le Chemin des amoureux était un véritable sentier dans le pays des fées, un lieu chatoyant et mystérieux, plein de sorcellerie dans la magie blanche du clair de lune. Il y avait eu un temps où il aurait été bien trop dangereux de marcher ainsi avec Gilbert dans le Chemin des amoureux. Mais Roy et Christine rendaient désormais la promenade inoffensive. Anne songea beaucoup à Christine pendant qu'elle bavardait légèrement avec Gilbert. Elle l'avait rencontrée à plusieurs reprises avant de quitter Kingsport et elle lui avait témoigné beaucoup de gentillesse. Christine avait eu la même attitude affable à son égard. Elles formaient vraiment une paire d'excellentes camarades. Malgré tout cela pourtant, la camaraderie ne s'était pas muée en amitié. Il était clair que Christine n'était pas une âme sœur.

« Passeras-tu tout l'été à Avonlea ? » s'informa Gilbert.

« Non, je pars vers l'est à Valley Road la semaine prochaine. Esther Haythorne m'a demandé d'enseigner à sa place en juillet et août. Ils ont une session d'été dans cette école et Esther n'est pas en très bonne santé. Je vais donc la remplacer. D'une certaine façon, cela m'est égal. Tu sais, je commence à me sentir un peu comme une étrangère à Avonlea. Cela me chagrine, mais c'est vrai. C'est assez consternant de voir le nombre d'enfants qui, ces deux dernières années, sont devenus de grands garçons et de grandes filles, de véritables jeunes adultes. La moitié de mes élèves sont grands. Cela me fait me sentir affreusement vieille quand je les vois occuper les places que toi, moi et nos camarades de classe occupions. »

Anne rit et soupira. Elle se sentait très vieille et très sage, ce qui montrait combien elle était jeune. Elle se disait qu'elle aurait tant voulu retrouver cette époque heureuse où la vie se dessinait à travers un brouillard rose d'espoir et d'illusion, possédant quelque chose qui avait disparu pour toujours. Où étaient à présent la splendeur et le rêve ?

« C'est la vie », conclut prosaïquement Gilbert, un peu absent. Anne se demanda s'il pensait à Christine. Oh ! Comme Avonlea semblerait déserté – maintenant que Diana était partie !

30

Le roman d'amour de Mme Skinner

Anne descendit du train à la gare de Valley Road et scruta les alentours pour voir si quelqu'un était venu la chercher. C'était censé être une certaine Mlle Janet Sweet, mais elle ne voyait personne qui correspondît un tant soit peu à l'idée qu'elle s'était faite de la dame d'après la lettre d'Esther. L'unique personne en vue était une femme d'âge mûr assise dans une charrette et entourée de sacs postaux. Deux cents livres auraient constitué une hypothèse charitable concernant son poids ; son visage était aussi rond et vermeil qu'une lune rousse, et presque aussi lisse. Elle portait une étroite robe de cachemire noir, à la mode d'il y a dix ans, un petit chapeau de paille poussiéreux de la même couleur garni de nœuds de ruban jaune et des gants de dentelle délavée, également noirs.

«Hé! vous, là-bas!», appela-t-elle en agitant le bras en direction d'Anne. «Êtes-vous la nouvelle maîtresse d'école de Valley Road?»

«Oui.»

«C'est ben c'que j'pensais. Valley Road est réputé pour ses maîtresses d'école avenantes, comme Millersville est réputé pour en avoir des moches. Janet Sweet m'a d'mandé à matin si j'pouvais vous ram'ner avec moi. J'ai dit : "Pour sûr que j'peux si ça la dérange pas de s'faire tasser un peu. Ma charrette est plutôt juste pour les sacs postaux et j'suis un peu plus corporante que Thomas!" Attendez une minute, mam'zelle, que j'pousse un peu ces

sacs et que j'vous case quelque part. Janet reste à deux
milles. L'engagé de son voisin va v'nir chercher vot'malle
à soère. J'm'appelle Skinner, Amelia Skinner. »

Anne se trouva enfin casée, s'adressant à elle-même
des sourires pendant l'opération.

« Hue ! Noiraude ! » ordonna Mme Skinner à sa jument
en prenant les rênes dans sa main potelée. « C'est la
première fois que j'fais la route postale. Thomas voulait
sarcler ses navots aujourd'hui, alors il m'a demandé
d'venir. Alors j'ai juste pris une p'tite collation et j'suis
partie. J'aime pas mal ça. On peut pas dire que c'est pas
ennuyant, par exemple. Une partie du temps, j'reste assise
et j'jongle. Le reste, j'fais juste rester assise. Hue !
Noiraude ! J'veux pas arriver trop tard chez nous. Thomas
s'ennuie tellement quand j'suis pas là. Vous savez, ça fait
pas ben longtemps qu'on est mariés. »

« Oh ! » fit poliment Anne.

« Juste un mois. Mais Thomas m'a courtisée un bon
bout d'temps. C'était ben romantique. »

Anne tenta de se figurer Mme Skinner dans une
situation romantique et n'y parvint pas.

« Oh ! » s'écria-t-elle de nouveau.

« Ouais. Voyez-vous, y avait un autre homme qui
m'courait après. Hue ! Noiraude ! Ça f'sait si longtemps
qu'j'étions veuve qu'les gens s'attendaient pus à m'voir me
r'marier. Mais quand ma fille – une maîtresse d'école
comme vous – est partie enseigner dans l'Ouest, j'avions
commencé à m'ennuyer et j'ai changé d'idée. À c'moment-
là, Thomas a commencé à v'nir me voère, et l'autre type
aussi – William Obodiah Seaman qu'il s'appelait. Pendant
longtemps, j'arrivions pas à décider lequel choisir, et y ont
continué à r'venir et à r'venir et j'continuais à m'ronger
les sangs. W.O. était riche, voyez-vous, y restait dans un'
belle maison et y brasse pas mal d'argent. C'était de loin le
meilleur parti. Hue ! Noiraude ! »

« Pourquoi ne l'avez-vous pas épousé ? » s'étonna
Anne.

« Eh ben, y m'aimait pas, voyez-vous », expliqua
Mme Skinner d'un ton théâtral.

Anne écarquilla les yeux et regarda Mme Skinner. Mais
il n'y avait pas la moindre étincelle d'humour dans le
visage de cette dame. Il était clair qu'elle ne voyait rien
d'hilarant dans son histoire.

« Y était veuf depuis trois ans et c'était sa sœur qui
t'nait la maison. Pis elle s'est mariée et y voulait juste
quelqu'un pour prendre sa place. C'est pas qu'ça valait pas
la peine d's'occuper d'cte maison. Elle est vraiment belle.
Hue ! Noiraude ! Quant à Thomas, y était pauv' comme
Job et tout c'qu'on pouvait dire d'sa maison, c'est qu'le toit
coulait pas quand y faisait beau même si on n'en voit pas
souvent comme la sienne. Mais, voyez-vous, j'l'aimais,
Thomas, alors que W.O. ne m'faisait ni chaud ni froid.
Alors j'ai discuté d'la chose avec moi-même. "Sarah
Crowe", que j'me suis dit, "tu peux bien marier ton riche si
tu veux, mais tu s'ras pas heureuse. On peut pas s'entendre
sur cette terre sans un peu d'amour. Tu f'rais mieux
d'prendre Thomas, parce que y t'aime, et tu l'aimes et
qu't'as besoin d'rien d'autre." Hue ! Noiraude ! Alors j'ai
dit à Thomas que j'le marierais. Tout le temps des
préparatifs, j'ai jamais osé passer d'vant chez W.O. de peur
qu'la vue d'cte belle maison me fasse encore entrer dans les
transes. Mais j'y pense pus maintenant et j'suis juste bien
et heureuse avec Thomas. Hue ! Noiraude ! »

« Et comment William Obodiah a-t-il pris la chose ? »
demanda Anne.

« Oh ! Y a rouspété un peu. Mais y fréquente une
vieille fille maigre de Millersville maint'nant et elle doit
être à la veille de l'marier. Elle lui fera une meilleure
femme que la première. W.O. avait jamais voulu se marier
avec elle. Il l'a demandée en mariage juste pour obéir à son
père en espérant qu'elle dise non. Mais elle a dit oui,
r'marquez. L'était une ménagère hors pair, mais on peut
plus avare. Elle a porté le même bonnet pendant dix-huit
ans. Puis elle en a eu un nouveau et quand W.O. l'a

rencontrée sur le ch'min, y l'a même pas r'connue. Hue !
Noiraude ! J'ai l'impression d'l'avoir échappé belle.
J'aurions pu l'marier et mener une vie d'misère, comme ma
pauv' cousine, Jane Ann. Elle a marié un homme riche
qu'elle aimait pas et elle est loin d'faire une vie d'chien.
Elle est v'nue m'voère la s'maine dernière et m'a dit :
"Sarah Skinner, j't'envie. J'aimerais mieux vivre dans une
p'tite hutte au bord du ch'min avec un homme que
j'aim'rais que dans ma grande maison avec c'lui qu'j'ai."
C'est pas qu'son homme soit si mauvais, r'marquez, mais y
a tellement l'esprit d'contradiction que y met son manteau
d'fourrure quand l'thermomètre marque quatre-vingt-dix.
La seule façon d'lui faire faire quelque chose, c'est de
l'pousser à faire le contraire. Mais comme y a pas d'amour
pour arranger les choses, y font pas une vie ben plaisante.
Hue ! Noiraude ! Voilà la maison de Janet dans l'creux.
Elle l'appelle Wayside. C'est pittoresque, vous trouvez
pas ? J'imagine que vous s'rez contente de sortir d'ici, avec
tous ces sacs postaux tassés autour de vous. »

« Oui, mais j'ai vraiment très apprécié cette promenade avec vous », dit sincèrement Anne.

« Allons donc », dit Mme Skinner, hautement flattée.
« Attendez que j'dise ça à Thomas. Ça lui fait toujours
rud'ment plaisir quand je r'çois un compliment. Hue !
Noiraude ! Eh ben, nous y voilà. J'espère que ça s'passera
bien pour vous à l'école, mam'zelle. Y a un raccourci pour
y aller par le marais derrière chez Janet. Faites attention si
vous prenez ce ch'min. Si vous restez prise dans cette
boue, vous s'rez aspirée directement au fond et on
entendra plus jamais parler d'vous jusqu'au jour du
Jugement dernier, comme la vache d'Adam Palmer. Hue !
Noiraude ! »

31

Anne à Philippa

Anne Shirley à Philippa Gordon, bonjour.

Il est grand temps que je t'écrive, ma chérie. Me voilà donc en train de jouer, une fois de plus, le rôle d'une maîtresse d'école de campagne ; je suis à Valley Road, en pension à Wayside, la maison de Mlle Janet Sweet. Janet est une femme charmante et elle paraît très bien ; grande, mais pas trop ; solide quoiqu'on sente quelque chose de contenu dans sa silhouette, ce qui donne l'impression d'une personne économe qui n'entend pas être trop prodigue même en matière de poids. Ses cheveux frisottés bruns striés de gris sont coiffés en un chignon soyeux ; elle a un visage basané, des joues roses et de grands yeux doux, aussi bleus que des myosotis. De plus, elle est une de ces adorables cuisinières à l'ancienne mode qui ne se soucie aucunement de votre digestion pour autant qu'elle vous régale de bons petits plats.

Je l'aime bien ; et elle me le rend bien, surtout, semble-t-il, parce qu'elle avait une sœur prénommée Anne qui est morte jeune.

« Je suis très contente de vous voir », m'a-t-elle dit avec empressement quand je suis arrivée dans sa cour. « Mon Dieu, vous ne ressemblez aucunement à ce que je m'attendais. J'étais sûre que vous seriez brune – ma sœur Anne l'était. Et vous êtes rousse ! »

Pendant quelques instants, j'ai pensé que je n'aimerais pas Janet autant que je l'avais cru de prime abord. Puis je me suis rappelé que je devais me montrer plus raisonnable et ne pas avoir de préjugés contre une personne simplement parce qu'elle dit que mes cheveux sont roux. Le terme « auburn » ne fait probablement pas partie du vocabulaire de Janet.

Wayside est un endroit des plus mignons. La maison, petite et blanche, est nichée dans un délicieux vallon loin de la route. Entre le chemin et la maison, il y a un verger et un jardin de fleurs tout enchevêtrées. L'allée avant est bordée de coquilles de palourdes que Janet appelle des coques ; une vigne vierge grimpe sur la façade et le toit est couvert de mousse. Ma chambre est un coin minuscule et charmant à côté du salon ; elle est juste assez grande pour le lit et moi. À la tête de mon lit, est accroché un portrait de Robby Burns* debout devant la tombe de Highland Mary, à l'ombre d'un gigantesque saule pleureur. Le visage de Robby est si lugubre qu'il n'est pas étonnant que je fasse des cauchemars. Imagine que la première nuit que j'ai passée ici, j'ai rêvé que j'étais incapable de rire.

Le salon est une pièce exiguë et impeccable. Son unique fenêtre est masquée par un saule si énorme que la pièce est plongée dans une obscurité vert émeraude, comme une grotte. Il y a de merveilleux coussins sur les fauteuils, de gaies carpettes sur le sol, des livres et des cartes soigneusement rangés sur la table ronde et il y a des vases de plantes séchées sur le manteau de la cheminée. Entre ceux-ci, on trouve une joviale décoration de photographies de cercueils ; il y en a cinq en tout, représentant respectivement ceux de la mère et du père de Janet, d'un frère, de sa sœur Anne et d'un domestique qui a un jour rendu l'âme ici ! S'il m'arrivait de perdre la raison, qu'il soit su par les présentes que ces photographies de cercueils en auront été la cause.

Mais tout est agréable et je l'ai dit. Janet m'aime à cause de cela, autant qu'elle détestait la pauvre Esther qui déclarait qu'autant d'ombre était anti-hygiénique et n'était pas d'accord pour dormir dans un lit de plumes. Moi je raffole des matelas de plumes, et plus ils sont anti-hygiéniques et pleins de plumes,

---

* N.D.L.T. : Robert Burns (1759-1796) ; poète écossais ; ses poèmes sont écrits en langue écossaise.

plus j'en raffole. Janet affirme que c'est un tel plaisir que de me voir dévorer ; elle craignait que je ne sois comme Mlle Haythorne qui ne voulait rien avaler d'autre que des fruits et de l'eau chaude pour déjeuner et tentait d'amener Janet à renoncer aux fritures. Esther est vraiment une fille adorable, mais elle est portée à avoir des lubies. Le problème est qu'elle n'a pas suffisamment d'imagination et qu'elle est sujette aux indigestions.

Janet m'a dit que je pourrais me servir du salon quand des jeunes gens me rendraient visite ! Je ne crois pas qu'ils se présenteront en foule. Je n'ai encore aperçu aucun jeune homme à Valley Road, à l'exception de l'engagé du voisin, Sam Tolliver, un jeune type très grand, grêle et aux cheveux filasse. Il est venu jusqu'ici un soir récemment et a passé une heure perché sur la clôture du jardin où Janet et moi étions occupées à broder. Les seules remarques qui sont sorties de sa bouche pendant tout ce temps ont été : « Prenez une pastille d'menthe, mam'zelle ! Sucez, c'est fameux pour l'catarrhe, les pastilles d'menthe », et « Fameux la quantité d'grenouilles icitte à soère. Ouais.

Mais il y a quand même une histoire d'amour qui se trame ici. Je semble être destinée à être mêlée, de façon plus ou moins active, aux idylles des personnes d'âge mûr. M. et Mme Irving proclament toujours qu'ils me doivent leur mariage. Mme Stephen Clark de Carmody persiste à me témoigner sa reconnaissance pour une suggestion que n'importe qui d'autre aurait pu lui faire si ce n'avait été moi. Néanmoins, je suis réellement convaincue que Ludovic Speed n'aurait jamais été plus loin que cette cour placide si je ne leur avais pas donné un coup de pouce, à lui et à Theodora Dix.

Dans l'histoire qui m'occupe, je ne suis rien de plus qu'une spectatrice passive. J'ai tenté une fois d'arranger les choses et ce fut un gâchis. J'ai donc décidé de ne plus m'en mêler. Je te raconterai tout quand nous nous reverrons.

32

Un thé chez Mme Douglas

Le premier jeudi soir du séjour d'Anne à Valley Road, Janet lui proposa de l'accompagner à l'assemblée de prières. Fraîche comme une rose pour assister à cet office, Janet avait revêtu une robe de mousseline bleu pâle parsemée de violettes, ornée d'une multitude de fanfreluches – jamais on n'aurait pu supposer l'économe Janet pouvant se rendre coupable d'un tel excès; elle était coiffée d'un chapeau de paille d'Italie garni de roses et de trois plumes d'autruche. Anne en resta muette de stupéfaction. Elle découvrit plus tard que Janet avait un motif pour se pomponner de la sorte, un motif aussi vieux que le monde.

Les assemblées de prières de Valley Road semblaient être essentiellement féminines. Trente-deux femmes y assistaient, plus deux adolescents et un homme solitaire qui se tenait à côté du pasteur et qu'Anne se surprit à examiner. Il n'était ni beau, ni jeune, ni élégant; il avait des jambes remarquablement longues, si longues qu'il devait les replier sous sa chaise pour savoir qu'en faire et ses épaules étaient voûtées. Ses mains étaient grandes, ses cheveux auraient eu besoin d'être taillés et sa moustache était négligée. Son visage lui plut pourtant, car il exprimait la bonté, l'honnêteté et la tendresse ainsi que quelque chose d'autre qu'Anne trouva difficile à définir. Elle conclut finalement que cet homme avait souffert et qu'il s'était montré fort et que cela transparaissait dans son visage. Il y avait une sorte de résignation patiente et pleine d'humour dans son expression indiquant qu'il était prêt à se rendre jusqu'au bûcher s'il le fallait mais qu'il continuerait à avoir le même air affable jusqu'à ce qu'il ne puisse réellement plus s'empêcher de se contorsionner.

À la fin de l'assemblée, cet homme se dirigea vers Janet et lui dit :

« Puis-je vous raccompagner chez vous, Janet ? »

Janet lui prit le bras, « aussi vivement et timidement que si elle n'avait pas plus de seize ans et que c'était la première fois qu'un homme la raccompagnait à la maison », comme le raconta plus tard Anne à ses amies chez Patty.

« Mademoiselle Shirley, permettez-moi de vous présenter M. Douglas », fit-elle avec raideur.

M. Douglas inclina la tête et dit :

« Je vous regardais pendant l'assemblée, mademoiselle, et je me disais que vous étiez une jeune fille très sympathique. »

Venant de quatre-vingt-dix-neuf personnes sur cent, de telles paroles auraient profondément ennuyé Anne ; mais la façon dont M. Douglas les prononça donna à Anne l'impression qu'elle venait de recevoir un compliment sincère et agréable. Elle lui sourit avec reconnaissance et leur emboîta aimablement le pas dans le clair de lune.

Ainsi, Janet avait un amoureux ! Anne en était ravie. Janet ferait une épouse modèle, joviale, économe, tolérante, et une cuisinière hors pair. Ce serait un flagrant gaspillage si la nature la maintenait dans un état de célibat permanent.

« John Douglas m'a demandé de vous amener voir sa mère », annonça Janet le lendemain. « Elle garde le lit la plupart du temps et ne sort jamais de la maison. Mais elle adore la compagnie et désire toujours rencontrer mes pensionnaires. Pouvez-vous venir ce soir ? »

Anne acquiesça ; mais plus tard dans la journée, M. Douglas vint au nom de sa mère les inviter à prendre le thé le samedi soir.

«Oh! pourquoi n'avez-vous pas mis votre jolie robe à fleurs?» s'étonna Anne lorsqu'elles quittèrent la maison. C'était une journée chaude et la pauvre Janet, entre son émotion et son épaisse robe de cachemire noir, avait l'air d'une brûlée vive.

«La vieille Mme Douglas la trouverait terriblement frivole et inconvenante, j'en ai bien peur. Pourtant, John aime bien cette robe», ajouta-t-elle mélancoliquement.

Le vieux domaine des Douglas se trouvait à un demi-mille de Wayside, au sommet d'une colline exposée au vent. La maison elle-même était vaste et confortable; entourée de massifs d'érables et de vergers, son âge vénérable lui conférait une certaine dignité. De belles granges se dressaient derrière et l'ensemble exprimait la prospérité. Anne songea que quoi qu'ait signifié la patiente résignation dans le visage de M. Douglas, il ne s'agissait certainement pas de dettes ni de harcèlements de créanciers.

John Douglas les accueillit à la porte et les fit entrer dans le salon, où sa mère trônait dans un fauteuil.

Anne s'était attendue à ce que la vieille Mme Douglas soit grande et maigre comme son fils. Mais elle se trouva devant un petit bout de femme aux joues roses, aux yeux bleus et doux et à la bouche enfantine. Revêtue d'une élégante robe de soie noire, les épaules couvertes d'un vaporeux châle blanc et un coquet bonnet de dentelle posé sur ses cheveux de neige, elle aurait pu servir de modèle pour une poupée grand-mère.

«Comment allez-vous, ma chère Janet?» s'informat-elle d'un ton aimable. «Je suis si contente de vous revoir.» Elle leva son joli visage ridé pour recevoir un baiser. «Et voici notre nouvelle institutrice. Mon fils a chanté vos louanges jusqu'à me rendre à demi jalouse; Janet devait l'être complètement, j'en suis certaine.»

La pauvre Janet devint écarlate, Anne dit quelques mots polis et conventionnels, puis tout le monde s'assit pour faire la conversation. Ce ne fut pas une tâche facile, même pour Anne, car personne, à l'exception de la vieille Mme Douglas, ne semblait à son aise. Il était clair que cette dernière n'avait aucune difficulté à parler. Elle invita Janet à prendre place auprès d'elle et lui pressa la main de temps à autre. Janet se bornait à sourire, ayant l'air horriblement mal à l'aise dans sa robe hideuse, tandis que John Douglas restait assis sans sourire.

À la table, Mme Douglas demanda gracieusement à Janet de verser le thé et Janet, rougissant plus que jamais, s'exécuta. Anne écrivit une description de ce festin dans une lettre à Stella.

On nous a servi de la langue froide, du poulet et des confitures de fraises, de la tarte au citron, des tartelettes, un gâteau au chocolat, des biscuits aux raisins, un quatre-quarts, un gâteau aux fruits et quelques autres plats, notamment une autre tarte, je crois qu'il s'agissait d'une tarte au caramel. Après que j'eus mangé deux fois plus que je ne l'aurais dû, Mme Douglas a soupiré qu'elle avait peur de ne rien pouvoir m'offrir pour stimuler mon appétit.

« Je crains que la cuisine de Janet ne vous ait gâtée », dit-elle gentiment. *« Bien entendu, personne à Valley Road n'aspire à rivaliser avec elle. Ne prendriez-vous pas une autre pointe de tarte, mademoiselle Shirley ? Vous n'avez rien mangé. »*

Stella, j'avais prix deux portions de langue et une de poulet, trois biscuits, une pointe de tarte, une tartelette et un morceau de gâteau au chocolat !

Après le thé, Mme Douglas sourit avec bienveillance et demanda à John d'amener la « chère Janet » dans le jardin et de lui offrir quelques roses.

« Mlle Shirley me tiendra compagnie pendant que vous serez dehors, n'est-ce pas ? » ajouta-t-elle plaintivement. Elle se réinstalla dans son fauteuil et soupira.

« Je suis une vieille femme très frêle, mademoiselle Shirley. J'ai énormément souffert. Je meurs à petit feu depuis vingt interminables et épuisantes années. »

« C'est vraiment atroce », répondit Anne qui, essayant d'éprouver de la compassion, ne réussit qu'à se sentir idiote.

« Il y a eu je ne sais combien de nuits où je pensais que je ne survivrais pas jusqu'à l'aube », poursuivit Mme Douglas d'un ton théâtral. « Personne ne se doute à travers quoi je suis passée, personne d'autre que moi ne peut le savoir. Eh bien, je n'en ai plus pour très longtemps, à présent. Mon pénible pèlerinage ici-bas touche à sa fin, mademoiselle Shirley. J'éprouve un grand réconfort quand je songe que John aura une aussi bonne épouse pour prendre soin de lui quand sa mère ne sera plus là, un grand réconfort, mademoiselle Shirley. »

« Janet est une femme charmante », approuva Anne avec chaleur.

« Charmante ! Une excellente nature », acquiesça Mme Douglas. « Et une maîtresse de maison idéale, ce que je n'ai jamais été. Ma santé ne me le permettait pas, mademoiselle Shirley. Grâce à Dieu, John a fait un choix judicieux. J'espère et je crois qu'il sera heureux. C'est mon fils unique, mademoiselle Shirley, et son bonheur me tient vraiment à cœur. »

« Bien sûr », fit stupidement Anne. Pour la première fois de sa vie, elle était stupide. Elle n'arrivait cependant pas à comprendre pourquoi. Elle paraissait n'avoir absolument rien à dire à cette douce, souriante et angélique vieille dame qui lui tapotait si gentiment la main.

« Revenez me voir bientôt, chère Janet », dit affectueusement Mme Douglas lorsqu'elles prirent congé. « Vous ne venez pas la moitié aussi souvent que je le désirerais. Mais je présume qu'un de ces jours, John vous amènera vivre ici pour toujours. »

Anne, jetant par hasard un regard à John Douglas pendant que sa mère parlait, fut complètement estomaquée. Il ressemblait à un homme au supplice auquel ses tortionnaires donnent le dernier coup pouvant être enduré. Elle eut la certitude qu'il était malade et se hâta de partir avec la pauvre Janet rougissante.

« Mme Douglas n'est-elle pas une femme charmante ? » demanda Janet pendant qu'elles cheminaient sur la route.

« Mmm », répondit Anne d'un air absent. Elle se demandait pourquoi John Douglas avait eu cette expression.

« Elle a terriblement souffert », poursuivit Janet avec émotion. « Elle a des crises épouvantables qui ne cessent d'inquiéter John. Il craint de s'absenter de chez lui de peur que sa mère ait une crise et qu'il n'y ait personne d'autre que la domestique pour lui porter secours. »

33

« Il n'a fait que venir et revenir »

Trois jours plus tard, en revenant de l'école, Anne trouva Janet en larmes. Les larmes ressemblaient si peu à Janet qu'Anne en fut sincèrement alarmée.

« Oh ! Que se passe-t-il ? » demanda-t-elle anxieusement.

« Je… j'ai quarante ans aujourd'hui », sanglota Janet.

« Ma foi, vous les aviez presque hier et n'en souffriez pas », la consola Anne qui s'efforçait de réprimer un sourire.

« Mais… mais », reprit Janet en ravalant un sanglot, « John Douglas ne me demandera pas en mariage. »

« Oh ! mais oui, il le fera », dit maladroitement Anne. « Il faut lui laisser le temps. »

« Le temps ! » s'écria Janet en faisant une moue de dédain indescriptible. « Il a eu vingt ans. Combien de temps veut-il ? »

« Vous voulez dire que John Douglas vous fréquente depuis vingt ans ? »

« Exactement. Et jamais il ne m'a parlé de mariage. Et je ne crois plus qu'il le fera maintenant. Je n'en ai jamais soufflé mot à âme qui vive, mais il m'a semblé que je devais en parler à quelqu'un sinon je deviendrais folle. John Douglas a commencé à me fréquenter il y a vingt ans, avant la mort de ma mère. Par la suite, il a continué à venir et à revenir, et après quelque temps, j'ai commencé à faire des couvertures et d'autres choses ; mais il n'a jamais parlé de mariage, il ne faisait que venir et revenir. Je ne pouvais rien faire. Quand maman est morte, il y avait huit ans que nous sortions ensemble. Je croyais qu'il se déciderait à se déclarer en voyant que je me retrouvais seule au monde. Il m'a démontré beaucoup de bonté et de prévenance et il a fait tout ce qu'il a pu pour moi, mais sans faire allusion au mariage. Et c'est ainsi que les choses ont continué depuis. C'est moi que les gens blâment. Ils disent que je refuse de l'épouser parce que sa mère est tellement malade et que je ne veux pas me donner la peine de m'occuper d'elle. Pourtant, j'adorerais prendre soin de la mère de John! Mais je les laisse penser ce qu'ils veulent. Je préfère être blâmée que prise en pitié. C'est si horriblement humiliant que John ne me demande pas ma main. Et pourquoi ne le fait-il pas? Il me semble que je ne me tourmenterais pas autant si seulement je connaissais la raison. »

« Sa mère ne veut peut-être pas qu'il se marie », suggéra Anne.

« Oh! oui, elle le veut. Elle m'a dit et répété qu'elle aimerait voir John établi avant sa mort. Elle ne cesse de lui donner des indices, vous l'avez entendue vous-même l'autre jour. J'aurais voulu être engloutie sous le plancher. »

« Cela me dépasse », fit Anne à bout de ressources. Elle pensait à Ludovic Speed. Mais il s'agissait d'un cas différent. John Douglas n'était pas un homme du type de Ludovic.

« Vous devez démontrer plus de fermeté, Janet », poursuivit-elle résolument. « Pourquoi ne pas l'avoir congédié depuis longtemps? »

« Je ne pouvais pas », répondit pathétiquement la pauvre Janet. « Voyez-vous, Anne, j'ai toujours été terriblement éprise de John. Il aurait aussi bien pu venir ou pas, comme je ne voulais personne d'autre, cela n'avait pas d'importance. »

« Mais cela l'aurait peut-être incité à se déclarer en homme », insista Anne.

Janet secoua la tête.

« Non, je ne crois pas. De toute façon, je craignais d'essayer, de peur qu'il ne pense que je parlais sérieusement et s'en aille. Je suis probablement une créature sans colonne vertébrale, mais c'est ce que je sens. Et je n'y peux rien. »

« Oh ! vous y pouvez quelque chose, Janet. Il n'est pas trop tard. Adoptez une position ferme. Faites savoir à cet homme que vous n'allez pas tolérer plus longtemps sa valse-hésitation. Je vous seconderai. »

« J'sais pas », dit désespérément Janet. « J'sais pas si j'aurai un jour assez de cran. Les choses traînent depuis si longtemps. Je vais y réfléchir. »

Anne se sentit déçue de John Douglas. Il lui avait tellement plu ; elle n'aurait jamais pensé qu'il était le genre d'homme à se jouer des sentiments d'une femme pendant vingt ans. Il méritait sûrement une leçon et Anne sentit vindicativement qu'elle aimerait bien être le témoin de la chose. C'est pourquoi elle fut enchantée quand, en route pour l'assemblée de prières, Janet lui confia qu'elle avait l'intention de faire preuve de volonté.

« Je vais montrer à John Douglas que je ne me laisserai pas piétiner plus longtemps. »

« Vous avez parfaitement raison », approuva Anne avec conviction.

À la fin de l'office, John Douglas se présenta avec sa question habituelle. Janet le regarda d'un air terrifié mais résolu.

« Non, merci », fit-elle glacialement. « Je connais très bien le chemin jusqu'à chez moi. C'est normal puisque je le fais depuis quarante ans. Alors ne vous donnez pas cette peine, monsieur Douglas. »

Anne regarda John Douglas ; et dans ce brillant clair de lune, elle vit une fois de plus le dernier tour de manivelle des bourreaux. Sans une parole, il leur tourna le dos et partit sur la route.

« Arrêtez ! Arrêtez ! » hurla Anne sans se préoccuper le moins du monde des autres spectateurs médusés. « Monsieur Douglas, arrêtez ! Revenez. »

John Douglas s'arrêta, mais ne revint pas. Anne se précipita sur le chemin, le prit par le bras et le ramena vers Janet.

« Vous devez revenir », dit-elle d'un ton implorant. « C'est une erreur, monsieur Douglas, tout est de ma faute. C'est moi qui ai poussé Janet à agir comme ça. Elle ne le voulait pas, mais tout va bien maintenant, n'est-ce pas, Janet ? »

Sans répondre, Janet prit John par le bras et s'en alla. Anne les suivit humblement à la maison et se glissa à l'intérieur par la porte arrière.

« Eh bien, on peut vraiment compter sur vous quand on a besoin d'un appui », remarqua sarcastiquement Janet.

« Je n'ai pas pu m'en empêcher, Janet », expliqua Anne avec regret. « J'avais simplement l'impression d'être témoin d'un meurtre. Il fallait que je le rattrape. »

« Oh ! je suis bien aise que vous l'ayez fait. Quand j'ai vu John Douglas s'en aller sur le chemin, j'ai cru que chaque petite parcelle de joie et de bonheur de ma vie s'en allait avec lui. C'était une sensation épouvantable. »

« Vous a-t-il demandé pourquoi vous aviez agi de la sorte ? » s'informa Anne.

« Non, il n'en a pas soufflé mot », répliqua Janet d'un air découragé.

34

John Douglas parle enfin

Anne conservait un faible espoir qu'il sorte quelque chose de tout cela. Mais rien ne se produisit. John Douglas venait chercher Janet pour l'amener en promenade et la raccompagnait chez elle après l'assemblée de prières, tout comme il l'avait fait pendant vingt ans et comme il paraissait vouloir le faire pendant vingt autres années. L'été déclinait. Anne enseignait, écrivait des lettres et étudiait un peu. Elle aimait marcher pour aller à l'école et en revenir. Elle prenait toujours le chemin du marécage; c'était un endroit charmant – une terre bourbeuse bosselée de tertres mousseux et très verts, traversée par un ruisseau argenté et plantée de massifs d'épinettes aux troncs ornés de mousses vertes et aux racines couvertes de ravissantes choses des bois.

Néanmoins, Anne trouvait la vie à Valley Road un tantinet monotone. Un incident vint cependant en troubler la quiétude.

Elle n'avait pas revu le grêle Samuel aux cheveux filasse et aux pastilles de menthe depuis le soir de sa visite, à l'exception de rencontres fortuites sur la route. Mais il fit son apparition par une torride soirée du mois d'août et prit cérémonieusement place sur le banc rustique à côté du porche. Il portait ses habits de travail habituels consistant en un pantalon rapiécé, une chemise de denim et un chapeau de paille déformé. Il mâchouillait un brin de paille et continua à le mâchouiller tout en dévisageant

Anne d'un air solennel. Anne mit en soupirant son livre de côté et prit sa broderie. Il était réellement hors de question de faire la conversation avec Sam.

Après un long silence, Sam prit soudain la parole.

« J'm'en vas d'là-bas », déclara-t-il abruptement en agitant sa paille en direction d'une maison aux alentours.

« Oh ! Vraiment ? » répondit poliment Anne.

« Ouais. »

« Et où irez-vous maintenant ? »

« Ben, j'pensais à m'trouver une place à moé. Y en a une qui m'va à Millersville. Mais si j'la loue, j'veux une femme. »

« Sans doute », dit Anne d'un ton vague.

« Ouais. »

Il y eut un autre long silence. Finalement, Sam enleva de nouveau la paille de sa bouche et dit :

« M'voulez-vous ? »

« Qu... quoi ? » bredouilla Anne.

« M'voulez-vous ? »

« Vous voulez dire, si je veux me marier avec vous ? » questionna faiblement Anne, déconcertée.

« Ouais. »

« Mais je vous connais à peine », s'écria-t-elle avec indignation.

« Vous allez m'connaître après qu'on sera mariés », rétorqua Sam.

Anne rassembla sa dignité en lambeaux.

« Je ne vous épouserai certainement pas », déclarat-elle avec hauteur.

« Ben, vous pourriez trouver pire », exposa Sam. « J'suis un bon travailleur et j'ai d'l'argent à la banque. »

« Ne me parlez plus jamais de cela. Qu'est-ce qui a bien pu vous mettre une telle idée en tête ? » poursuivitelle, son sens de l'humour reprenant le dessus. C'était une situation tellement absurde.

« Vous paraissez pas mal et ça m'plaît d'vous voère aller », expliqua-t-il. « J'veux pas d'femme paresseuse.

Pensez-y. J'chang'rai pas d'idée avant un p'tit bout d'temps. Ben, faut que j'm'en aille. J'dois traire les vaches. »

Les illusions d'Anne concernant les demandes en mariage avaient été si malmenées ces dernières années qu'il ne lui en restait guère. Elle put donc rire de bon cœur de la dernière proposition sans éprouver aucune douleur secrète. Elle mima le pauvre Sam à Janet ce soir-là et toutes deux s'amusèrent immodérément de son incursion dans le domaine du sentiment.

Un après-midi, alors que le séjour d'Anne à Valley Road tirait à sa fin, Alec Ward arriva en hâte à Wayside pour chercher Janet.

« Vite, on vous d'mande chez les Douglas », annonça-t-il. « J'crois que la vieille Mme Douglas est vraiment sur le point de trépasser après avoir fait semblant d'le faire pendant vingt ans. »

Janet courut chercher son chapeau. Anne demanda si Mme Douglas était plus mal que d'habitude.

« Elle est pas la moitié aussi mal », répondit Alec d'un ton doctoral, « et c'est bien c'qui m'fait croire que c'est sérieux. Les autres fois, elle criait et se jetait partout. Cette fois-ci, elle est étendue sans bouger ni parler. Si Mme Douglas parle pas, elle doit être vraiment malade, c'est sûr. »

« Vous n'aimez pas Mme Douglas ? » s'informa Anne avec curiosité.

« J'aime les chats qui sont des chats, pas les chats qui sont des femmes », répondit énigmatiquement Alec.

Janet revint à la maison à la nuit tombée.

« Mme Douglas est décédée », dit-elle d'un ton las. « Elle a rendu l'âme peu de temps après mon arrivée. Elle ne m'a parlé qu'une fois. Elle m'a dit : "Je suppose que vous épouserez John maintenant ?" Cela m'a brisé le cœur, Anne. Quand on pense que la propre mère de John croyait que je refusais de l'épouser à cause d'elle. Je n'ai rien pu répondre – il y avait d'autres femmes dans la pièce. Heureusement que John était sorti. »

Janet se mit à pleurer à chaudes larmes. Anne lui concocta un thé au gingembre chaud pour la réconforter. En vérité, Anne découvrit plus tard qu'elle avait utilisé du poivre blanc à la place du gingembre; mais Janet ne vit pas la différence.

Le soir après les funérailles, Anne et Janet étaient assises dans les marches du porche avant; le soleil se couchait. Le vent s'était endormi dans les pinèdes et, comme des draps livides, des éclairs de chaleur sillonnaient le ciel au nord. Affublée de son affreuse robe noire, Janet faisait vraiment peine à voir, les yeux et le nez rougis à force d'avoir pleuré. Elles parlaient peu, car Janet semblait en vouloir un peu à Anne d'essayer de lui remonter le moral. Elle préférait tout simplement être malheureuse.

Tout à coup, le loquet de la barrière cliqua et John Douglas surgit dans le jardin. Il marcha vers elles en piétinant le parterre de géraniums. Janet se leva et Anne l'imita. Anne était de taille élevée et elle portait une robe blanche; pourtant, John Douglas ne la vit pas.

« Janet », dit-il, « voulez-vous m'épouser ? »

Les mots sortirent de sa bouche comme s'ils attendaient depuis vingt ans d'être prononcés et qu'ils devaient être dits tout de suite, avant toute autre chose.

Janet avait le visage si rouge d'avoir pleuré qu'il lui était impossible de rougir davantage; elle vira donc à un violet des plus malséants.

« Pourquoi ne me l'avez-vous jamais demandé avant ? » demanda-t-elle lentement.

« Je ne le pouvais pas. Elle m'avait fait promettre de ne pas le faire, c'est-à-dire maman me l'avait fait promettre. Il y a dix-neuf ans, elle a eu une crise terrible. Nous pensions qu'elle n'y survivrait pas. Elle m'a imploré de lui jurer de ne pas vous demander en mariage tant qu'elle serait en vie. Je ne voulais pas lui promettre cela, même si nous pensions tous qu'elle ne vivrait plus très longtemps – le médecin ne lui donnant que six mois. Mais elle m'a supplié à genoux, malade et souffrante. J'ai dû lui faire la promesse. »

« Qu'est-ce que votre mère avait contre moi ? » s'écria Janet.

« Rien, elle n'avait rien. C'est seulement qu'elle ne voulait pas d'autre femme – aucune autre femme – là pendant qu'elle était en vie. Elle a dit que si je ne promettais pas, elle en mourrait sur le coup et que je l'aurais tuée. Alors j'ai promis. Et elle a refusé de me libérer de mon serment même si, à mon tour, je l'ai suppliée à genoux. »

« Pourquoi ne pas l'avoir dit ? » demanda Janet d'une voix étranglée. « Si seulement je l'avais su ! Pourquoi ne me l'avez-vous pas dit ? »

« Elle m'a fait promettre de n'en parler à personne », expliqua John d'une voix enrouée. « Elle me l'a fait jurer sur la Bible ; Janet, jamais je n'aurais fait cette promesse si j'avais pu penser que c'était pour si longtemps. Vous ne saurez jamais ce que j'ai subi pendant ces dix-neuf années. Je sais que je vous ai fait souffrir aussi, mais vous m'épouserez quand même, n'est-ce pas, Janet ? Oh ! Janet, le voulez-vous ? Je suis venu vous le demander aussitôt que j'ai pu. »

À cet instant, Anne médusée reprit ses sens et se rendit compte qu'elle était de trop. Elle s'éclipsa et ne revit pas Janet avant le lendemain matin ; cette dernière lui raconta alors la suite.

« Quelle vieille femme cruelle, sans cœur, fourbe ! » s'exclama Anne.

« Chut… elle est morte », dit sentencieusement Janet. « Si elle ne l'était pas… mais elle l'est. Alors nous ne devons pas dire de mal d'elle. Je suis enfin heureuse, Anne. Et cela m'aurait été complètement égal d'attendre si longtemps si seulement j'avais su pourquoi. »

« Quand allez-vous vous marier ? »

« Le mois prochain. Ce sera bien entendu un mariage sans fla-fla. Et je présume que les gens ne se priveront pas de jaser. Ils diront que je n'ai vraiment pas perdu de temps pour accrocher John aussitôt que sa pauvre mère n'a plus été dans le chemin. John voulait qu'on leur dise la vérité mais j'ai dit : "Non, John ; après tout, c'était votre mère et cela restera entre nous ; ne projetons aucune ombre sur sa mémoire. Peu m'importe ce que les gens racontent maintenant que moi je connais la vérité. Cela n'a vraiment aucune importance. Enterrons tout cela avec la morte", lui ai-je dit. J'ai réussi à le convaincre. »

« Vous êtes beaucoup plus indulgente que je ne pourrai jamais l'être », remarqua Anne avec une certaine mauvaise humeur.

« Vous considérerez bien des choses différemment quand vous aurez mon âge », répondit Janet avec tolérance. « Pardonner est une des choses que nous apprenons en vieillissant. Cela se fait beaucoup plus facilement à quarante ans qu'à vingt. »

Le début de la dernière année à Redmond

«Nous voilà, toutes de retour, magnifiquement bronzées et enchantées comme des athlètes qui se préparent à une course», dit Phil qui s'assit sur une valise en poussant un soupir de plaisir. «N'est-ce pas bon de revoir cette bonne vieille *Patty*, et tante Jimsie, et les chats? Rusty a perdu un autre morceau d'oreille, n'est-ce pas?»

«Rusty serait le plus beau chat du monde s'il n'avait pas d'oreilles du tout», déclara loyalement Anne, installée sur sa malle pendant que Rusty bondissait sur ses genoux pour lui souhaiter frénétiquement la bienvenue.

«N'êtes-vous pas contente de nous revoir, ma tante?» demanda Phil.

«Oui. Mais j'aimerais bien que vous rangiez ces choses», répondit celle-ci d'un ton plaintif en contemplant le désordre de malles et de valises qui entourait les quatre filles rieuses et caquetantes. «Vous pourrez tout aussi bien bavarder après. Le travail d'abord, le jeu ensuite avait coutume d'être ma devise quand j'étais jeune.»

«Oh! notre génération a simplement inversé les termes, ma tante. Nous avons pour devise de commencer par jouer et de retrousser nos manches après. On travaille tellement mieux quand on s'est bien amusés.»

«Si tu dois épouser un pasteur», observa tante Jamesina en prenant Joseph et son tricot et en se résignant à l'inévitable avec la grâce charmante qui faisait d'elle la reine des maîtresses de maison, « tu devras renoncer à utiliser des expressions comme "retrousser ses manches". »

« Pourquoi ? » maugréa Phil. « Pourquoi une femme de pasteur serait-elle censée n'employer qu'un langage précieux ? Je ne le pourrais pas. Tous les habitants de la rue Patterson parlent l'argot, c'est-à-dire une langue métaphorique, et si j'agissais différemment, ils considéreraient que je suis insupportablement fière et hautaine. »

« As-tu appris la nouvelle à ta famille ? » s'informa Priscilla en prenant des miettes dans son panier de provisions pour nourrir la Chatte-à-Sarah.

Phil fit signe que oui.

« Et comment ont-ils pris la chose ? »

« Oh ! Maman a rouspété. Mais je suis restée ferme comme le roc, moi, Philippa Gordon, qui n'avais jamais réussi auparavant à garder mes positions. Papa était plus calme. Comme son propre père était pasteur, vous comprendrez qu'il a un faible pour le clergé. Après que maman se fut calmée, j'ai amené Jo à Mount Holly et tous deux l'ont adoré. Mais chaque fois qu'elle lui parlait, maman lui faisait clairement comprendre ce qu'elle avait espéré pour moi. Oh ! le chemin de mes vacances n'a pas été exactement jonché de roses, mes chères amies. Mais j'ai gagné mon point et j'ai Jo. Rien d'autre n'a d'importance. »

« Pour toi », observa sombrement tante Jamesina.

« C'est la même chose pour Jo », rétorqua Phil. « Vous n'arrêtez pas de le prendre en pitié. Et pourquoi donc ? Je crois qu'il est à envier. En me prenant, il prend l'intelligence, la beauté et un cœur d'or. »

« C'est une bonne chose que nous sachions comment interpréter tes paroles », dit patiemment tante Jamesina. « J'espère que tu ne parles pas comme ça devant des étrangers. Que penseraient-ils ? »

« Oh ! Je ne veux pas savoir ce qu'ils pensent. Je ne veux pas me voir comme les autres me voient. Je suis convaincue que, la plupart du temps, ce serait des plus inconfortables. Je ne crois pas que le poète Burns était réellement sincère quand il faisait cette prière, lui non plus. »

« Je dirais que nous prions tous pour des choses que nous ne voulons pas vraiment, et nous le savons si nous sommes seulement assez honnêtes pour regarder au fond de nos cœurs », reconnut candidement tante Jamesina. « J'ai idée que de telles prières ne montent pas très haut. J'avais coutume de prier pour réussir à pardonner à une certaine personne, mais je sais à présent que je ne désirais pas vraiment lui pardonner. Quand j'ai finalement obtenu ce que je voulais, je lui ai pardonné sans avoir à prier. »

« J'ai peine à vous imaginer rancunière longtemps », dit Stella.

« Oh ! J'avais l'habitude de l'être. Mais garder rancune ne semble plus en valoir la peine à mesure que l'on avance en âge. »

« Cela me rappelle », dit Anne, et elle leur relata l'histoire de John et de Janet.

« Et maintenant, raconte-nous cette scène romanesque à laquelle tu as si obscurément fait allusion dans une de tes lettres », réclama Phil.

Anne mima très spirituellement la proposition de Samuel. Les filles hurlèrent de rire et tante Jamesina esquissa un sourire.

« Ce n'est pas de très bon goût de rire de ses prétendants », gronda-t-elle, « mais », ajouta-t-elle calmement, « c'est ce que moi-même j'ai toujours fait. »

« Parlez-nous de vos amoureux, ma tante », implora Phil. « Vous avez dû en avoir toute une panoplie. »

« Ils ne sont pas au passé », rétorqua tante Jamesina. « Je les ai toujours. Il y a trois vieux veufs chez moi qui me reluquent depuis un certain temps. Ne croyez pas que c'est à vous, les jeunes, que sont exclusivement réservées toutes les histoires d'amour du monde. »

« De vieux veufs qui reluquent, ce n'est pas une image très romantique, ma tante. »

« Ma foi, non; mais les jeunes non plus ne sont pas toujours romantiques. Certains de mes soupirants ne l'étaient certes pas. J'avais l'habitude de m'en moquer de façon scandaleuse. Il y avait Jim Elwood; il avait toujours l'air de rêver éveillé et n'avait jamais conscience de ce qui se passait. Il n'a réalisé que j'avais répondu non qu'un an plus tard. Après son mariage, sa femme est tombée du traîneau un soir qu'ils revenaient de l'église et il n'a même pas remarqué sa disparition. Ensuite, il y eut Dan Winston. Il en savait trop. Il connaissait tout ce qui existe dans ce monde et la plupart de ce qu'il y a dans l'autre. Il pouvait donner une réponse à n'importe quelle question, même si on lui demandait de fixer la date du Jugement dernier. Milton Edwards était vraiment gentil et je l'aimais bien, mais je ne l'ai pas épousé. Premièrement parce que cela lui prenait une semaine avant de comprendre une blague, et deuxièmement parce qu'il ne me l'a jamais demandé. Horatio Reeve fut le soupirant le plus intéressant que j'aie jamais eu. Mais lorsqu'il racontait une histoire, il l'enjolivait tellement que ses ornements empêchaient de la voir. Je n'ai jamais pu décider s'il mentait ou s'il laissait simplement courir son imagination. »

« Parlez-nous des autres, ma tante. »

« Allez défaire vos bagages », dit tante Jamesina en agitant, faute d'une aiguille, Joseph dans leur direction. « Les autres étaient trop bien pour faire l'objet de moqueries. Je dois respecter leur mémoire. Il y a une boîte de fleurs dans ta chambre, Anne. On les a livrées il y a environ une heure. »

Après la première semaine, les filles de chez Patty s'attelèrent sérieusement à leurs études, car c'était leur dernière année à Redmond et elles devaient travailler d'arrache-pied pour obtenir leur diplôme avec distinction. Anne se consacra à l'anglais, Priscilla se plongea dans les classiques et Philippa se jeta comme une forcenée dans les mathématiques. Elles se sentaient parfois fatiguées, parfois découragées et parfois rien ne leur semblait valoir la peine de lutter. Stella était de cette humeur morose lorsqu'elle entra dans la chambre bleue par un soir pluvieux de novembre. Anne était assise sur le plancher dans un petit cercle de lumière projetée par la lampe derrière elle, entourée d'un monceau de feuillets chiffonnés.

« Veux-tu bien me dire ce que tu fabriques, Anne ? »

« Je relis seulement de vieilles histoires de notre club littéraire. J'avais besoin de quelque chose pour me donner du coeur au ventre et me faire vibrer. J'ai étudié jusqu'à ce que le monde entier me paraisse devenir gris. Alors je suis venue ici et j'ai extirpé ces compositions de ma malle. Elles sont si trempées de larmes et de tragédie qu'elles sont à mourir de rire. »

« Moi aussi j'ai le vague à l'âme et je me sens découragée », déclara Stella en se laissant tomber sur le sofa. « Rien ne paraît avoir de sens. Mes propres pensées sont usées. Je les ai toutes déjà pensées. À quoi sert-il de vivre en fin de compte, Anne ? »

« C'est parce que nous avons la tête fatiguée que nous nous sentons ainsi, mon chou. Et c'est aussi à cause du temps qu'il fait. Une soirée de pluie comme celle-ci après une journée de dur labeur déprimerait n'importe qui sauf un Mark Tapley*. Tu sais bien que la vie a un sens. »

« Oh ! Sans doute. Mais je ne peux tout simplement pas me le prouver à moi-même en ce moment précis. »

« Songe seulement à tous les nobles et grands personnages qui ont vécu et travaillé dans le monde », poursuivit rêveusement Anne. « Cela n'a-t-il pas un sens de venir après eux et d'hériter de ce qu'ils ont acquis et enseigné ? Et pense à tous les grands personnages qui vivent actuellement sur la terre ! La perspective de partager leur inspiration n'est-elle pas digne d'intérêt ? Et pense à tous les grands personnages qui viendront dans le futur. Cela ne vaut-il pas la peine de travailler un peu et de leur préparer

---

* N.D.L.T. : Personnage de *Martin Chuzzlewit* de Charles Dickens, dont l'idéal est de rester gai, même dans la pire adversité.

la voie, rendre plus facile ne serait-ce qu'une étape de leur route?»

«Mon esprit est d'accord avec toi, Anne. Mais mon âme reste lugubre et sans inspiration. Je me sens toujours amorphe et minable les soirs de pluie.»

«Certains soirs, j'aime la pluie; j'aime m'allonger dans mon lit et l'écouter taper sur le toit et être emportée à travers les pins.»

«Je l'aime quand elle reste sur le toit», dit Stella. «Ce n'est pas toujours le cas. J'ai passé une nuit cauchemardesque dans une vieille maison de campagne l'été dernier. Le toit coulait et la pluie tombait goutte à goutte sur mon lit. Il n'y avait aucune poésie là-dedans, je t'assure. J'ai dû me lever en plein milieu de la nuit et m'activer pour enlever le lit de sous la gouttière et c'était un de ces solides lits du bon vieux temps qui pèsent une tonne, plus ou moins. Et ce bruit d'eau qui tombe goutte à goutte a duré toute la nuit jusqu'à ce que je sois au bord de la crise de nerfs. Tu n'as aucune idée de l'impression sinistre que cela fait d'entendre dans la nuit le bruit sourd et spongieux d'une goutte de pluie qui tombe sur un parquet nu. On croirait entendre marcher des fantômes et des choses comme ça. Qu'est-ce qui te fait rire, Anne?»

«Ces histoires. Phil dirait qu'elles sont tuantes, et elles le sont dans plus d'un sens, car tout le monde y meurt. Quelles héroïnes adorables et éblouissantes nous avions créées et ne portant jamais rien d'autre que de la soie, du satin, du velours, des bijoux et des dentelles! En voici une dans laquelle Jane Andrews décrit son héroïne dormant dans une belle chemise de nuit de satin blanc ornée de grains de perles.»

«Continue», dit Stella. «Je commence à croire que, tant qu'on peut encore rire, la vie vaut la peine d'être vécue.»

«En voici une que j'ai écrite. Mon héroïne se rend à un bal, "rutilant de la tête aux pieds d'énormes diamants de la première eau". Mais qu'avaient-elles en plus de la beauté et des riches habits? "Les chemins de la gloire les conduisaient au tombeau". Elles devaient soit être assassinées, soit succomber le cœur brisé. Il n'y avait aucune porte de sortie pour elles. »

« Laisse-moi lire une de tes nouvelles. »

« Eh bien, voici mon chef-d'œuvre. Remarque comme le titre est réjouissant – *Mes tombeaux*. J'ai versé des pintes de larmes en l'écrivant et les autres filles en ont versé des gallons quand je la leur ai lue. La mère de Jane Andrews l'a terriblement grondée à cause de la quantité de mouchoirs qu'il y avait dans la lessive cette semaine-là. C'est la poignante histoire des errances de l'épouse d'un pasteur méthodiste. J'en ai fait une méthodiste parce qu'il était essentiel qu'elle puisse voyager. Elle enterrait un enfant à chacun des endroits où elle s'installait. Il y en avait neuf et leurs tombes sont disséminées dans le pays, de Terre-Neuve à Vancouver. J'y décris les enfants, les nombreux lits de mort, et donne une foule de détails sur les pierres tombales et les épitaphes. J'avais l'intention de les ensevelir tous les neuf, mais après en avoir éliminé huit, je n'avais plus d'inspiration pour inventer des horreurs et j'ai permis au dernier de vivre comme un handicapé sans espoir. »

Pendant que Stella lisait *Mes tombeaux*, ponctuant de gloussements les tragiques paragraphes, et que Rusty dormait du sommeil d'un juste chat ayant passé la nuit dehors, à présent couché en boule sur un des contes de Jane Andrews relatant l'histoire d'une belle fille de quinze ans devenant infirmière dans une léproserie – et mourant bien entendu de cette horrible maladie –, Anne jeta un coup d'œil sur les autres manuscrits et se souvint du temps où elle allait à l'école à Avonlea et que les membres du club littéraire les avaient écrits, installées sous les épinettes ou au milieu des fougères près du ruisseau. Comme elles avaient eu du plaisir! Sa lecture la ramena au soleil et à la gaieté de ces anciens étés. Ni la Grèce dans toute sa splendeur, ni Rome dans toute sa grandeur, ne recelaient autant de génie que ces contes amusants et terrifiants du club littéraire. Au milieu des manuscrits, Anne en découvrit un écrit sur du papier d'emballage. Une vague de joie submergea ses yeux gris lorsqu'elle se rappela le moment et le lieu de sa genèse. Il s'agissait du texte qu'elle avait composé le jour où elle était tombée à travers le toit de la maison des canards des Cobb, sur le chemin des Conservateurs.

Anne y jeta un œil puis se mit à le lire avec une vive attention. C'était une petite conversation entre des asters et des pois de senteur, entre les canaris sauvages du bosquet de lilas et l'esprit qui gardait le jardin. Après l'avoir lu, elle s'assit, regardant dans le vide; et quand Stella fut sortie, elle lissa les feuillets chiffonnés.

« Je crois que je le ferai », dit-elle résolument.

35

La visite des Gardner

«Voici une lettre pour vous avec un timbre d'Indien, tante Jimsie», dit Phil. «En voilà trois pour Stella, deux pour Prissy et cette enveloppe volumineuse contient une lettre de Jo. Il n'y a rien pour toi, Anne, sauf une circulaire.»

Personne ne s'aperçut qu'Anne rougissait en prenant la mince lettre que Phil poussait négligemment vers elle. Mais levant les yeux quelques minutes plus tard, Phil aperçut une Anne transfigurée.

«Quelle bonne nouvelle as-tu reçue, mon chou?»

«*L'Ami des jeunes* a accepté un petit texte que je leur ai envoyé il y a une quinzaine de jours», expliqua Anne, qui s'efforçait, sans y parvenir entièrement, d'avoir l'air tout à fait accoutumée à voir ses textes acceptés par les éditeurs de revues.

«Anne Shirley! C'est extraordinaire! De quoi s'agit-il? Quand sera-t-il publié? Est-ce qu'on te paie pour cela?»

«Oui, j'ai reçu un chèque de dix dollars et l'éditeur m'écrit qu'il aimerait voir autre chose de moi. Il en verra, le cher homme. C'est une vieille histoire que j'ai retrouvée dans mon coffre. Je l'ai réécrite avant de l'envoyer, mais je n'ai jamais vraiment cru qu'elle serait acceptée, parce qu'il n'y avait pas d'intrigue», dit Anne qui se rappelait l'expérience amère de *L'Expiation d'Averil*.

«Que vas-tu faire avec les dix dollars, Anne? Allons toutes nous saouler en ville», suggéra Phil.

«Je vais avoir un plaisir fou à les dilapider», déclara gaiement Anne. «En tout cas, ce n'est pas de l'argent mal acquis comme le chèque que j'ai reçu pour cette horrible histoire de poudre à pâte Reliable. Je l'ai dépensé utilement à m'acheter des vêtements que j'ai détestés chaque fois que je les ai portés.»

«Quand on pense qu'on a un auteur en chair et en os chez Patty», s'exclama Priscilla.

«C'est une grosse responsabilité», émit doctoralement tante Jamesina.

«Précisément», renchérit Prissy d'un ton aussi sentencieux. «Les écrivains sont des personnes à qui on ne peut se fier. On ne sait jamais quand elles vont entrer en action. Anne pourrait nous décrire.»

«Je voulais dire que le talent d'écrire pour la presse était une grosse responsabilité», objecta sévèrement tante Jamesina; «et j'espère qu'Anne en a conscience. Ma fille avait coutume d'écrire des nouvelles avant de partir pour l'étranger, mais elle consacre désormais son attention à des sujets plus élevés. Elle disait toujours que sa devise était qu'il ne faut jamais écrire une ligne qu'on aurait honte de lire à ses propres funérailles. Tu devrais aussi en faire ta devise, Anne, si tu as l'intention de te lancer en littérature. Mais pourtant», ajouta tante Jamesina avec perplexité, «Elizabeth avait l'habitude de rire quand elle disait cela. Elle riait toujours tellement que je ne sais pas comment elle a pu décider de devenir missionnaire. Je suis bien aise qu'elle ait pris cette décision – j'ai prié pour que cela arrive – mais j'aurais préféré qu'elle ne le fasse pas.»

Puis tante Jamesina se demanda pourquoi ces filles écervelées avaient toutes éclaté de rire.

Les yeux d'Anne brillèrent toute la journée; des ambitions littéraires germaient et prenaient forme dans sa tête; pleine d'allégresse, elle se joignit à la randonnée organisée par Jennie Cooper et même la vue de Gilbert et de Christine qui marchaient juste devant elle et Roy ne parvint pas à ternir l'éclat de ses scintillants espoirs. Elle n'était néanmoins pas assez détachée des choses de la terre pour ne pas remarquer que la démarche de Christine manquait décidément de grâce.

« Mais j'imagine que Gilbert ne regarde que son visage. Tout à fait les hommes », songea-t-elle avec mépris.

« Serez-vous à la maison samedi après-midi ? » lui demanda Roy.

« Oui. »

« Ma mère et mes sœurs iront vous rendre visite », annonça-t-il calmement.

Anne éprouva ce qu'on pourrait décrire comme une émotion, et c'était pourtant loin d'être agréable. N'ayant jamais rencontré aucun des membres de la famille de Roy, elle prit donc conscience de l'importance de cette déclaration dont le caractère irrévocable la glaça.

« Je serai contente de les voir », répondit-elle d'un ton neutre ; puis elle se demanda si elle le serait vraiment. Elle devrait l'être, bien entendu. Mais cela ne ressemblerait-il pas à une épreuve ? Anne avait entendu des racontars sur la façon dont les Gardner considéraient l'« engouement » de leurs fils et frère. Roy avait dû exercer beaucoup de pression pour qu'elles consentent à faire cette démarche. Anne savait qu'elle serait évaluée. Comme elles avaient accepté de lui rendre visite, Anne comprenait que, de bon cœur ou non, elles la considéraient comme un membre possible de leur clan.

« Je n'ai qu'à être moi-même. Je ne dois pas essayer de faire bonne impression », songea-t-elle avec hauteur. Mais déjà elle s'interrogeait sur la robe à porter le samedi après-midi et se demandait si sa nouvelle façon de se coiffer lui allait mieux que l'ancienne ; c'est ainsi que l'excursion se trouva gâchée pour elle. Le soir, elle avait décidé qu'elle porterait sa robe de chiffon brun le samedi, mais qu'elle coifferait ses cheveux bas.

Le vendredi après-midi, aucune des filles n'avait de cours à Redmond. Stella, profitant de l'occasion pour rédiger une communication pour la Société philomatique, était assise à la table dans le coin du salon; autour d'elle, le parquet était jonché d'un fouillis de notes et de feuillets. Stella proclamait toujours qu'il lui était impossible d'écrire quoi que ce soit sans jeter par terre chaque page terminée. Anne, dans sa blouse de flanelle et sa jupe de serge, les cheveux passablement ébouriffés d'avoir marché dans le vent, était tout simplement assise sur le sol au milieu de la pièce et taquinait la Chatte-à-Sarah avec un bréchet de poulet, Joseph et Rusty blottis sur ses genoux. Un arôme appétissant avait envahi la maison, car Priscilla était en train de cuisiner. Elle entra dans le salon, enveloppée dans un immense tablier, le nez taché de farine, pour montrer à tante Jamesina le gâteau au chocolat qu'elle venait tout juste de glacer.

À cet instant propice, le heurtoir se fit entendre. Personne n'y prêta attention à l'exception de Phil qui, attendant la livraison du chapeau acheté le matin même, se hâta d'ouvrir la porte. Mme Gardner et ses filles se tenaient sur le seuil.

Anne bondit Dieu sait comment sur ses pieds, faisant en même temps tomber les deux chats indignés et faisant mécaniquement passer son bréchet d'une main à l'autre. Priscilla, qui aurait dû traverser la pièce pour atteindre la porte de la cuisine, perdit la tête, camoufla le gâteau au chocolat sous le coussin du sofa près de la cheminée et se précipita en haut. Stella se mit fébrilement à rassembler son manuscrit. Seules tante Jamesina et Phil conservèrent une attitude normale. Grâce à elles, tout le monde et même Anne se retrouva confortablement installé. Priscilla redescendit, débarrassée de son tablier et de ses traces de farine. Stella redonna un aspect décent à son coin et Phil sauva la situation en animant la conversation.

Mme Gardner était grande, mince et belle, vêtue avec une élégance exquise, et cordiale d'une façon qui paraissait un tantinet forcée. Aline Gardner était une réplique en plus jeune de sa mère moins la cordialité. S'efforçant de se montrer aimable, elle ne réussissait qu'à être hautaine et condescendante. Dorothy Gardner était élancée, joviale et plutôt garçon manqué. Sachant qu'elle était la sœur préférée de Roy, Anne se prit de sympathie pour elle. Elle aurait beaucoup ressemblé à son frère si elle avait eu des yeux foncés et rêveurs; mais les siens étaient noisette et coquins. Grâce à elle et à Phil, la visite se passa très bien, malgré une légère tension dans l'atmosphère et deux incidents plutôt fâcheux. Livrés à eux-mêmes, Rusty et Joseph commencèrent à se pourchasser, bondissant sur les genoux couverts de soie de Mme Gardner et en sautant dans leur folle poursuite. Cette dernière leva son lorgnon et contempla ces formes volantes comme si c'était la première fois qu'elle voyait des chats. Anne, ravalant un rire un peu nerveux, s'excusa de son mieux.

« Vous aimez les chats ? » demanda Mme Gardner avec une légère intonation de surprise.

Anne, en dépit de son affection pour Rusty, n'était pas spécialement attirée par les chats, mais quelque chose l'agaça dans le ton de Mme Gardner. De façon illogique, elle se souvint que Mme John Blythe raffolait tant des chats qu'elle en gardait autant que son mari le lui permettait.

« Ce sont des animaux adorables, n'est-ce pas ? » déclara-t-elle malicieusement.

« Je n'ai jamais aimé les chats », répondit froidement Mme Gardner.

« Moi, je les adore », affirma Dorothy. Ils sont si mignons et égoïstes. Les chiens sont trop bons et altruistes. Ils me mettent mal à l'aise. Mais les chats sont magnifiquement humains. »

« Vous avez là deux merveilleux vieux chiens de porcelaine. Puis-je les examiner de plus près ? » dit Aline en traversant la pièce en direction de la cheminée et devenant ainsi la cause inconsciente du deuxième incident. Saisissant Magog, elle s'assit sur le coussin qui cachait le gâteau au chocolat de Priscilla. Cette dernière échangea avec Anne des regards désespérés, mais elles ne pouvaient rien faire. La majestueuse Aline resta assise sur le coussin à discuter chiens de porcelaine jusqu'au moment du départ.

Dorothy s'attarda un instant à serrer la main d'Anne et lui chuchota impulsivement :

« Je sais que vous et moi allons devenir des amies. Oh ! Roy m'a beaucoup parlé de vous. Je suis la seule de la famille à qui il peut parler, le pauvre. Personne ne pourrait se confier à maman ni à Aline, vous savez. Comme vous devez vous amuser ici, les filles ! Me permettez-vous de revenir souvent partager vos plaisirs ? »

« Revenez aussi souvent que vous le désirez », répondit chaleureusement Anne, soulagée de voir que l'une des sœurs de Roy était sympathique. Une chose était sûre : elle n'aimerait jamais Aline et Aline ne l'aimerait jamais, bien qu'il semblât possible de gagner Mme Gardner. Mais tout compte fait, Anne poussa un soupir de soulagement quand l'épreuve fut terminée.

« Existe-t-il de plus tristes
  paroles que "cela aurait pu être"? »
déclama Priscilla d'un ton tragique en soulevant le coussin. « Ce gâteau est maintenant ce qu'on pourrait appeler un échec pur et simple. Et le coussin est fichu de la même façon. Ne me dites jamais que le vendredi n'est pas un jour de malchance. »

« Les gens qui s'annoncent pour le samedi ne devraient jamais venir le vendredi », dit tante Jamesina.

« J'imagine que c'était l'erreur de Roy », suggéra Phil. « Ce garçon n'est pas vraiment responsable de ses paroles lorsqu'il s'adresse à Anne. Mais où est Anne ? »

Anne était montée dans sa chambre. Elle avait bizarrement envie de pleurer, mais elle se força plutôt à rire. Rusty et Joseph s'étaient conduits de façon vraiment trop abjecte ! Et Dorothy était un chou.

37

Licenciées à part entière

« Je voudrais être morte, ou que ce soit demain soir »,
grommela Phil.

« Si tu vis assez longtemps, tu verras tes deux souhaits
réalisés », observa calmement Anne.

« C'est facile pour toi d'être sereine. La philosophie
est ton domaine. Ce n'est pas mon cas et quand je pense à
l'horrible épreuve écrite qui m'attend demain, je perds
courage. Que dira Jo si j'échoue ? »

« Tu n'échoueras pas. Comment t'en es-tu sortie avec
le grec ce matin ? »

« Je ne sais pas. C'était peut-être un très bon texte ou
peut-être était-il si mauvais qu'Homère s'en est retourné
dans sa tombe. J'ai tellement étudié et ruminé des notes de
cours que je suis incapable de me former une opinion sur
quoi que ce soit. Comme la petite Phil sera soulagée quand
toutes ces examinations seront terminées ! »

« Examinations ? C'est la première fois que j'entends
ce mot. »

« Eh bien ! n'ai-je pas le droit autant que n'importe
qui de fabriquer un nouveau mot ? »

« Les mots ne se fabriquent pas, ils évoluent », dit
Anne.

« Peu importe, je commence à peine à discerner une
eau claire devant moi qu'aucun examen ne menace de
troubler. Les filles, réalisez-vous, pouvez-vous réaliser que
notre vie à Redmond tire à sa fin ? »

«Je ne peux pas», répondit tristement Anne. «Il me semble que c'est hier que Prissy et moi nous retrouvions toutes seules à Redmond, perdues dans la foule des nouveaux. Et nous voilà maintenant en dernière année, en train de passer nos examens finaux.»

«Puissants, sages et vénérables étudiants de quatrième année», déclama Phil. «Avez-vous l'impression que nous soyons réellement plus sages que nous l'étions à notre arrivée à Redmond?»

«Vous n'agissez pas comme si vous l'étiez, quelque-fois», répliqua sévèrement tante Jamesina.

«Oh! tante Jimsie», implora Phil, «n'avons-nous pas été de bonnes filles, dans l'ensemble, ces trois hivers pendant lesquels vous nous avez maternées?»

«Vous avez été les quatre filles les plus adorables, gen-tilles et bonnes qui soient jamais passées par l'université», affirma tante Jamesina qui ne gâchait jamais un compli-ment par une économie déplacée. Mais j'ai peur que vous n'ayez pas encore beaucoup de bon sens. On ne s'attend évidemment pas à ce que vous en ayez. C'est par l'expé-rience qu'on acquiert le bon sens. On ne l'apprend pas à l'université. Vous avez étudié quatre années à l'université et moi pas du tout, pourtant j'en connais énormément plus que vous, jeunes femmes.»

«Il y a des tas de choses qui aux règles n'obéissent pas
  Des connaissances, il y en a tant et tant
  Ce n'est pas au collège qu'on les apprend
  Il y a des tas de choses qu'à l'école on n'enseigne pas»,
déclama Stella.

«Avez-vous appris quelque chose à Redmond à part les langues mortes, la géométrie et autres sornettes du même genre?» questionna tante Jamesina.

«Oh! oui, ma tante», protesta Anne.

«Nous avons appris la vérité que notre professeur, M. Woodleigh, nous a enseignée dans notre dernière année de philomatique», expliqua Phil. «Il disait que l'humour est le condiment le plus épicé du festin de l'existence. Qu'il faut rire de ses erreurs mais apprendre à partir d'elles, se moquer de nos problèmes mais en retirer de la force, faire de nos difficultés un sujet de plaisanterie mais les surmonter. N'est-ce pas une leçon qui en vaut la peine, tante Jimsie ?»

«Oui, c'est vrai, ma chérie. Quand on a appris à rire de ce qui est risible et à ne pas rire de ce qui ne l'est pas, on a acquis la sagesse et la compréhension de la vie.»

«Et toi, Anne, qu'as-tu retiré de tes études à Redmond ?» murmura Priscilla en aparté.

«Je crois», répondit lentement Anne, «que j'ai vraiment appris à considérer toutes les petites entraves comme des blagues et toutes les grandes comme des présages de victoire. En résumé, je pense que c'est ce que Redmond m'a donné.»

«Je devrai citer M. Woodleigh de nouveau pour exprimer ce que Redmond m'a donné à moi», dit Priscilla. «Tu te souviens qu'il a dit dans son discours : "Il y a tant de choses pour nous tous dans le monde si seulement nous avons des yeux pour les voir, du cœur pour les aimer et des mains pour les attirer vers nous, tant de choses dans les hommes et les femmes, dans l'art et la littérature, tant de choses partout pour nous rendre heureux et pour lesquelles nous devons être reconnaissants." Je crois que, dans une certaine mesure, c'est ça que j'ai appris à Redmond, Anne.»

«Si je comprends bien ce que vous venez de dire», remarqua tante Jamesina, «la somme et la substance est que vous pouvez apprendre – si vous avez naturellement assez de jugeote – en quatre années d'université ce que vous apprendriez en vingt ans de vie à peu près. Ma foi, à mon avis, cela justifie le fait que les jeunes fassent des études supérieures. C'est un point sur lequel j'avais toujours été indécise jusqu'à présent.»

«Mais que se passe-t-il pour les gens qui n'ont pas de jugeote naturelle, tante Jimsie ?»

« Les gens qui n'ont pas de bon sens inné n'apprennent jamais », répliqua tante Jamesina, « ni à l'université, ni dans la vie. S'ils vivent jusqu'à cent ans, ils n'en savent en vérité pas davantage qu'au jour de leur naissance. C'est leur malheur et non leur faute, les pauvres. Mais ceux d'entre nous qui ont du bon sens doivent en remercier le Seigneur. »

« S'il vous plaît, donnez-nous une définition du bon sens, tante Jimsie », demanda Phil.

« Non, jeune fille. Ceux qui en ont savent ce que c'est et les autres ne pourront jamais le savoir. C'est donc inutile de le définir. »

Le temps de labeur acharné passa et les examens furent bientôt terminés. Anne obtint son diplôme avec grande distinction en anglais, Priscilla et Phil avec distinction, la première en humanités, la seconde en mathématiques. Stella eut de bons résultats d'ensemble. Puis vint la cérémonie de la remise des diplômes.

« C'est ce que j'aurais un jour appelé un moment mémorable de ma vie », dit Anne en retirant de leur boîte les violettes que Roy lui avait fait livrer et en les contemplant d'un air songeur. Elle avait évidemment l'intention de les porter, mais ses yeux se posèrent sur une autre boîte sur la table. Elle contenait du muguet, aussi frais et parfumé que celui qui fleurissait en juin dans la cour de Green Gables. La carte de Gilbert Blythe se trouvait à côté.

Anne se demandait pourquoi Gilbert lui avait envoyé des fleurs à l'occasion de la remise des diplômes. Elle ne l'avait vu que très peu l'hiver précédent. Il n'était venu chez Patty qu'un seul vendredi après les vacances de Noël et ils se rencontraient rarement ailleurs. Elle savait qu'il étudiait très fort car il aspirait à se classer parmi les premiers et à gagner le prix Cooper; il ne participait donc que très peu aux activités sociales de Redmond. Anne, pour sa part, avait connu un hiver très mondain. Elle avait beaucoup fréquenté les Gardner; elle et Dorothy étaient

devenues très intimes ; les cercles universitaires attendaient d'un jour à l'autre l'annonce de ses fiançailles avec
Roy. Anne aussi l'attendait. Pourtant, juste avant de partir
pour la cérémonie, elle rejeta le bouquet de violettes de
Roy et prit le muguet de Gilbert à la place. Elle n'aurait pu
expliquer pourquoi elle le faisait. D'une certaine façon, elle
se sentait, maintenant qu'elle réalisait des ambitions
longtemps chéries, très proche des jours anciens, des rêves
et des amitiés d'Avonlea. Elle et Gilbert s'étaient un jour
amusés à se représenter le jour où ils seraient vêtus du
costume de licenciés ès arts. Ce jour merveilleux était
arrivé et les violettes de Roy n'y avaient pas leur place. Les
seules fleurs qui semblaient appartenir à la réalisation
d'espoirs formulés autrefois étaient celles d'un vieil ami les
ayant un jour partagés.

   Pendant des années, elle s'était sentie séduite par la
perspective de ce jour ; mais une fois venu, l'unique,
cuisant et éternel souvenir qu'elle en garda ne fut pas celui
du moment où, le souffle coupé par l'émotion, elle reçut
des mains de l'imposant recteur de l'université de
Redmond son chapeau et son diplôme et fut déclarée
licenciée ; ce ne fut pas l'éclair qui brilla dans les yeux de
Gilbert quand il vit son muguet, ni le regard étonné et
chagriné que lui jeta Roy lorsqu'il passa près d'elle sur la
plate-forme, ni les félicitations condescendantes d'Aline
Gardner, ni les bons vœux que lui prodigua spontanément
l'ardente Dorothy. Non, ce fut un étrange et inexplicable
pincement au cœur qui lui gâcha ce jour si longtemps
attendu et y laissa un goût amer et subtil mais durable.

   Un bal de graduation avait lieu pour les diplômés ce
soir-là. Lorsque Anne s'habilla pour y aller, elle écarta les
perles qu'elle portait habituellement et prit dans sa malle
l'écrin qu'elle avait reçu à Green Gables le jour de Noël. Il
contenait une mince chaîne d'or à laquelle était suspendu un
petit cœur d'émail rose. Une carte l'accompagnait sur
laquelle étaient écrits ces mots : « Avec les bons vœux de ton
vieil ami, Gilbert ». Anne, riant, car le cœur d'émail lui

rappelait le jour fatal où Gilbert l'avait appelée Poil de carotte et qu'il avait vainement tenté par la suite de faire la paix avec elle en lui offrant un cœur de bonbon rose, avait écrit un gentil mot de remerciement. Mais elle n'avait jamais porté le colifichet. Ce soir-là, elle l'attacha autour de son cou blanc en souriant rêveusement.

Elle et Phil se rendaient à Redmond ensemble. Anne marchait en silence, écoutant Phil bavarder à bâtons rompus. Cette dernière dit tout à coup :

« J'ai entendu dire aujourd'hui que les fiançailles de Gilbert Blythe avec Christine Stuart allaient être annoncées dès que la collation des grades serait terminée. Es-tu au courant ? »

« Non », répondit Anne.

« Je pense que c'est vrai », poursuivit insouciamment Phil.

Anne se tut. Elle sentit son visage brûler dans le noir. Glissant la main à l'intérieur de son collet, elle saisit la chaîne d'or. Une torsion rapide du poignet et la chaîne céda. Anne enfouit le bijou brisé dans sa poche. Ses mains tremblaient et ses yeux piquaient.

Mais elle fut la plus joyeuse de tous les joyeux fêtards ce soir-là et répondit sans remords que son carnet était plein quand Gilbert vint lui demander de lui accorder une danse. Après, frissonnantes d'avoir marché dans la nuit fraîche, ses amies et elle s'assirent devant les braises mourantes chez Patty pour se réchauffer, et personne ne commenta plus gaiement qu'elle les événements de la journée.

« Moody Spurgeon MacPherson est venu ici après votre départ », leur apprit tante Jamesina, qui était restée debout pour alimenter le feu. « Il n'était pas au courant qu'il avait un bal de graduation. Ce garçon devrait porter une bande de caoutchouc autour de la tête quand il dort pour habituer ses oreilles à ne pas se décoller. J'ai déjà eu un amoureux qui l'a essayé et cela a beaucoup amélioré son apparence. C'était moi qui lui avais suggéré de le faire et il a suivi mon conseil mais il ne me l'a jamais pardonné.

« Moody Spurgeon MacPherson est un jeune homme très sérieux », bâilla Phil. « Il s'intéresse à des sujets plus graves que ses oreilles. Il doit devenir pasteur, vous savez. »

« Ma foi, je suppose que le Seigneur ne regarde pas les oreilles d'un homme », prononça gravement tante Jamesina, cessant de critiquer Moody Spurgeon. Tante Jamesina respectait le clergé même quand il s'agissait d'un ecclésiastique sans expérience.

38

Aube trompeuse

«Imagine, dans une semaine je serai à Avonlea. Quelle pensée délicieuse!» s'écria Anne penchée sur la caisse dans laquelle elle emballait les courtepointes de Mme Lynde. «Mais imagine que dans une semaine, j'aurai quitté *La Maison de Patty* pour toujours. Quelle horrible pensée!»

«Je me demande si le fantôme de nos rires résonnera dans les rêves fleur bleue de Mlles Patty et Maria», spécula Phil.

Les deux demoiselles rentraient au bercail après avoir trotté sur la plus grande partie habitable du globe.

Nous serons de retour la deuxième semaine de mai, avait écrit Mlle Patty. *Je m'attends à trouver La Maison de Patty plutôt exiguë après la salle des Rois à Karnak, mais je n'ai jamais aimé vivre dans de vastes demeures. Et je serai bien aise d'être revenue chez moi. Quand on commence tard à voyager, on est porté à en faire trop parce qu'on sait qu'on n'a plus beaucoup de temps devant soi et on apprécie encore plus les voyages. J'ai bien peur que Maria ne soit plus jamais satisfaite.*

«Je laisserai ici mes fantaisies et mes rêves pour accueillir la nouvelle personne qui y habitera», dit Anne en jetant un regard mélancolique à la chambre bleue – sa jolie chambre bleue où elle avait passé trois années si heureuses. Elle s'était agenouillée à sa fenêtre pour prier et s'y était penchée pour contempler le soleil couchant derrière les pins. Elle avait entendu la pluie d'automne cogner contre

les vitres et avait accueilli les hirondelles du printemps sur
son appui. Elle se demanda si les vieux rêves pouvaient
hanter les chambres, si, une fois qu'on avait laissé pour
toujours la chambre où on s'était amusé, on avait souffert, ri
et pleuré, quelque chose de soi, intangible et invisible mais
pourtant réel, ne restait pas derrière comme un souvenir
sonore.

« Je pense » dit Phil, « qu'une pièce où on rêve, où on
éprouve du chagrin et de la joie, une pièce où on vit,
devient inséparablement liée à ces choses et acquiert sa
personnalité propre. J'ai la certitude que si j'entrais dans
cette chambre dans cinquante ans, elle me dirait "Anne,
Anne". Quels moments heureux nous avons vécus ici, ma
chérie ! Je me souviendrai toujours de ces bonnes conver-
sations, des plaisanteries et des fêtes. Oh ! mon Dieu ! Je
dois me marier avec Jo en juin et je sais que je serai frénétiquement heureuse. Mais en ce moment, j'ai l'impression
que je voudrais voir cette merveilleuse vie de Redmond
continuer pour toujours. »

« Je suis assez déraisonnable pour souhaiter la même
chose actuellement », admit Anne. « Quelles que soient
les joies plus profondes qui nous sont destinées, nous ne
connaîtrons plus jamais l'existence délicieuse et irrespon-
sable que nous avons vécue ici. C'est fini à jamais, Phil. »

« Que comptes-tu faire de Rusty ? » demanda Phil en
voyant cet animal privilégié qui pénétrait à pas feutrés
dans la chambre.

« Je vais l'amener chez moi avec Joseph et la Chatte-
à-Sarah », annonça tante Jamesina, entrant à la suite de
Rusty. « Ce serait une honte de séparer ces bêtes maintenant qu'elles ont appris à vivre ensemble. C'est une leçon
difficile à apprendre, autant pour les chats que pour les
humains. »

« Cela me désole de me séparer de Rusty », dit tristement Anne, « mais il serait inutile de l'amener à Green
Gables. Marilla déteste les chats et Davy lui rendrait la vie
impossible. De plus, je ne serai probablement pas très

longtemps à la maison. On m'a offert le poste de directrice à l'école secondaire de Summerside.»

«Vas-tu l'accepter?» demanda Phil.

«Je… je n'ai pas encore pris ma décision», répondit Anne en rougissant avec confusion.

Phil hocha la tête d'un air compréhensif. Anne ne pouvait naturellement pas faire de projets tant que Roy ne s'était pas déclaré. Il le ferait sous peu, c'était hors de doute. Tout comme c'était hors de doute qu'Anne répondrait «oui» quand il dirait «Voulez-vous s'il vous plaît?» Anne elle-même était rarement froide en considérant la situation. Elle était profondément amoureuse de Roy. Pour dire la vérité, cet amour ne correspondait pas exactement à ce qu'elle en avait imaginé. Mais, s'interrogeait-elle mélancoliquement, existait-il quelque chose dans la vie qui ressemblait à l'idée qu'on s'en faisait? C'était l'ancienne désillusion ressentie dans l'enfance devant un diamant, cette déception qu'elle avait éprouvée en voyant le scintillement glacé au lieu de la splendeur mauve à laquelle elle s'était attendue. «Cela ne correspond pas à mon idée d'un diamant», avait-elle déclaré alors. Mais Roy était un garçon charmant et ils seraient très heureux ensemble, même si leur vie allait être privée d'un piquant indéfinissable. Lorsque Roy se présenta ce soir-là et invita Anne à faire une promenade dans le parc, tout le monde chez Patty savait ce qu'il était venu dire; et tout le monde savait, ou croyait savoir, ce que serait la réponse d'Anne.

«Anne est une jeune fille très chanceuse», affirma tante Jamesina.

«Je suppose que oui», répliqua Stella en haussant les épaules. «Roy est un gentil garçon et tout ça. Mais il n'a vraiment rien de spécial.»

«Cela m'a tout l'air d'une remarque jalouse, Stella Maynard», observa tante Jamesina d'un ton de reproche.

«C'est vrai, pourtant je ne suis pas jalouse», dit calmement Stella. «J'adore Anne et j'aime bien Roy. Tout le monde affirme qu'elle a trouvé un parti brillant et même

Mme Gardner la trouve charmante maintenant. Tout cela semble une vision paradisiaque, pourtant moi j'ai mes doutes. Tirez-en vos propres conclusions, tante Jamesina. »

Roy demanda Anne en mariage dans le petit pavillon de la plage du port où ils avaient parlé le jour de pluie où ils avaient fait connaissance. Anne trouva très romantique qu'il ait choisi cet endroit. Et sa proposition était magnifiquement formulée, comme s'il l'avait copiée, ainsi que l'avait fait un amoureux de Ruby Gillis, du chapitre portant sur les fréquentations et le mariage dans un manuel sur l'étiquette. L'effet global était impeccable. Et c'était également sincère. Il était indubitable que Roy pensait ce qu'il disait. Aucune fausse note ne troublait l'harmonie de la symphonie. Anne avait l'impression qu'elle aurait dû frémir de la tête aux pieds. Pourtant elle n'était pas émue ; elle se sentait horriblement froide. Quand Roy cessa de parler pour entendre sa réponse, elle ouvrit la bouche pour prononcer le oui fatal.

Et alors, elle se mit à trembler comme si elle titubait au bord d'un précipice. Elle connut un de ces instants de révélation où, dans un éclair aveuglant, on comprend davantage de choses que tout ce qu'on a appris par le passé. Elle retira sa main.

« Oh ! Je ne peux pas vous épouser, je ne peux pas, je ne peux pas », s'écria-t-elle spasmodiquement.

Roy pâlit ; il avait, lui aussi, l'air bouleversé. Il faut dire qu'il s'était senti très sûr de lui. On ne peut l'en blâmer.

« Que voulez-vous dire ? » bégaya-t-il.

« Je veux dire que je ne peux pas vous épouser », répéta Anne au désespoir. « Je croyais que je le pourrais, mais c'est impossible. »

« Pourquoi est-ce impossible ? » demanda Roy d'un ton plus calme.

« Parce que… je ne vous aime pas assez. »

Le visage de Roy tourna soudain à l'écarlate.

« Ainsi, vous n'avez fait que vous amuser ces deux dernières années ? » prononça-t-il lentement.

« Non, non, ce n'est pas ça », bredouilla la pauvre Anne. Oh ! Comment lui expliquer ? Certaines choses ne peuvent être expliquées. « Je croyais vous aimer, sincèrement je le croyais, mais maintenant je sais que je me trompais. »

« Vous avez gâché ma vie », dit Roy avec amertume.

« Pardonnez-moi », l'implora-t-elle d'une petite voix, les joues et les yeux en feu.

Roy s'éloigna et resta quelques instants à regarder la mer. Lorsqu'il revint vers Anne, il était de nouveau très pâle.

« Vous ne pouvez me laisser aucun espoir ? » demanda-t-il.

Anne secoua la tête sans répondre.

« Alors, au revoir », dit Roy. « Je ne peux le comprendre. Je ne peux croire que vous n'êtes pas la femme que je croyais. Mais les reproches sont inutiles entre nous. Vous êtes la seule femme que je pourrai jamais aimer. Je vous remercie pour votre amitié, à tout le moins. Adieu, Anne. »

« Adieu », bafouilla cette dernière.

Après le départ de Roy, elle resta longtemps assise dans le pavillon, contemplant un brouillard blanc qui rampait délicatement mais implacablement du port vers l'intérieur des terres. C'était son heure d'humiliation, de honte et de mépris de soi. Leurs vagues la submergèrent. Et pourtant, derrière tout cela, pointait une étrange sensation de liberté retrouvée.

Elle se glissa chez Patty à la nuit tombée et s'esquiva vers sa chambre. Mais Phil était là, assise dans le fauteuil près de la fenêtre.

« Attends », dit Anne qui rougit à la pensée de la scène qui se préparait. « Attends d'entendre ce que j'ai à dire, Phil. Roy m'a demandé de l'épouser, et j'ai refusé. »

« Tu... tu as refusé ? » s'écria Phil interloquée.

« Oui. »

« Anne Shirley, as-tu perdu la raison ? »

« Je ne crois pas », dit lugubrement Anne. « Oh ! Phil ! Ne me fais pas de reproches. Tu ne peux pas comprendre. »

« Je ne comprends sûrement pas. Tu as encouragé Roy de toutes les façons possibles pendant deux ans, et à présent tu me dis que tu as refusé de l'épouser. Alors, tu n'as fait que flirter scandaleusement avec lui. Je n'aurais jamais cru cela de toi, Anne. »

« Je ne flirtais pas avec lui, j'ai honnêtement cru, jusqu'à la dernière minute, que je l'aimais. Et ensuite, eh bien, j'ai tout simplement compris que je ne pourrais jamais l'épouser. »

« Je suppose », reprit cruellement Phil, « que tu avais l'intention de l'épouser pour son argent et qu'ensuite ton bon côté s'est réveillé et t'a empêchée de le faire. »

« C'est faux. Je n'ai jamais pensé à son argent. Oh ! Je ne peux te l'expliquer davantage qu'à lui. »

« Eh bien, je trouve que tu as honteusement traité Roy Gardner », explosa Phil, exaspérée. « Il est beau, intelligent, riche et bon. Qu'est-ce que tu veux de plus ? »

« Je veux quelqu'un qui appartienne à ma vie. Ce n'est pas le cas avec Roy. De prime abord, sa belle apparence et sa propension à faire des compliments romantiques m'ont monté à la tête ; par la suite, j'ai pensé qu'il fallait que je sois amoureuse parce qu'il correspondait à mon idéal aux yeux sombres. »

« J'ai assez la mauvaise habitude de ne pas savoir ce que je veux, mais tu es pire que moi », déclara Phil.

« Je sais ce que je veux », protesta Anne. « Le problème, c'est que ma volonté change et que je dois me refaire une nouvelle idée de tout cela. »

« Bien, je suppose qu'il est inutile de te dire quoi que ce soit. »

« C'est inutile, Phil. Je suis dans la boue. Ceci a détruit tout ce qui avait existé avant. Je ne pourrai plus jamais penser à Redmond sans me rappeler la honte de cette soirée. Roy me méprise, tu me méprises, et moi-même je me méprise. »

« Pauvre chou », s'attendrit Phil. « Viens ici et laisse-moi te consoler. Je n'ai aucun droit de te faire des reproches. J'aurais bien épousé Alec ou Alonzo si je n'avais pas rencontré Jo. Oh ! Anne, les choses sont si confuses dans la vraie vie. Elles ne sont jamais claires et précises comme dans les romans. »

« J'espère que plus jamais personne ne me demandera en mariage, tant que je vivrai », sanglota Anne, croyant fermement à ce qu'elle disait.

39

Histoires de mariage

Pendant les premières semaines qui suivirent son retour à Green Gables, Anne eut la sensation que la vie ne répondait plus à ses attentes. La joyeuse camaraderie de *La Maison de Patty* lui manquait. Elle avait connu l'hiver précédent des rêves brillants qui gisaient désormais dans la poussière. Encore dégoûtée d'elle-même, il ne lui était toujours pas possible de se remettre à rêver. Et elle découvrit que si la solitude peuplée de rêves est magnifique, elle perd son charme quand les rêves en sont absents.

Elle n'avait pas revu Roy depuis leur douloureuse séparation dans le pavillon du parc ; mais Dorothy lui avait rendu visite avant son départ de Kingsport.

« Je suis vraiment désolée que tu ne te maries pas avec Roy », avait-elle dit. « J'aurais aimé t'avoir pour sœur. Mais tu as bien raison. Tu serais morte d'ennui avec lui. Je l'aime et c'est un garçon gentil et adorable, mais il n'est absolument pas intéressant. Il a seulement l'air de l'être. »

« J'espère que cela ne gâchera pas notre amitié, n'est-ce pas, Dorothy ? » avait demandé sombrement Anne.

« Il n'en est pas question. Tu es trop bonne pour que j'aie envie de te perdre. Si je ne peux t'avoir pour sœur, j'ai en tout cas l'intention de te garder comme amie. Et ne te tracasse pas pour Roy. Il se sent terriblement malheureux en ce moment – je dois écouter ses jérémiades à cœur de jour – mais il s'en remettra. Il s'en remet toujours. »

« Toujours ? » avait demandé Anne avec un léger changement d'intonation. « Cela veut dire qu'il "s'en est remis" avant ? »

« Mon Dieu, oui », avait répondu franchement Dorothy. « Deux fois. Et j'ai entendu les mêmes divagations les deux fois. Les autres ne l'ont pas réellement évincé ; elles ont simplement annoncé leurs fiançailles avec quelqu'un d'autre. Évidemment, quand il t'a rencontrée, il m'a juré qu'il n'avait jamais vraiment aimé avant et que ses idylles précédentes n'avaient été que des feux de paille de jeunesse. Mais je ne crois pas que tu devrais t'inquiéter. »

Anne décida de ne pas s'inquiéter. Ses sentiments oscillaient entre le soulagement et la rancune. Roy lui avait certes affirmé n'avoir jamais aimé qu'elle. Il le croyait, c'était indubitable. Mais c'était un réconfort que de sentir qu'elle n'avait pas, selon toutes probabilités, ruiné sa vie. D'autres déesses étaient passées avant elle et d'après Dorothy, Roy avait besoin de vénérer quelqu'un. Toutefois, la vie venait de lui enlever plusieurs autres illusions et Anne commençait lugubrement à la trouver plutôt dépouillée.

Elle descendit de sa chambre le soir de son retour, le visage décomposé.

« Qu'est-il arrivé au vieux pommier Reine des Neiges, Marilla ? »

« Oh ! Je savais que cela te ferait de la peine », répondit cette dernière. « Moi aussi j'ai été désolée. Cet arbre avait toujours été là depuis que j'étais une fillette. Les rafales que nous avons eues en mars l'ont jeté à terre. Il était pourri jusqu'au cœur. »

« Il me manquera tant », se lamenta Anne. « La chambre du pignon du porche n'est plus la même sans lui. Je ne pourrai plus jamais regarder de sa fenêtre sans éprouver un sentiment de perte. Et c'est la première fois que je viens à Green Gables et que Diana n'est pas là pour m'accueillir. »

« Diana a autre chose à penser en ce moment », prononça Mme Lynde d'un ton significatif.

« Eh bien, racontez-moi toutes les nouvelles d'Avonlea », demanda Anne en s'asseyant dans les marches, le soleil du soir tombant en une fine pluie d'or sur sa chevelure.

« Il n'y a pas beaucoup de nouvelles à l'exception de celles dont nous t'avons fait part dans nos lettres », dit Mme Lynde. « Tu ne sais sans doute pas que Simon Fletcher s'est fracturé une jambe la semaine dernière. C'est une très bonne chose pour sa famille. Ils ont entrepris une centaine de choses qu'ils avaient toujours voulu faire mais n'avaient pas pu tant que le vieil escogriffe était aux alentours. »

« Il vient d'une famille exaspérante », remarqua Marilla.

« Exaspérante ! Ma foi, plutôt, oui ! Sa mère avait coutume de se lever pendant les assemblées de prières, de divulguer toutes les fautes de ses enfants et de demander qu'on prie pour eux. Évidemment, cela les rendait furieux et ils étaient encore pires. »

« Tu n'as pas raconté à Anne les dernières nouvelles au sujet de Jane », suggéra Marilla.

« Oh ! Jane ! », renifla Mme Lynde. « Eh bien ! » concéda-t-elle de mauvaise grâce, « Jane Andrews est chez elle. Elle est arrivée de l'Ouest la semaine dernière et elle va se marier avec un millionnaire de Winnipeg. Tu peux être sûre que Mme Harmon n'a pas perdu de temps à répandre la nouvelle. »

« Chère vieille Jane, cela me fait tant plaisir », prononça Anne avec chaleur. « Elle mérite bien les bonnes choses de la vie. »

« Oh ! Je n'ai rien à dire contre Jane. C'est une fille plutôt gentille. Mais elle n'a pas la classe d'un millionnaire et on verra qu'il n'y a pas grand-chose à recommander au sujet de cet homme si ce n'est son argent, voilà. Mme Harmon affirme que c'est un Anglais qui a fait fortune dans les mines, mais moi je crois qu'il est américain. Il doit

certainement être riche, car il a littéralement couvert Jane
de bijoux. Sa bague de fiançailles porte un diamant si
énorme qu'on dirait un plâtre sur la main potelée de
Jane. »

Mme Lynde ne pouvait empêcher l'amertume de percer
dans sa voix. Voilà que Jane Andrews, cette petite
bûcheuse tout à fait ordinaire, était fiancée à un millionnaire tandis qu'Anne n'avait encore été demandée par
personne, riche ou pauvre. Et Mme Harmon Andrews se
vantait insupportablement.

« Qu'est-ce qui est arrivé à Gilbert Blythe à l'université ? » demanda Marilla. « Je l'ai aperçu lorsqu'il est
venu chez lui la semaine dernière, et il est si pâle et si
maigre que je l'ai à peine reconnu. »

« Il a étudié très fort l'hiver dernier », répondit Anne.
« Tu sais qu'il a terminé ses humanités avec grande
distinction et qu'il a obtenu le prix Cooper. Il y avait cinq
ans qu'il n'avait pas été décerné ! Alors je crois qu'il est
plutôt à plat. Nous sommes tous un peu fatigués. »

« En tout cas, tu es licenciée alors que Jane Andrews
ne l'est pas et ne le sera jamais », conclut Mme Lynde avec
une satisfaction mélancolique.

Quelques jours plus tard, Anne alla rendre visite à Jane,
mais cette dernière était partie à Charlottetown « pour voir
la couturière », comme Mme Harmon en avait fièrement
informé Anne. « Bien entendu, une couturière d'Avonlea ne
conviendrait pas à Jane dans les circonstances. »

« J'ai entendu raconter de très belles choses sur Jane »,
dit Anne.

« Oui, Jane s'en est très bien tirée, même si elle n'a
pas de licence », rétorqua Mme Harmon en rejetant légèrement la tête en arrière. « M. Inglis vaut des millions et ils
passeront leur lune de miel en Europe. À leur retour, ils
habiteront un magnifique château de marbre à Winnipeg.
Jane n'a qu'un problème : son mari ne la laissera pas
préparer à manger, elle qui fait si bien la cuisine. Il est si
riche qu'il engage une cuisinière. Ils auront à leur service

une cuisinière et deux autres bonnes, un cocher et un homme à tout faire. Mais quoi de neuf à ton sujet, Anne ? Je n'ai pas entendu dire que tu te mariais après toutes ces années d'université. »

« Oh ! » dit Anne en riant, « je vais rester célibataire. Je n'arrive pas à trouver quelqu'un qui me convienne. »

C'était une remarque plutôt perfide. Elle l'avait fait exprès de rappeler à Mme Andrews que si elle devenait une vieille fille, ce ne serait pas parce qu'elle n'avait pas eu au moins une chance de se marier. Mais Mme Harmon prit rapidement sa revanche.

« Ma foi, j'ai remarqué que les filles très spéciales sont habituellement laissées de côté. Et on m'a dit que Gilbert Blythe était fiancé à une demoiselle Stuart. Quelle est cette histoire ? Charlie Sloane raconte qu'elle est une beauté parfaite. Est-ce vrai ? »

« Je ne sais pas si c'est vrai qu'il est fiancé à Mlle Stuart », répliqua Anne sans broncher, « mais c'est certainement vrai qu'elle est très mignonne. »

« J'avais un jour pensé que vous finiriez par être ensemble, Gilbert et toi », poursuivit Mme Harmon. « Si tu n'y prends pas garde, Anne, tous tes amoureux te glisseront entre les doigts. »

Anne décida de ne pas poursuivre le duel avec Mme Harmon. On ne pouvait pas croiser le fer avec un adversaire qui utilisait la hache de guerre contre l'épée.

« Comme Jane est partie », fit-elle en se levant d'un air hautain, « je ne crois pas pouvoir rester plus longtemps ce matin. Je reviendrai la voir quand elle sera à la maison. »

« N'hésite pas », dit Mme Andrews avec effusion. « Jane n'est pas fière pour deux sous. Elle désire vraiment retrouver ses vieux amis comme avant. Elle sera très contente de te revoir. »

Le millionnaire de Jane arriva à la fin de mai et lui fit faire des sorties éblouissantes. Mme Lynde fut mesquinement satisfaite de découvrir que M. Inglis faisait ses quarante ans, qu'il était court, maigre et grisonnant. Soyez sûrs que Mme Lynde ne l'épargnait pas quand elle énumérait ses défauts.

« Cela prendra tout son or pour dorer une pilule comme lui, voilà ce que je pense », déclara-t-elle solennellement.

« Il a l'air bon et généreux », objecta loyalement Anne, « et je suis convaincue que Jane est tout pour lui. »

« Hum ! » fit Mme Rachel.

Phil Gordon se maria la semaine suivante et Anne se rendit à Bolingbroke pour lui servir de demoiselle d'honneur. Phil était une mariée délicate et féerique, et le pasteur Jo était si radieux que personne ne le trouva ordinaire.

« Nous partons faire une balade d'amoureux au pays d'Évangéline », annonça Phil, « après quoi nous nous établirons rue Patterson. Maman pense que c'est terrible ; à son avis, Jo pourrait au moins prendre une paroisse dans un endroit convenable. Mais la sauvagerie des faubourgs Patterson s'épanouira comme une rose pour moi si Jo est là. Oh ! Anne, je suis si heureuse que le cœur me fait mal. »

Anne se réjouissait toujours du bonheur de ses amis ; pourtant, on se sent parfois un peu solitaire quand on est entouré de toutes parts par un bonheur qui ne nous appartient pas. La même chose l'attendait quand elle revint à Avonlea. Cette fois, c'était Diana qui rayonnait de l'extraordinaire éclat qui vient à une femme quand son premier-né repose à ses côtés. Anne considéra la jeune et blanche maman avec un respect intimidé qui n'avait jamais fait auparavant partie de ses sentiments envers Diana. Était-il possible que cette femme pâle aux yeux remplis d'extase soit la petite Diana aux boucles noires et aux joues roses avec qui elle avait joué dans leur enfance désormais enfuie ? Cela lui donna l'impression bizarre et désolante que, d'une certaine façon, elle n'appartenait qu'au passé et n'avait absolument rien à voir avec le présent.

« N'est-il pas parfaitement beau ? » dit fièrement Diana.

Le bébé grassouillet ressemblait absurdement à Fred – tout aussi rond, tout aussi vermeil. En toute conscience, Anne ne pouvait affirmer qu'elle le trouvait beau, mais elle jura sincèrement qu'il était mignon, qu'on ne pouvait résister à l'envie de le couvrir de baisers et qu'il était dans l'ensemble délicieux.

« Avant sa naissance, je désirais une fille pour pouvoir l'appeler Anne », dit Diana. « Mais maintenant que le petit Fred est là, je ne l'échangerais pas contre un million de filles. Il n'aurait tout simplement pas pu être autre chose que ce qu'il est. »

« Chaque petit bébé est le plus joli et le meilleur », déclama joyeusement Mme Allan. « Si ç'avait été une petite Anne qui était venue, tu aurais éprouvé exactement la même chose. »

Mme Allan était, pour la première fois depuis son départ, en visite à Avonlea. Elle était toujours aussi gaie, gentille et sympathique. Ses vieilles amies l'avaient accueillie avec ravissement. L'actuelle épouse du pasteur était une dame estimable, mais pas tout à fait une âme sœur.

« J'ai tellement hâte qu'il soit en âge de parler », soupira Diana. « Je n'en peux plus d'attendre de l'entendre dire "maman". Et oh ! je suis déterminée à ce que le premier souvenir qu'il garde de moi soit beau. La première chose que je me rappelle de maman est qu'elle me frappait pour quelque chose que j'avais fait. Je suis sûre que je le méritais, et maman a toujours été une bonne mère et je l'aime tendrement. Mais j'aurais vraiment préféré que mon premier souvenir d'elle soit plus beau. »

« Je n'ai qu'un souvenir de ma mère et c'est le plus beau de tous », dit Mme Allan. « J'avais cinq ans et j'avais obtenu la permission d'aller à l'école une journée avec mes deux sœurs aînées. À la fin de la journée, mes sœurs retournèrent à la maison dans deux groupes différents,

chacune supposant que j'étais avec l'autre. Mais j'étais
partie avec une petite fille avec qui j'avais joué à la
récréation. Nous étions allées chez elle – elle habitait près
de l'école, et avions commencé à faire des pâtés de boue.
Nous avions un plaisir fou quand ma sœur la plus vieille
arriva, essoufflée et en colère.

« "Vilaine fille", me cria-t-elle en saisissant ma main
sale et en me traînant à sa suite. "Viens immédiatement à
la maison. Oh! Tu vas y goûter. Maman est très fâchée.
Tu vas recevoir une bonne fessée."

« Je n'avais jamais été fouettée. Mon pauvre petit
cœur se remplit d'appréhension et de terreur. Jamais de
toute ma vie je ne m'étais sentie aussi misérable que cette
fois, pendant que je marchais vers la maison. Je n'avais pas
fait exprès d'être vilaine. Phemy Cameron m'avait invitée
chez elle et je ne savais pas que c'était mal d'y aller. Et
j'allais maintenant être fouettée à cause de cela. Arrivée
chez nous, ma sœur me tira dans la cuisine où ma mère
était assise auprès du feu dans le clair de lune. Mes pauvres
petites jambes tremblaient tant que j'avais peine à me
tenir debout. Et maman… maman m'a seulement prise
dans ses bras, sans un mot de reproche, sans une parole
sévère, elle m'a embrassée et m'a serrée contre son cœur.
"J'avais si peur que tu sois perdue, ma chérie", me dit-elle
tendrement. Je pouvais voir l'amour briller dans ses yeux
alors qu'elle se penchait sur moi. Elle ne m'a ni grondée ni
fait de reproches pour ce que j'avais fait. Elle m'a
seulement dit que je ne devais plus jamais m'éloigner sans
demander la permission. Elle mourut peu de temps après.
C'est le seul souvenir que j'ai d'elle. N'est-il pas
merveilleux ? »

Anne se sentit plus solitaire que jamais en retournant
chez elle, en passant par le sentier des bouleaux et le Lac
des saules. Elle n'avait pas emprunté ce chemin depuis
plusieurs lunes. C'était une nuit veloutée, d'un violet
sombre. L'air était lourd du parfum des fleurs – presque
trop lourd. Les sens rassasiés reculaient devant ce parfum

comme devant une coupe trop pleine. Les bouleaux du chemin étaient passés de l'enfance à l'âge adulte. Tout avait changé. Anne eut l'impression qu'elle serait contente lorsque l'été serait fini et qu'elle repartirait pour travailler. Alors peut-être que la vie ne lui paraîtrait pas si vide.

> *«J'ai essayé le monde – il n'est plus supportable*
> *Car la teinte romantique en est passée»*

soupira Anne, et elle se sentit aussitôt réconfortée par le romantique de l'idée d'un monde dénué de romantisme.

40

Une apocalypse

Les Irving revinrent au Pavillon de l'Écho pour l'été et Anne y passa trois semaines heureuses en juillet. Mlle Lavendar était toujours la même ; Charlotta IV était devenue une vraie jeune dame mais elle adorait toujours sincèrement Anne.

«Tout compte fait, mademoiselle Shirley, m'dame, j'ai jamais vu personne qui vous égalait à Boston», déclara-t-elle franchement.

Paul était presque un adulte, lui aussi. Il avait seize ans, ses boucles châtaines avaient cédé la place à une chevelure brune coupée ras, et il s'intéressait davantage au football qu'aux fées. Mais le lien entre lui et son ancienne institutrice tenait bon. Seules les âmes sœurs ne changent pas avec les années.

Anne retourna à Green Gables par une soirée humide, blafarde et cruelle de juillet. Un de ces violents orages d'été qui balaient parfois le golfe tourmentait l'océan. Au moment où Anne pénétra dans la maison, on entendit cogner les premières gouttes de pluie contre les volets.

«Est-ce Paul qui t'a raccompagnée ?» demanda Marilla. «Pourquoi ne l'as-tu pas invité à rester pour la nuit ? La tempête fera rage, ce soir.»

«Je crois qu'il arrivera au Pavillon de l'Écho avant qu'il ne pleuve trop fort. De toute façon, il voulait retourner ce soir. Eh bien, j'ai fait un séjour merveilleux, mais je suis contente de vous revoir toutes les deux. "À l'est, à l'ouest, c'est chez soi qu'on est le mieux." Davy, tu as encore grandi dernièrement ? »

« J'ai pris tout un pouce depuis ton départ », répondit-il fièrement. J'suis maintenant aussi grand qu'Milty Boulter. C'que j'suis content. Il va devoir arrêter d'prétendre qu'il est le plus grand. Dis, Anne, savais-tu que Gilbert Blythe est en train d'mourir ? »

Anne resta immobile et muette, à regarder Davy. Son visage était devenu si blanc que Marilla crut qu'elle allait s'évanouir.

« Davy, retiens ta langue », ordonna Mme Lynde, en colère. « Anne, ne fais pas cet air-là, ne fais pas cet air-là ! Nous ne voulions pas te l'apprendre si brutalement. »

« Est-ce... vrai ? » demanda Anne d'une voix qui n'était pas la sienne.

« Gilbert est très malade », répondit gravement Mme Lynde. « Il a attrapé la fièvre thyphoïde juste après ton départ pour le Pavillon de l'Écho. Tu n'en as pas entendu parler ? »

« Non », fit-elle d'une voix inconnue.

« Son cas a été très grave dès le début. Le médecin dit qu'il était terriblement épuisé. Ils ont engagé une infirmière et tout a été fait. Ne fais pas cet air, Anne. Tant qu'il y a de la vie, il y a de l'espoir. »

« M. Harrison y est allé ce soir et il a dit qu'on n'avait plus d'espoir », insista Davy.

Marilla, paraissant vieille, usée et fatiguée, se leva et, sans ménagement, chassa Davy de la pièce.

« Oh ! Ne fais pas cette tête, ma petite », dit Mme Rachel en serrant la jeune fille livide dans ses bons vieux bras. « Je n'ai pas encore abandonné tout espoir, je t'assure. Il a la constitution Blythe de son côté. »

Anne se dégagea gentiment de l'étreinte de Mme Lynde, traversa la cuisine et le corridor comme une somnambule, monta l'escalier et entra dans sa chambre. Elle s'agenouilla à sa fenêtre et regarda dehors sans rien voir. Il faisait très noir. La pluie malmenait les champs frissonnants. Secoués par la tempête, les arbres puissants grognaient dans la Forêt hantée alors que l'air vibrait du rugissement des flots se fracassant sur la grève lointaine. Et Gilbert se mourait!

Tout comme dans la Bible, il existait une Apocalypse dans la vie de chacun. Anne lisait la sienne dans la nuit amère, comme si elle veillait un moribond pendant des heures de tempête et de ténèbres. Elle aimait Gilbert, elle l'avait toujours aimé. Elle le savait maintenant. Elle savait qu'elle ne pouvait pas plus l'écarter sans douleur de sa vie qu'elle aurait pu se trancher la main droite et l'écarter de sa vie. Et cette connaissance venait trop tard, trop tard même pour avoir la déchirante consolation d'être à ses côtés pendant les derniers moments. Si elle n'avait pas été aussi aveugle, aussi stupide, elle aurait le droit d'être près de lui à présent. Mais il ne saurait jamais qu'elle l'aimait, il s'en irait en pensant qu'il lui était indifférent. Oh! Quelles années noires et vides s'étalaient devant elle! Elle ne pourrait pas les vivre, elle ne le pourrait pas! Elle se recroquevilla près de la fenêtre et, pour la première fois de son insouciante vie, elle souhaita pouvoir mourir, elle aussi. Si Gilbert la quittait, sans une parole, un signe, un message, elle ne survivrait pas. Rien n'avait de valeur sans lui. Elle lui appartenait et il lui appartenait. Elle n'en doutait plus en cet instant de douleur suprême. Il n'aimait pas Christine Stuart, il ne l'avait jamais aimée. Oh! Comme elle avait été folle de ne pas avoir réalisé quel était le lien l'unissant à Gilbert, d'avoir pris pour de l'amour l'attirance flattée qu'elle éprouvait envers Roy Gardner. Et voilà qu'elle devait payer pour sa folie comme pour un crime.

Mme Lynde et Marilla s'approchèrent sans bruit de sa chambre avant d'aller au lit, hochèrent la tête d'un air perplexe et s'éloignèrent. La tempête fit rage toute la nuit mais à l'aube elle s'était calmée. Anne aperçut une délicate frange de lumière ourlant les jupes de la nuit. Bientôt les sommets des collines à l'est émergèrent dans une lueur rubis. Les nuages se dispersèrent à l'horizon en grosses masses blanches et duveteuses; le ciel apparut, bleu et argenté. Un grand silence tomba sur le monde.

Anne se releva et descendit sans bruit. Un vent humide et frais souffla sur son visage pâle quand elle sortit dans la cour et rafraîchit ses yeux secs et brûlants. Elle entendit siffloter avec exubérance sur le sentier. Un instant plus tard, Pacifique Buote était en vue.

La résistance physique d'Anne lui fit soudainement défaut. Si elle ne s'était pas agrippée à une branche basse de saule, elle se serait effondrée. Pacifique était l'engagé de George Fletcher et George Fletcher était le premier voisin des Blythe. Mme Fletcher était la tante de Gilbert. Pacifique saurait si... si... Pacifique saurait ce qu'il y aurait à savoir.

Pacifique marchait à grands pas énergiques sur le sentier rougeâtre, et il sifflait. Il ne vit pas Anne. Elle fit trois futiles tentatives pour attirer son attention. Il l'avait presque dépassée lorsque le mot « Pacifique » réussit à sortir de ses lèvres frémissantes.

Il se tourna vers elle en souriant et la salua avec bonne humeur.

«Pacifique», fit-elle d'une voix éteinte, «venez-vous de chez George Fletcher ce matin?»

«Sûr», répondit-il aimablement. «J'ai su hier au soère que mon père, yé malade. Y f'sait si mauvais que j'pouvions pas y aller, alors chu parti de bonne heure à matin. J'prends l'raccouci par le bois.»

«Savez-vous comment se porte Gilbert Blythe ce matin?»

Le désespoir incita Anne à poser cette question. Même le pire serait plus supportable que cette sinistre attente.

«Y va mieux», lui apprit Pacifique. «Ça a commencé hier au soère. Le docteur dit qui s'ra rétabli d'icitte un "coup" de jours. Mais y a rasé d'y passer! Y s'est tué à l'université, c'gars-là. Bon, y faut que j'me dépêche. Le vieux doit avoir hâte de m'voère.»

Pacifique reprit sa marche et son sifflotement. Anne le contempla avec des yeux où la joie commençait à remplacer l'oppressante angoisse de la nuit. C'était un jeune homme très terne, très dépenaillé, très ordinaire. Mais aux yeux d'Anne, il avait la beauté de ceux qui apportent les bonnes nouvelles dans les montagnes. Jamais, tant qu'elle vivrait, Anne ne pourrait voir le visage basané, rond et aux yeux noirs de Pacifique sans se rappeler avec émotion l'instant où il avait appliqué le baume de la joie sur sa blessure.

Longtemps après que le gai sifflement de Pacifique se fut estompé comme une musique fantomatique puis dans le silence sous les érables du Chemin des amoureux, Anne resta sous les saules, à savourer la poignante douceur de la vie qu'on vient de soulager d'une grande frayeur. Ce matin était une coupe remplie de brume et de séduction. Dans un coin près d'elle, elle trouva l'éblouissante surprise de roses fraîchement écloses, perlées de rosée. Les trilles et les gazouillis des oiseaux dans le gros arbre devant elle semblaient en parfaite harmonie avec son humeur. Une phrase venant d'un livre très ancien, très vrai, très merveilleux, lui vint aux lèvres :

« Les larmes peuvent durer toute la nuit, mais la joie revient au matin. »

41

L'amour relève la vitre du temps

« Je suis venu t'inviter à faire une de nos vieilles randonnées dans les bois de septembre et "par-delà les collines où poussent les épices", cet après-midi », annonça Gilbert, surgissant tout à coup à l'angle du porche. « Suppose que nous visitions le jardin de Hester Gray. »

Anne, assise sur la marche de pierre, un tissu vert pâle vaporeux sur les genoux, leva les yeux d'un air interdit.

« Oh ! comme cela me plairait », répondit-elle lentement, « mais c'est réellement impossible, Gilbert. Je vais au mariage d'Alice Penhallow ce soir, tu sais. Il faut que j'arrange cette robe et quand j'en aurai terminé, ce sera le temps de me préparer. Je suis vraiment désolée. J'aurais tant aimé y aller. »

« Alors, est-ce que tu peux demain après-midi ? » demanda Gilbert.

« Je pense que oui. »

« Dans ce cas, je m'en vais immédiatement chez moi pour faire quelque chose que j'aurais fait demain, sinon. Ainsi, Alice Penhallow se marie ce soir. Trois mariages pour toi en un seul été, Anne, celui de Phil, celui d'Alice et celui de Jane. Je ne pardonnerai jamais à Jane de ne pas m'avoir invité au sien. »

« On ne peut vraiment pas la blâmer quand on pense à l'énorme parenté Andrews qu'il fallait inviter. La maison pouvait à peine contenir tout le monde. Je n'ai été conviée qu'à titre de vieille amie de la mariée – du moins en ce qui concerne Jane. Je pense que ce n'était que pour me faire voir le faste extraordinaire de la noce que Mme Harmon m'a invitée. »

« Est-ce vrai qu'elle portait tant de diamants qu'on ne pouvait savoir où les diamants s'arrêtaient et où Jane commençait ? »

Anne rit.

« Elle en portait certainement un grand nombre. C'est vrai qu'avec toutes les pierres précieuses, le satin blanc, le tulle, la dentelle, les roses et les fleurs d'oranger, on perdait presque de vue la coquette petite Jane. Mais elle était très heureuse, de même que M. Inglis et Mme Harmon. »

« Est-ce la robe que tu comptes porter ce soir ? » demanda Gilbert en jetant un coup d'œil sur les bouffants et les frisons.

« Oui. N'est-ce pas qu'elle est jolie ? Et je mettrai des primevères dans mes cheveux. Il y en a à profusion cet été dans la Forêt hantée. »

Gilbert eut soudain la vision d'Anne, revêtue d'une robe verte à volants d'où se glissaient les formes virginales de ses bras et de sa gorge, des étoiles blanches brillant dans ses cheveux roux. Il retint son souffle. Mais il se détourna légèrement.

« Bien, alors je reviendrai demain. J'espère que tu auras du plaisir, ce soir. »

Anne le regarda partir à grands pas et soupira. Gilbert se montrait amical, très amical, beaucoup trop amical. Il était venu à plusieurs reprises à Green Gables depuis sa guérison, et quelque chose de leur vieille camaraderie était revenue. Pourtant cela ne suffisait plus à Anne. La rose de l'amour rendait les fleurs de l'amitié pâles et inodores. Et Anne avait recommencé à se demander si Gilbert éprouvait autre chose qu'un sentiment amical à son égard. Dans la lumière ordinaire du jour, la certitude radieuse qu'elle avait ressentie en ce matin d'extase s'était estompée. Elle était hantée par la crainte misérable que, tout compte fait, c'était Christine Stuart que Gilbert aimait. Ils étaient peut-être même fiancés. Anne tenta de chasser de son cœur tout espoir perturbateur et de se réconcilier avec l'idée d'un avenir où le travail et l'ambition prendraient la place de l'amour. Elle pourrait faire un bon, sinon un noble travail comme professeur; et le succès de ses petits textes qui recevaient depuis peu l'approbation de certains critiques, augurait bien pour ses rêves littéraires qui commençaient à éclore. Mais... mais... Anne reprit sa robe verte et soupira de nouveau.

Lorsque Gilbert arriva le lendemain après-midi, Anne l'attendait, fraîche comme l'aurore et jolie comme une étoile, imprégnée de toute la gaieté du soir précédent. Elle était vêtue d'une robe verte, pas celle qu'elle avait portée pour le mariage, mais une plus ancienne que Gilbert lui avait dit aimer spécialement lors d'une réception à Redmond. C'était exactement la nuance de vert qui faisait ressortir la riche teinte de sa chevelure, le gris scintillant de ses yeux et la délicatesse d'iris de sa peau. Gilbert, la regardant de côté pendant qu'ils marchaient dans le sentier ombrageux, pensa qu'elle n'avait jamais été plus ravissante. Anne, jetant des regards de côté vers Gilbert, pensa qu'il avait beaucoup vieilli depuis sa maladie. C'était comme si l'adolescence était derrière lui pour toujours.

La journée était belle, tout comme la route. Anne fut presque déçue lorsqu'ils atteignirent le jardin de Hester Gray et prirent place sur le vieux banc. Mais là aussi c'était beau, aussi beau que le jour lointain du pique-nique d'anniversaire, quand Diana, Jane, Priscilla et elle l'avaient découvert. Les narcisses et les violettes lui donnaient alors tout son charme; à présent, les verges d'or allumaient leurs torches légères dans les recoins et les asters le parsemaient de petits points bleus. Depuis la vallée des bouleaux, l'appel du ruisseau, toujours aussi enchanteur, monta à travers les bois; l'air moelleux était plein du ronronnement de la mer; plus loin s'étalaient les champs bordés de clôtures gris argenté, décolorées par les soleils de tant d'étés, et se dressaient les longues collines que les ombres des nuages d'automne emmitouflaient; le vent d'ouest rapportait avec lui les rêves anciens.

«Je pense», dit doucement Anne, «que "le pays où se réalisent les rêves" se trouve dans la brume bleue là-bas, au-dessus de ce vallon.»

«As-tu des rêves non réalisés, Anne?» demanda Gilbert.

Quelque chose dans son intonation, quelque chose qu'elle n'avait pas entendu depuis cette pénible soirée dans le verger de chez Patty, fit battre violemment le cœur d'Anne. Mais elle répondit d'un ton léger.

«Bien sûr, comme tout le monde. Cela ne nous donnerait rien si tous nos rêves étaient réalisés. Nous ne serions pas mieux que morts s'il ne nous restait rien à quoi rêver. Quel délicieux arôme le soleil qui descend extrait-il des asters et des fougères! Si je pouvais voir les parfums de la même façon que je les respire! Je suis certaine qu'ils seraient très beaux.»

Gilbert n'entendait pas laisser la conversation dévier ainsi.

«Moi, j'ai un rêve», reprit-il lentement. «Je persiste à le rêver, même s'il m'a souvent semblé qu'il ne se concrétiserait jamais. Je rêve d'une maison où il y aurait un feu dans la cheminée, un chat et un chien, les pas des amis, et... toi.»

Anne voulait parler, mais elle n'arrivait pas à trouver les mots. Le bonheur la submergeait comme une vague. Elle en fut presque terrifiée.

«Je t'ai posé une question il y a deux ans, Anne. Si je te faisais la même demande aujourd'hui, me donnerais-tu une réponse différente?»

Anne était toujours incapable de parler. Mais elle leva les yeux, brillants de tout le ravissement de l'amour éprouvé depuis d'innombrables générations, et les plongea un instant dans ceux de Gilbert. Il n'eut pas besoin d'une autre réponse.

Ils flânèrent dans le vieux jardin jusqu'à ce que s'y glisse un crépuscule aussi doux que celui qui avait dû exister au Paradis terrestre. Il y avait tellement de choses à discuter et à se rappeler, des choses dites et faites et entendues et pensées et ressenties et mal comprises.

«Je croyais que tu aimais Christine Stuart», déclara Anne, d'un ton aussi plein de reproches que si elle-même ne lui avait pas donné toutes les raisons de supposer qu'elle avait été amoureuse de Roy Gardner.

Gilbert éclata d'un rire juvénile.

«Christine était fiancée à quelqu'un chez elle. Je le savais et elle savait que je le savais. Quand son frère a gradué, il m'a appris que sa sœur allait venir étudier la musique à Kingsport l'hiver suivant et m'a demandé de m'occuper un peu d'elle car elle ne connaissait personne et se sentirait très solitaire. C'est ce que j'ai fait. Ensuite, j'ai apprécié Christine pour ce qu'elle était. C'est une des filles les plus gentilles que j'aie jamais connues. Je savais qu'à l'université la rumeur circulait que nous étions épris l'un de l'autre. Cela m'était égal. Rien ne m'importait vraiment là-bas, pendant un certain temps, après que tu m'eus déclaré que tu ne pourrais jamais m'aimer, Anne. Il n'y avait personne d'autre, il n'aurait jamais pu y avoir personne d'autre que toi. Je t'ai toujours aimée depuis ce jour où tu m'as cassé ton ardoise sur la tête à l'école.»

«Je ne comprends pas comment tu as pu continuer à m'aimer quand j'étais si stupide», dit Anne.

«Eh bien, j'ai essayé d'arrêter», répondit franchement Gilbert, «non parce que je croyais que tu étais ce dont tu te traites toi-même, mais parce que j'étais convaincu de ne plus avoir aucune chance après l'entrée en scène de Gardner. Mais je n'ai pas pu... et je ne peux non plus te décrire ce qu'ont été pour moi les deux années que j'ai passées à croire que tu épouserais Roy Gardner et à entendre chaque semaine quelque bavard me dire que vos fiançailles étaient sur le point d'être annoncées. Je l'ai cru jusqu'à ce jour béni, quand je me remettais de ma maladie.

Je venais de recevoir une lettre de Phil Gordon – ou plutôt Phil Blake – dans laquelle elle m'apprenait qu'il n'y avait vraiment rien entre toi et Roy, et me conseillait de "retenter ma chance". Je dois dire que le médecin a été stupéfait de la rapidité de ma convalescence après cela. »

Anne rit, puis frissonna.

« Je n'oublierai jamais la nuit où j'ai cru que tu allais mourir, Gilbert. Oh ! je savais – je savais à ce moment-là – et je pensais qu'il était trop tard. »

« Mais ce n'était pas trop tard, ma chérie. Oh ! Anne, cela compense pour tout, n'est-ce pas ? Nous devons décider de consacrer ce jour à la beauté parfaite tant que nous vivrons pour le présent qu'il nous a fait. »

« Ce sera le jour anniversaire de notre bonheur », murmura Anne. « J'ai toujours aimé ce vieux jardin de Hester Gray, et il est maintenant encore plus cher à mon cœur. »

« Mais je devrai te demander d'attendre très longtemps, Anne », poursuivit tristement Gilbert. « Cela me prendra trois ans pour terminer mon cours en médecine. Et même alors, il n'y aura ni bijoux de diamants ni palais de marbre. »

Anne rit.

« Je ne veux pas de bijoux ou de palais de marbre. Je ne veux que toi. Tu vois que je suis aussi sans vergogne que Phil à ce sujet. Les rivières de diamants et les salons de marbre sont de bonnes choses, mais leur absence laisse plus de "place à l'imagination". Et pour ce qui est d'attendre, cela n'a pas d'importance. Nous serons heureux en attendant, en travaillant l'un pour l'autre, et en rêvant. Oh ! nous aurons des rêves très doux, désormais. »

Gilbert la serra contre lui et l'embrassa. Puis, ils prirent ensemble le chemin du retour dans la pénombre, roi et reine couronnés du royaume de l'amour, marchant sur les sentiers bordés des plus jolies fleurs qui se soient jamais épanouies et par-delà des prairies hantées où soufflaient les vents de l'espoir et du souvenir.

imprimerie gagné ltée

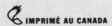

IMPRIMÉ AU CANADA